시골 소녀들

시골 소녀들

에드나 오브라이언

정소영 옮김

은행나무세계문학 에세 · 18

은행나무

수전 레셔에게

시골 소녀들 3부작

시골 소녀들
외로운 소녀들
행복한 결혼을 한 소녀들

차례

1

눈이 번쩍 뜨여 침대에 벌떡 일어나 앉았다. 쉽게 잠에서 깨는 건 불안할 때나 있는 일인데, 가슴이 평소보다 빨리 뛰는 까닭을 바로 깨닫지 못했다. 그러다가 기억해냈다. 새삼스럽지 않은 이유. 그가 집에 들어오지 않은 것이다.

침대에서 나오려다가 침대 끝에 잠시 걸터앉아 녹색 새틴 침대보를 손으로 가지런히 매만졌다. 간밤에 침대보를 개어놓는 걸 잊었구나, 엄마와 내가. 나는 천천히 미끄러지듯 내려와 바닥에 발을 디뎠다. 발바닥이 장판에 닿자 어찌나 차가운지 나도 모르게 발가락이 오므라들었다. 나한텐 슬리퍼가 있었지만, 엄마는 이모와 사촌들을 찾아갈 때가 아니면 평소에는 신지 못하게 했다. 우리 집엔 깔개도 있었지만, 그것 역시 여름에 더블린에서 손님들이 올 때까지 둘둘 말아 벽장에 넣어두었다.

난 발목까지 오는 양말을 신었다.

부엌에서 베이컨 굽는 냄새가 흘러 들어왔지만 그렇다고 기운이 나진 않았다.

난 창문으로 다가가 블라인드를 올렸다. 블라인드가 단숨에 올라가며 끈이 함께 말려버렸다. 엄마는 블라인드를 살살, 제대로 올리라고 늘 잔소리를 했으니, 지금 엄마가 아래층에 있어 얼마나 다행인지 몰랐다.

아직 해가 뜨기 전이라 꽃잎을 닫은 데이지가 잔디밭을 점점이 수놓았다. 어디에나 이슬이 내려앉았다. 방랑하는 은은한 안개가 내 방 창문 아래의 풀, 그 둘레의 산울타리, 그 너머 말뚝 울타리의 녹슨 철사와 너른 벌판까지 어루만졌다. 나무와 이파리가 안개에 잠기고, 나무는 마치 꿈속의 나무처럼 비현실적이었다. 산울타리 옆에서 솟아난 물망초 주변으로 둥글게 물빛이 어렸다. 은빛으로 빛나는 물기. 고요했고, 미동도 없었다. 저 멀리 푸른 산에서 연기가 피어올랐다. 뜨거운 날이 될 모양이었다.

창가에 선 나를 보고 '황소눈'이 울타리 아래쪽에서 나타나 몸에서 물기를 털어내고는, 께느른하게, 울적하게 나를 올려다보았다. 황소눈은 우리 집 양치기 개인데, 눈 주위가 깡통에 든 사탕처럼 흰색과 검은색으로 얼룩덜룩해서 내가 그렇게 이름 붙였다. 황소눈은 대개 이탄* 창고에서 잤지만 간밤에는 산울타리 아래 토끼 굴에 머물렀다. 아빠가 집을 비울 때면 경계를 서느라 늘 거기서 잠을 잤다. 물어볼 필요도 없었다. 아버지는 집에 들어오지 않았다.

바로 그때 히키가 아래층에서 날 불렀다. 잠옷을 머리 위로 끌어 올리느라 처음에는 그 소리를 듣지 못했다.

"뭐? 뭐라고 했어?" 새틴 침대보를 걸치고 계단 꼭대기로 나가 내가 물었다.

"맙소사, 내 목 다 쉬겠다." 그가 나를 향해 활짝 웃어 보이고는 물었다. "아침으로 흰색 달걀 먹을래, 갈색 달걀 먹을래?"

"상냥하게 물어봐줘, 히키. 그리고 도티라고 부르라고."

"도티, 더키, 달링, 허니번치, 아침으로 흰색 달걀 먹을래, 갈색 달걀 먹을래?"

"갈색 달걀 먹을게, 히키."

"영계가 낳은 탐스러운 달걀이 있어." 그가 그렇게 말하곤 주방으로 다시 들어갔다. 그는 문을 쾅 닫았다. 엄마가 아무리 주의를 줘도 히키는 문을 살살 닫는 법이 없었다. 히키는 우리 집 일꾼이고 나는 그를 사랑했다. 그것을 증명하기 위해 나는 금박 액자 속에서 나를 냉랭하게 바라보는 성모마리아에게 아주 크게 이렇게 말했다.

---

* 땅속에 묻힌 지 오래되지 않아 완전히 탄화하지 못한 석탄. 과거 아일랜드에서는 습지에 쌓인 이탄을 이용해 난방과 요리를 했다.

"나는 히키를 사랑해요." 성모마리아는 아무 대꾸가 없었다. 성모마리아가 내게 말을 자주 걸지 않는 것이 나로선 놀라웠다. 한 번은 내게 말을 걸었는데, 아주 은밀한 내용이었다. 한밤중에 화살기도를 드리려고 침대에서 나올 때 있었던 일이다. 난 참회 삼아 밤마다 예닐곱 번씩 침대에서 나왔다. 난 지옥이 두려웠다.

그래, 난 히키를 사랑해. 난 그렇게 생각했다. 하지만 당연히 그것은 그를 무척 좋아한다는 뜻이었다. 일곱 살인가 여덟 살 때 난 히키와 결혼하겠다고 말하곤 했다. 교리문답 선생님을 비롯해서 누구든 만나기만 하면 둘이서 닭장에 살면서 엄마한테 달걀과 우유와 채소를 공짜로 받을 거라고 말했다. 동네에서 기르는 채소는 양배추뿐이었지만. 하지만 이제는 예전처럼 결혼을 입에 올리지 않는다. 무엇보다 히키는 저녁에 빗물 통 위로 몸을 숙여 얼굴에 대충 물을 뿌릴 뿐, 제대로 씻는 법이 없다. 치아도 풀빛이다. 마지막으로, 밤에는 침대 아래 넣어둔 복숭아 통조림 깡통에 소변을 본다. 엄마는 히키를 꾸짖었다. 그리고 히키가 집에 돌아올 때까지 자지 않고 침대에 누운 채, 그가 창문을 올리고 창밖 널돌 위로 깡통 속 소변을 버리는 소리가 들리나 귀를 기울이곤 했다.

"저러다 창문 아래 관목을 다 죽이고 말지, 틀림없이." 엄마가 말했다. 어떤 때는 울화가 치미는지 잠옷을 입은 채 아래층으로 내려가 히키의 방문을 두드린 뒤, 도대체 왜 밖에 나가서 볼일을 보지 않냐고 묻기도 했다. 하지만 히키는 절대로 대답하지 않았다. 워낙 교활했으니까.

난 재빨리 옷을 입었다. 신발을 꺼내려고 몸을 숙였는데 침대 밑의 먼지 뭉치와 보풀과 털이 눈에 띄었다. 걸레질할 기분이 전혀 아니어서 이불을 펼쳐 침대를 덮고는 곧장 방에서 나왔다.

계단 꼭대기는 늘 그렇듯 어둑했다. 흉한 스테인드글라스 창문은 지금 막 누군가 이 집에서 죽기라도 한 듯 애도하는 분위기를 풍겼다.

"달걀 금방 다 된다." 히키가 소리쳤다.

"지금 가." 내가 말했다. 먼저 씻어야 했다. 화장실은 너무 추워서 이용하는 사람이 없었다. 아무도 드나들지 않아서 세면대의 찬물 수도꼭지 아래에는 녹슨 얼룩이 있었고, 분홍색 비누는 새 것 그대로였으며, 뻣뻣한 흰색 수건은 마치 밤새도록 서리를 맞은 듯했다.

난 굳이 씻을 마음이 없어져 변기에 물 한 양동이만 부었다. 변기 물이 내려가지 않아서 수리할 사람을 몇 달째 기다리고 있었다. 학교 친구인 바바가 화장실에 들어와 "아직도 고장이야?"라는 말로 급소를 찌르면 정말 창피했다. 우리 집 물건들은 전부 고장 났거나 아예 사용되지 않았다. 위층 옷장에 새 가위도 있고 새 밧줄도 여러 묶음 있었지만, 그걸 꺼내봐야 망가뜨리든지 누가 훔쳐 갈 뿐이라는 것이 엄마 주장이었다.

아버지 방은 화장실 바로 맞은편이었다. 낡은 옷이 의자 위에 아무렇게나 걸쳐져 있었다. 아빠가 방에 없는데도 아빠 무릎이 삐걱거리는 소리가 들리는 것 같았다. 아빠 무릎은 침대에 들어가고 나올 때마다 삐걱거렸다. 히키가 한 번 더 나를 불렀다.

엄마는 레인지 옆에 앉아 버터를 바르지 않은 토스트를 먹고 있었다. 파란 눈이 작고 충혈돼 보였다. 잠을 못 잔 거다. 엄마는 엄마 눈에만 보이는 무언가를, 운명이자 미래를 응시하듯 정면을 보고 있었다. 히키가 내게 한쪽 눈을 찡긋했다. 히키는 달걀프라이 세 개와 집에서 만든 베이컨 몇 조각을 놓고 먹는 중이었다. 덜익은 노른자에 빵을 푹 찍어 빨아 먹었다.

"잠 좀 잤어요?" 내가 엄마에게 물었다.

"아니. 네가 사탕을 물고 잠이 들어서, 혹시 사탕이 목구멍으로 넘어가 질식할까 봐 잠을 설쳤지." 우리는 늘 베개 밑에 사탕과 초콜릿을 넣어두었고, 난 잠이 들기 직전에 과일 사탕을 먹었더랬다. 불쌍한 엄마, 엄마는 늘 걱정쟁이였다. 아마 엄마는 누워서 그를 생각했을 것이다. 길 아래에서 차가 멈추는 소리를 기다리며, 축축한 풀밭을 가로질러 걸어오는 발소리를 기다리며 그리고 대문 걸쇠 벗기는 소리를 기다리며 ─ 기다리면서, 콜록거리면서. 엄마는 눕기만 하면 기침을 했다. 그래서 손수건으로 쓸 낡은 수건을 벨벳 주머니에 넣어 황동 침대 기둥에 매어놓았다.

히키가 내 달걀 윗부분을 잘라내고는, 완숙인 달걀이 촉촉해지도록 조그만 버터 조각을 넣었다. 영계가 낳은 달걀이어서 도자

14

기로 된 큼지막한 달걀 그릇 테두리에 닿을까 말까 했다. 큰 그릇에 작은 달걀이라니, 좀 우스워 보였지만 맛은 무척 좋았다. 차는 다 식어버렸다.

"모리아티 선생님께 라일락 갖다드려도 돼요?" 내가 엄마에게 물었다. 엄마가 우울한 틈을 타 선생님께 꽃을 가져다드리려는 나 자신이 부끄러웠지만, 바바를 이기고 선생님의 귀여움을 독차지하고 싶은 마음이 간절했다.

"그러렴, 애야. 뭐든지 가져다드려." 엄마는 망연히 대답했다. 난 엄마에게 다가가 목을 끌어안고 입을 맞췄다. 이 세상 최고 엄마야. 엄마에게 그렇게 말했고, 엄마는 영원히 놓아주지 않을 것처럼 잠시 나를 꼭 끌어안았다. 엄마에게 넌 이 세상 전부야. 전부.

"엄마들의 닳고 닳은 빈말이지." 히키가 말했다. 난 보드랍고 하얀 엄마의 목덜미를 감쌌던 손가락을 풀고 엄마에게서 수줍게 떨어졌다. 엄마는 딴 데 정신이 팔려서, 아직 닭 모이도 주지 않았다. 닭 몇 마리가 마당을 벗어나 뒷문 바깥에 놓인 황소눈의 밥그릇을 쪼아대고 있었다. 황소눈이 닭을 쫓았고, 요란하게 꼬꼬댁거리며 날아오르는 닭들의 퍼덕거리는 날갯짓 소리가 들렸다.

"군청에서 연극 공연을 해요. 보러 가셔야 할 텐데." 히키가 말했다.

"그래야지." 약간 냉소적인 투로 엄마가 대답했다. 집안일 전부를 히키에게 의지하면서도 엄마는 이따금 그를 매몰차게 대했다.

엄마는 생각에 잠겨 있었다. 아빠가 어디 있는지 생각하는 걸까? 구급차에 실려 오려나, 사흘 전에 벨파스트에서 빌리고는 아직 돈도 내지 않은 싻 자동차를 타고 오려나. 위스키병을 흔들면서 뒷문 돌계단을 비틀비틀 올라오려나? 고함을 지르고 허우적거리고 엄마를 죽이려 하려나, 아니면 미안하다고 하려나? 술 취한 다른 얼간이와 함께 현관문 앞에 쓰러지며 이렇게 말하려나. "여보, 내 절친한 친구 해리야. 방금 이 친구에게 5만 2000제곱미터짜리 초원을 넘겨주고 아주 멋진 그레이하운드를 샀지……." 이런 일은 워낙 수시로 일어났기에 아빠가 멀쩡한 정신으로 돌아오기를 기대하는 건 어리석은 일이었다. 아빠는 사흘 전 세금으로 낼 60파운드를 주머니에 넣고 집을 나갔다.

"소금 쳐야지." 히키가 손가락으로 소금을 집어 내 달걀 위에 뿌리며 말했다.

"아냐, 히키, 하지 마." 당시 나는 소금을 멀리했다. 젠체하느라. 소금이나 설탕을 치지 않는 것이 아주 어른답다고 여겼다.

"제가 뭐 할 일이 있을까요?" 히키는 그렇게 물으면서 엄마가 맥없는 틈을 타 빵 앞뒤로 버터를 듬뿍 발랐다. 엄마가 먹을 것에 인색한 건 아니었지만, 히키는 너무 살이 쪄서 일을 제대로 못 할 지경이었다.

"늪에 가야지. 이제 이탄을 세워도 되겠더라.* 화창한 날이 또 언제 올지 모르고." 엄마가 말했다.

"히키가 그렇게 멀리 나가면 안 될 텐데." 내가 말했다. 아빠가 집에 돌아왔을 때 히키가 함께 있으면 해서였다.

"한 달 동안 안 올 수도 있어." 엄마가 말했다. 엄마의 한숨 소리에 내 가슴이 찢어지는 듯했다. 암소를 우리에서 내보내야 해서 히키가 창턱의 모자를 집어 들고 밖으로 나갔다.

"닭 모이를 주어야겠다." 엄마가 말하고는, 밤새도록 보글보글 끓던 냄비를 오븐 아래 칸에서 꺼냈다.

엄마가 유제품 창고에서 닭 모이를 빻는 동안 난 학교에 가져갈 점심을 챙겼다. 대구 간유와 철분제를 먹은 것처럼 보이도록 약병을 흔들고는 다시 찬장 위 덜턴 접시 옆에 놓았다. 덜턴 접시는 엄마가 결혼 선물로 받은 것인데, 깨질까 봐 절대 사용하지 않았다. 그 뒤에는 쑤셔 박은 고지서 뭉치가 있었다. 수백 장의 고지서. 아빠는 고지서를 걱정하는 법이 없었다. 그냥 접시 뒤에 쑤셔 박은 뒤 잊어버렸다.

난 라일락을 꺾으러 밖으로 나갔다. 돌계단 위에 서서 벌판을 건너다보니, 늘 그랬듯 해방감과 기쁨이 밀려들었다. 갖가지 나무와 저 멀리 외곽의 석조 건물을 바라볼 때, 무척이나 푸르고 아주 평화로운 벌판을 바라볼 때 그런 느낌이 밀려왔다. 말뚝 울타

---

* 습지에서 이탄을 퍼내어 적당한 크기로 자른 뒤 골고루 마르도록 여러 번 뒤집고, 마지막으로 완전히 말리기 위해 대여섯 개씩 기대어 세워놓는 일.

리 너머로 호두나무가 있고, 그 아래 그늘 속에 기다랗고 새파란 블루벨이 자랐다. 석회암 바위 사이에 무더기로 핀, 창공처럼 푸른 꽃. 내 그네는 바람에 흔들렸고 나무 꼭대기 이파리들이 살랑거리고 있었다.

"점심으로 케이크 조금하고 비스킷 가져가." 엄마가 말했다. 엄마는 내 버릇이 나빠지도록 늘 맛있는 음식을 해주었다. 엄마는 양동이에 곡물과 감자를 섞어 으깨고 있었는데, 고개를 떨구고 울고 있어서 닭 모이에 눈물이 떨어졌다.

"아, 사는 게 그렇지. 누구는 뼈 빠지게 일하고 누구는 그렇게 번 돈을 펑펑 쓰고." 양동이를 들고 마당으로 나가며 엄마가 말했다. 암탉 몇 마리가 어느새 양동이 위에 올라앉아 모이를 쪼았다. 양동이를 들고 다니느라 엄마는 오른 어깨가 왼 어깨보다 처졌다. 엄마는 농장이 제대로 돌아가도록 힘들게 일하고 밤이면 집 안을 예쁘게 꾸밀 등갓이나 난로 철망을 만드느라 진이 빠졌다.

기러기 한 무리가 머리 위로 날아갔는데, 꽥꽥 울며 우리 집을 지나쳐 느릅나무 숲 너머로 사라졌다. 여름이면 암소들이 그 느릅나무 숲으로 더위를 식히러 갔고, 파리들이 그 뒤를 쫓았다. 난 종종 깨진 도자기 그릇 조각과 판지 상자를 들고 그곳으로 가서 가게놀이를 했다. 바바와 나는 그곳에 앉아 서로 비밀을 나누었고, 한번은 속바지를 벗고 서로를 간지럽혔다. 그건 우리의 가장 중대한 비밀이었다. 바바는 이따금 그 비밀을 다른 사람에게 말

18

하겠다고 했고, 그럴 때마다 나는 실크 손수건이나 새 타탄 리본 따위를 주었다.

"그렇게 침울해하지 마, 귀여운 허니번치." 송아지들에게 줄 우유 통 네 개를 들고나오며 히키가 말했다.

"히키는 생각에 빠지면 무슨 생각을 해?"

"인형처럼 예쁜 여자. 예쁘고 상냥한 부인. 생각은 순전한 가짜야." 히키가 말했다. 출입문에 붙어 서서 시끄럽게 울던 송아지들은 히키가 다가가자 통에 머리를 들이밀며 게걸스레 우유를 마셨다. 하얀 머리에 커다란 보라색 눈을 가진 송아지가 가장 빨라서, 곧 바로 옆의 통에도 코를 박았다.

"저러다 체하겠다." 내가 말했다.

"불쌍한 것, 고기를 먹어야 하는데."

"난 커서 수녀가 될 거야. 그런 생각을 하고 있었어."

"내 눈엔 이미 수녀인걸. 케리 수녀원 ― 한 베개에 두 사람 머리." 그 말에 약간 역겨워진 나는 여기저기 돌아다니며 라일락을 꺾었다. 집 옆쪽 시멘트 널돌은 이끼가 끼어 미끈거렸다. 빗물 통이 넘치면 그리로 흐르기도 했고, 히키가 밤마다 깡통의 소변을 버리는 창문 바로 아래쪽이기도 했다.

잔디를 밟고 다니니 샌들이 축축해졌다.

"발을 잘 골라 디뎌." 한 손에는 빈 양동이를, 다른 손에는 달걀 몇 개를 들고나오며 엄마가 말했다. 엄마는 내가 말을 안 해도 다 알았다.

라일락은 물기에 젖어 있었다. 가지를 꺾을 때마다 물방울이 농익은 까치밥나무 열매처럼 잔디 위로 뚝뚝 떨어졌다. 난 뭉게구름 같은 라일락을 장작더미처럼 품 안에 안고 돌아왔다.

"안 돼. 불운을 가져와." 엄마가 그렇게 소리쳐서 난 집 안으로 들어가지 않았다.

엄마가 신문 한 장을 가지고 나와서는 내 옷이 젖지 않도록 라일락 줄기를 감싸주었다. 내 외투와 장갑과 모자도 가져다주었다.

"날이 따뜻해서 그건 없어도 돼." 내가 그렇게 말했지만, 엄마는 내 폐가 안 좋아서 필요하다고 했다. 그래서 나는 외투를 입고 모자를 쓴 뒤 가방을 들었고, 점심으로 먹을 케이크 한 조각과 레모네이드병에 든 우유를 챙겼다.

학교에 가려고 집을 나서는데 겁이 나서 몸이 떨렸다. 가는 길에 아빠를 만날까 봐, 아니면 아빠가 집에 와서 엄마를 죽일까 봐.

"나 마중 나올 거야?" 내가 엄마에게 물었다.

"그럼, 아가. 히키 점심 먹은 거 치우자마자 동구 밖으로 마중 나갈게."

"정말이지?" 그렇게 말하는 내 눈에 눈물이 고였다. 내가 학교에 있는 동안 엄마가 죽을까 봐 난 늘 걱정스러웠다.

"울지 마, 아가. 자, 이제 가야지. 점심으로 맛난 케이크도 챙겼잖아. 나중에 보자." 엄마가 내 모자를 매만진 뒤 내게 서너 번 입을 맞췄다. 그러고는 널돌 위에 서서 멀어지는 내 모습을 지켜보았다. 엄마가 손을 흔들고 있었다. 갈색 옷을 입은 엄마는 슬퍼 보였다. 멀어질수록 더 슬퍼 보였다. 엄마가 어느 화창한 아침에 레이스로 장식된 드레스를 입고 챙 넓은 샛노란 모자를 쓰고 결혼했다는 것이, 그리고 지금 엄마의 눈에 눈물이 그득하듯이 그때는 기쁨으로 눈이 촉촉했다는 것이 나로서는 상상하기 힘들었다.

저 너머 벌판으로 암소를 몰고 가는 히키의 모습이 눈에 띄어 난 히키를 소리쳐 불렀다. 히키는 바짓단을 두꺼운 양모 양말 속으로 쑤셔 넣고 모자를 챙이 뒤쪽으로 가도록 거꾸로 쓴 채 내 앞에서 걷고 있었다. 광대 같은 걸음걸이였다. 어디서 마주쳐도 난 그 걸음걸이는 알아볼 것이었다.

"저건 무슨 새야?" 내가 물었다. 꽃이 핀 칠엽수 나무에 새 한 마리가 앉아 있는데, 마치 '이 노래 들어봐, 이 노래 들어봐'라고 말하는 듯했다.

"검은새."

"저게 무슨 검은 새야, 보기만 해도 갈색인데."

"그래, 똑똑아, 그럼 갈색 새야. 난 새에게 이름이 뭐냐, 나이는, 취미는, 좋아하는 달팽이는 뭐냐 그런 거 묻고 다닐 만큼 한가하지 않거든. 꽃을 보겠다고 버넌을 찾아오는 반푼이들과는 다르다고. 난 열심히 일하는 사람이야. 이 농장이 다 내 책임이고." 히키가 농장 일 대부분을 하는 것은 사실이었지만, 그런데도 농장은

21

엉망이 되어갔다. 160만 제곱미터의 땅 전부가.

"저리 가, 꼬맹이야. 안 그러면 엉덩이를 때려줄 테다."

"어떻게 감히, 히키!" 난 열네 살이었고, 히키가 그렇게 허물없이 나를 대하면 안 된다고 보았다.

"쩍쩍이 하자." 그가 그렇게 말하면서, 아주 크고 부드러운 회색 눈으로 나를 바라보며 활짝 웃었다. 난 어깨를 으쓱해 보이고는 뛰어 달아났다. 쩍쩍이는 입맞춤을 부르는 그만의 용어였다. 퍼지를 줄 테니 히키에게 입맞춤을 열 번 해보라고 엄마가 날 부추겼던 날 이후 2년 동안 그에게 입맞춤을 한 적이 없었다. 그날 아빠는 코가 삐뚤어지도록 술을 마신 뒤 병원 신세를 지고 있었고, 몇 번 본 적 없는 행복한 모습의 엄마를 보았던 날이기도 했다. 엄마가 맘 편히 있을 때라고는 아빠가 술을 퍼마신 직후부터 다시 술을 퍼마실 걱정이 시작되기 전까지 몇 주뿐이었다. 그날 엄마는 뒷문 계단에 앉아 있었는데, 엄마가 둥글게 실을 감는 동안 나는 실타래를 들고 있었다. 가축 장에 갔던 히키가 돌아와 어린 암소를 얼마에 팔았다고 엄마에게 말했고, 엄마는 퍼지를 주면 그에게 입맞춤을 열 번 할 수 있겠냐고 나를 부추겼다.

난 당장이라도 아빠가 나타날까 두려워 급히 잔디 마당을 걸어 내려갔다.

예전에 커다란 저택이 서 있었을 때 잔디 마당이라고 불렀기 때문에 여전히 잔디 마당이라고 했지만, 영국 경찰들이 그 저택

을 다 태워버렸고 조상과 달리 아버지는 땅에 대한 자부심이라고
는 없었으므로 그 땅은 점차 황폐해져갔다.

난 들장미가 가득 핀 들판 아래편을 가로질러 갔다. 그곳을 지
나면 고리버들 출입문이 나타났다.

그곳엔 들장미, 어린 고사리류, 금방망이, 바늘처럼 뾰족한 엉겅
퀴가 지천이었다. 그 아래 땅을 자그마한 야생화들이 군데군데 수
놓았다. 푸른색, 하얀색, 보라색이 보슬비처럼 잔잔히 쏟아지고 하
얀 노랫소리가 땅에서 솟아오르는 것 같았다. 가시와 어린 고사리
아래 숨은 그것들이 얼마나 비밀스럽고 아름답고 소중했는지.

난 라일락을 반대쪽 팔로 옮기고 찻길로 나섰다. 잭 홀랜드가
나를 기다리고 있었다. 벽에 기댄 그가 눈에 들어온 순간 난 화들
짝 놀랐다. 처음에 아빠인 줄 알았다. 둘 다 비슷한 키였고, 둘 다
야구 모자 대신 중절모를 썼던 것이다.

"아, 우리 캐슬린." 그는 내게 인사를 건네고는, 내가 몸을 모로
돌려 출입문을 빠져나오는 동안 문을 붙잡고 있었다. 출입문이 조
금밖에 열리지 않아서 지나가려면 억지로 비집고 나가야 했다. 잭
이 문에 철사로 된 걸쇠를 걸었고, 나와 함께 예선로로 건너갔다.

"요즘 어떻게 지내니, 캐슬린? 어머니는 별일 없으시고? 네 아
버지가 집에 없으면 바로 알 수 있지. 요즘 아침마다 유제품 공장
에서 히키를 보거든." '울어라, 하지만 울 때는 혼자 울어야 한다'
라는 엄마의 좌우명이 떠올라 난 잘 지낸다고 대답했다.

2

"구불구불한 진창길은 내가 업어서 건네줄게, 캐슬린."

"진창 아니에요, 잭. 그리고 제발 비 얘기는 꺼내지도 말아요. 집 안에서 우산 펼치는 일만큼이나 치명적이라고요. 안 올 비도 오겠어요."

잭이 미소를 지으며 손으로 내 팔꿈치를 건드렸다. "캐슬린, 너 콜럼*의 시 알잖아. '구불구불한 진창길, 다갈색 늪과 시커먼 물, 그리고 내 머릿속 하얀색 배와 스페인 왕의 딸 생각.' 다만 내 생각은 집과 더 가까울 뿐." 그가 활짝 웃으며 말했다.

우리는 '젠틀먼 씨'네 대문 앞을 지나는 중이었다. 대문에는 맹꽁이자물쇠가 걸려 있었다.

---

* 아일랜드 태생의 미국 시인이자 극작가.

"젠틀먼 씨는 집을 비운 건가요?" 내가 물었다.

"의심의 여지 없이 그렇지. 좀 이상한 사람이야, 캐슬린. 이상한 사람이지." 내 생각은 다르다고 내가 말했다. 젠틀먼 씨는 언덕 위 하얀 집에 사는 멋진 아저씨였다. 그 집은 성당 문을 닮은 떡갈나무 문과 탑 모양 창문이 있었고, 젠틀먼 씨는 저녁마다 체스를 두었다. 그는 더블린에서 변호사로 일하면서 주말마다 이 집에 왔고, 여름이면 섀넌강에서 보트를 탔다. 물론 젠틀먼이 진짜 이름은 아니었지만 다들 그렇게 불렀다. 그는 프랑스 사람으로, 진짜 이름은 드모리에 씨였다. 누구도 그 이름을 제대로 발음하지 못했고, 여하튼 백발에 새틴 조끼를 입고 다니는 모습이 워낙 기품 있어서 동네 사람들은 그를 젠틀먼 씨(Mr. Gentleman)로 부르게 되었다. 본인도 그 이름이 무척 마음에 드는지 편지에 서명할 때도 J. W. 젠틀먼이라고 썼다. J. W.는 이름 머리글자였는데, 그 이름은 자크 어쩌고였다.

그의 집을 찾아갔던 날이 여전히 내 기억 속에 있었다. 겨우 몇 주 전 일로, 아빠가 내게 편지 한 통을 들려 보냈다. 돈을 빌려달라는 내용이었을 것이다. 타맥으로 포장된 진입로에 들어서자마자 건물 옆쪽에서 사냥개 두 마리가 쏜살같이 튀어나와 내게 달려들었다. 내가 비명을 지르자 젠틀먼 씨가 온실에서 나와 빙그레 웃었다. 그는 개들을 내게서 떼어내어 차고에 가뒀다.

그는 나를 현관으로 데리고 들어가며 다시 빙그레 웃었다. 슬퍼 보이는 얼굴이었지만 미소는 아름답고 아련했다. 그리고 아랫사람을 배려하는 듯한 미소였다. 현관 탁자 위 유리 진열장 안에 송어 한 마리가 있었고, **더그호(湖)에서 J. W. 젠틀먼이 잡다. 무게 9킬로그램**이라고 인쇄된 글자가 붙어 있었다.

뭔가를 굽는 냄새와 지글거리는 소리가 주방에서 흘러나왔다. 훌륭한 요리사로 정평이 난 젠틀먼 씨가 저녁으로 양념구이를 하는 모양이었다.

그가 편지봉투를 종이칼로 열어 아빠의 편지를 읽다가 인상을 썼다.

"한번 알아보겠다고 말씀드리렴." 젠틀먼 씨가 내게 말했다. 마치 목에 자두씨가 걸린 듯한 투였다. 프랑스 억양을 도대체 없앨 수는 없었는데, 잭 홀랜드는 다 꾸며낸 거라고 했다.

"오렌지 먹겠니?" 식탁 위에 놓인 컷글라스 그릇에서 오렌지 두 개를 꺼내며 그가 물었다. 그러고는 미소 지으며 나를 문까지 배웅했다. 그의 미소에는 좀 음흉한 기색이 있었고, 그가 내 손을 잡고 악수하자 마치 누가 내 배 속을 간질이는 듯한 묘한 느낌이 들었다. 난 벚나무 아래 매끈한 잔디밭을 가로질러 타맥 포장길로 올라섰다. 그는 여전히 문간에 서 있었다. 뒤를 돌아보자 하얀색 수성도료를 바른 집과 그의 모습 위로 햇빛이 환하게 쏟아지고 있었고, 위층 창문은 전부 활활 타는 듯했다. 대문을 닫는 나를 향해 그가 손을 흔든 뒤 안으로 들어갔다. 우아하게 셰리를 마시려나. 체스를 두려나, 수플레와 구운 송아지 고기를 먹으려나. 그러면서 나는 키 크고 별난 젠틀먼 씨를 생각하기 시작했는데 잭 홀랜드가 다시 물었다.

"그거 알아, 캐슬린?"

"뭐요, 잭?"

혹시 아버지를 만난다 해도, 적어도 나를 지켜줄 잭이 있었다.

"아일랜드 사람 중에는 왕족이 많은데 정작 본인들은 모른다는 거. 자신의 위대한 가계를 전혀 의식하지 못한 채 거리를 걸어 다니고 자전거를 타고 차를 마시고 천한 땅을 가는 왕과 왕비들이 아일랜드에 수두룩해. 네 어머니도 왕비의 태도와 걸음걸이를 가졌잖아."

난 한숨을 내쉬었다. 영국식 어법에 심취한 잭이 따분했다.

잭이 말을 이었다. "'내 머릿속 하얀색 배와 스페인 왕의 딸 생각.' 다만 내 생각은 집과 훨씬 더 가까울 뿐." 흡족한지 그가 혼자 씩 웃었다. 그는 지역신문 칼럼에 실을 글을 구상하고 있었다. "영롱한 아침, 십대 아가씨와 나란히 걸으며 골드스미스와 콜럼의 구절들을 주고받다 보니 내 머릿속을 스치는 생각이, 내가 지나가는 이 주변이……."

바로 그때 우리는 예선로가 끝나는 지점에 닿아, 찻길로 올라섰다. 그리고 먼지 날리는 메마른 길을 걸었다. 유제품 공장으로 가는 수레를 마주쳤는데, 우유 통들은 덜커덕거렸고 주인은 당나

귀에게 채찍을 휘두르며 "가자, 가"라고 외쳤다. 바바의 집 앞을 지나갈 때는 걸음을 빨리했다. 집 옆면에 기대 세워둔 바바의 새 '핑크위치' 자전거가 반짝반짝 빛났다. 벽에 자갈 섞인 시멘트를 바르고 아래층에 두 개의 불룩한 내닫이창을 달고 앞마당에 원형 화단을 만든 바바네 집은 밖에서 보면 인형의 집 같았다. 바바는 수의사의 딸이었다. 새침하고 예쁘고 심술궂은 바바는 내 친구이자 내가 아버지 다음으로 가장 무서워하는 인물이었다.

"어머니 집에 계시니?" 마침내 잭이 물었다. 그는 혼자 무슨 가락을 흥얼거리고 있었다.

지나가는 말처럼 물었지만, 사실 담쟁이 덮인 담장 아래에서 나를 기다린 이유가 바로 그 때문이라는 것을 난 아주 잘 알았다. 이웃에게서 빌린 방목장으로 암소를 끌고 나온 다음 고리버들 출입문에서 날 기다렸던 것이다. 그는 감히 우리 집까지 오지는 못했다. 아빠가 그를 주방에서 쫓아낸 그날 밤 이후로는. 함께 카드놀이를 하던 중에 잭이 탁자 아래로 엄마 무릎 위에 손을 얹었다. 엄마는 가만히 있었다. 그는 엄마에게 예의를 차렸고, 외판원에게서 산 과일 껍질 설탕 절임이나 초콜릿이나 샘플 잼을 엄마에게 가져다주었기 때문이다. 그때 아빠의 카드 한 장이 떨어졌고, 아빠는 그것을 주우려고 탁자 아래로 몸을 숙였다. 곧바로 탁자가 옆으로 뒤집히고 도자기 램프가 떨어져 와장창 깨졌다. 아버지가 고함을 지르며 소매를 걷어붙였고, 엄마는 내게 방에 들어가 자라고 했다. 내 방은 주방 바로 위라, 크고 사나운 고함이 천장을 뚫고 올라왔다. 얼마나 소리를 지르던지! 난폭하고 무시무시했다. 증기 롤러 소리에 버금갔다. 엄마는 울면서 애원했는데, 맥없고 애처로운 울음이었다.

"뭔가 일이 터질 조짐이야." 잭이 그렇게 말하는 바람에 돌연 난 딴 세상에 떨어졌다. 내게 세상의 종말이 찾아오기라도 할 것 같은 말투였다.

우리는 길 한가운데를 걷고 있었는데, 뒤에서 도도한 자전거 종소리가 들렸다. 암갈색 새 자전거에 올라탄 의기양양한 바바였다. 그 애는 고개를 꼿꼿이 들고 한 손을 주머니에 넣은 채 우리를 지나쳐 갔다. 검은 머리칼은 땋아서, 발목 양말과 색을 딱 맞춘 파란 리본으로 묶었다. 멋지게 살짝 그을린 다리가 눈에 들어와 난 부러운 마음이 솟았다.

바바는 우리를 지나친 뒤에야 왼발 끝을 푸른 타르로 포장된 도로에 끌며 속도를 줄였다. 우리가 가까이 다가가자 내 품에 있던 라일락을 잡아채더니 말했다. "내가 대신 들어줄게." 그러더니 라일락을 자전거 앞에 달린 바구니에 넣고는, 큰 소리로 이렇게 노래하며 가버렸다. "결혼을 할 거야, 꼭 할 거야." 라일락을 모리아티 선생님께 드리고 칭찬을 독차지할 테지.

"너는 이런 대접을 받을 이유가 없어, 캐슬린." 잭이 말했다.

"알아요, 잭. 내 걸 가져가면 당연히 안 되죠. 못된 애예요." 하

29

지만 잭의 말은 바바가 아니라 아빠와 우리 농장을 두고 한 말이었다.

그레이하운드 호텔 앞을 지나가는데 오셰이 부인이 문 두드리는 쇠고리를 닦고 있었다. 머리에 쓴 망을 끈으로 어찌나 꽉 조여 묶었는지 두피가 보일 정도였다. 신고 있는 침실용 슬리퍼는 그레이하운드가 질겅질겅 씹어놓은 모양새였다. 아마 정말 그랬을 것이다. 호텔을 차지하고 앉은 것은 주로 그레이하운드들이었으니까. 오셰이 씨는 그렇게 해서 부자가 될 수 있다고 생각했다. 그는 매일 밤 리머릭에 있는 그레이하운드 경주장에 갔고, 오셰이 부인은 양장점에 가서 포트와인을 마셨다. 재봉사는 남 일 떠들기를 좋아하는 사람이었다.

"안녕하세요, 잭. 안녕, 캐슬린." 오셰이 부인이 지나치게 싹싹한 인사를 건넸다. 잭은 냉랭하게 대꾸했다. 잭과 오셰이 부인은 사업상 경쟁 관계였다. 잭은 거리 위쪽에서 식품점과 술집을 운영했는데, 오셰이 부인이 워낙 벽난로 불을 잘 피워놓아서 밤이면 술손님들이 이곳으로 몰렸다. 그들은 법정 영업시간 이후에도 술을 마셨고, 오셰이 부인은 단속을 피하려고 경찰에게 뇌물을 주었다. 난 문 앞 매트 위에서 자고 있던 개 두 마리를 하마터면 밟을 뻔했다. 촉촉한 검은색 코가 보도로 삐죽이 나와 있었던 것이다.

"안녕하세요." 내가 인사했다. 엄마는 아버지가 그 집에 외상을 얼마나 많이 그었는지 그 집 암소 열 마리가 죽을 때까지 우리 땅에서 풀을 뜯을 거라며, 오셰이 부인을 너무 허물없이 대하지 말라고 주의를 주었다.

잭과 나는 호텔을 지나쳤다. 호텔은 다 허물어져가는 축축한 잿빛 건물로, 창틀에는 녹이 슬었고 방문은 어리고 예민한 그레이하운드들이 발톱으로 긁은 자국 천지였다.

"저 마나님이 외판원에게 차려주는 점심이 고작 달걀프라이나 연어 통조림뿐이라는 얘기를 내가 했던가, 캐슬린?"

"네, 했어요, 잭." 잭이 오셰이 부인을 조롱할 셈으로 하는 그 이야기를 난 수십 번도 더 들었다. 오셰이 부인의 체면을 구겨서 호텔의 명성을 떨어뜨리려는 것이었다. 하지만 동네 사람들은 밤늦게까지 그 주방에서 화기애애하게 술 마시기를 즐겼다.

우리는 다리 위에 잠깐 멈춰 서서 호텔 지하실 창문 옆으로 흘러가는 거무죽죽한 녹색 물을 바라보았다. 물빛이 녹색이기도 했지만 강둑의 버드나무 탓에 더 녹색으로 보였다. 잭이 변죽은 그만 울리고 무엇이 되었든 하고 싶은 말을 하기를 기다리는 동안 난 물고기가 있나 강물 속을 들여다보았다. 히키가 저녁마다 물고기를 즐겨 잡았기 때문이다.

버스가 지나가며 양편으로 먼지가 일었다. 아래쪽에서 뭔가 펄쩍 뛰었다. 물고기일지도 몰랐다. 버스를 향해 손을 흔드느라 못 봤다. 난 버스를 보면 항상 손을 흔들었다. 물결이 여기저기서 둥글게 퍼져나갔고, 마지막 물결이 사라질 즈음 그가 말했다. "너희 집 저당 잡혔어. 은행에 넘어간 거지."

하지만 아래 시커먼 물만큼이나 그의 말은 내게 동요를 일으키지 못했다. 나와 아무 상관 없었다. 그 말이나 물이나. 그와 헤어지고 언덕을 올라 학교로 걸어가면서 내게 든 생각은 그랬다. 저당이라니, 그게 무슨 뜻이야? 그게 뭘까 궁리하다가 모리아티 선생님에게 물어보기로 했다. 아니면 검은색 큰 사전에서 찾아보는 게 더 나을지도 모르겠다. 사전은 학교 신문사에 있었다.

교실 안은 엉망진창이었다. 모리아티 선생님은 펼쳐놓은 책 위로 고개를 박고 있었고 바바는 교실 맨 앞의 자그마한 성모성월 제단 위에 라일락(내 라일락)을 꽂고 있었다. 어린 학생들은 교실 바닥에 앉아 색색의 놀이용 점토를 섞고 있었고, 큰 학생들은 서넛씩 무리 지어 수다를 떨고 있었다.

딜리아 쉬히는 천장 구석의 거미줄을 떼어내고 있었다. 창문 열 때 쓰는 막대 끝에 천을 묶은 뒤, 회반죽을 바른 벽과 색이 바래고 먼지투성이인 회색 지도 위에 막대를 댄 채로 이쪽 구석에서 저쪽 구석으로 움직였다. 아일랜드와 유럽과 아메리카 지도. 딜리아는 오두막에서 할머니와 사는 가난한 아이였다. 그 애는 학교에서 온갖 허드렛일을 도맡았다. 겨울이면 매일 아침 다른 학생들이 오기 전에 불을 피우고 재를 치웠고, 금요일마다 바닥 닦는 솔과 희석된 소독약으로 벽장 청소를 했다. 여름옷이 두 벌

뿐인데도 하루걸러 빨아 입어서, 늘 깨끗하고 깔끔하고 반짝반짝
했다. 내게 말하길 커서 수녀가 되겠다고 했다.

"넌 지각이야. 죽임을 당하고 살해당하고 학살될 거야." 교실로
들어서는 내게 바바가 말했다. 그래서 난 죄송하다고 말하려고
모리아티 선생님에게 다가갔다.

"뭐라고? 무슨 일인데?" 책에서 고개를 들며 선생님이 성마르
게 물었다. 이탈리아어책이었다. 선생님은 우편으로 이탈리아어
를 배웠고 여름에 로마에 다녀왔다. 교황님을 본 적도 있다는 선
생님은 아주 영리한 인물이었다. 선생님은 나에게 자리로 돌아가
라고 했다. 이탈리아어책을 읽는 걸 내가 봐서 언짢은 모양이었
다. 내 자리로 가는데 딜리아 쉬히가 내게 귓속말을 했다. "선생님
은 네가 없는지도 몰랐어."

그러니까 바바는 나를 괜히 선생님에게 보낸 것이었다. 선생님
이 눈치채지 못하게 자리에 앉을 수도 있었는데. 난 영어책을 꺼
내서 소로의 〈겨울 아침〉*을 읽었다. "가만히 걸쇠를 풀고 문을 여
니 눈발이 집 안으로 날려 들어왔다. 문밖으로 나서자 공기가 살
을 에도록 찼다. 어느새 별빛은 조금 희미해졌고 지평선에 탁한
안개가 무겁게 깔려 있었다." 막 거기까지 읽었을 때 선생님이 주
목하라고 했다.

---

* 인용된 에세이의 원제는 〈겨울 산책(A Winter Walk)〉이다.

33

"오늘 아주 좋은 소식이 있어요." 선생님이 이렇게 말하면서 나를 보았다. 작고 파란 눈, 사람을 꿰뚫는 눈이었다. 기분이 언짢은가 싶을 수도 있지만, 그저 책을 너무 읽어 시력이 나빠서 그런 것이었다.

"우리 학교에 명예로운 일이 생겼어요." 선생님이 그렇게 말했고, 나는 얼굴이 달아오르는 것을 느꼈다.

"캐슬린, 네가 장학금을 탔어." 선생님이 나를 똑바로 보며 말했다. 나는 자리에서 일어나 감사하다고 말했고 학생들이 모두 박수를 보냈다. 축하의 의미로 그날은 공부를 많이 하지 않겠다고 선생님이 말했다.

"어느 학교로 가요?" 바바가 물었다. 바바는 라일락 가지를 전부 잼병 몇 개에 나누어 넣어 성모마리아상 주위에 형편없는 반원으로 늘어놓았더랬다. 선생님이 한 수녀원의 이름을 댔다. 그 수녀원은 우리 주(州)의 반대편 끝에 있었고 거기까지 운행하는 버스도 없었다.

딜리아 쉬히가 자기 사인북에 글을 적어달라고 해서 난 아주 감상적인 문구를 적어주었다. 그때 뒤쪽에서 접힌 쪽지가 날아와 내 책상으로 떨어졌다. 펼쳐보니 바바가 보낸 것이었다. 이렇게 적혀 있었다.

나도 9월에 그 학교에 가. 아빠가 다 정해놓았어. 교복도 맞췄고.

물론 우리는 학비를 내지. 학비를 내는 게 더 멋지거든. 넌 제대로 된 반푼이야.

바바

가슴이 쿵 내려앉았다. 나는 바바네 차를 빌려 타고 학교에 갈 테고, 바바가 수녀원에 우리 아버지 이야기를 다 퍼뜨리리라는 것을 단박에 알았다. 울고 싶은 심정이었다.

그날 시간은 더디게 흘러갔다. 엄마가 어쩌고 있을지 궁금했다. 장학금 받은 걸 알면 기뻐할 텐데. 엄마는 내 교육에 대해 걱정이 많았다. 3시에 수업이 끝났다. 그때 난 몰랐지만, 그날이 내가 학교에 간 마지막 날이었다. 다시는 내 책상에 앉지 못할 것이었고, 분필과 쥐의 냄새, 바닥을 쓸 때마다 풀풀 올라오는 먼지 냄새를 맡지 못할 것이었다. 알았다면 울었을지도 모르고, 내 책상 한 귀퉁이에 내 이름을 적었을지도 모른다.

'저당'이라는 단어는 잊어버리고 말았다.

3

물품 보관실에서 외투를 입는데 바바가 교실을 나왔다. 바바는 모리아티 선생님에게 "안녕"이라고 말했다. 바바는 열등생이었지만 선생님이 총애하는 학생이었다. 흰색 카디건을 망토처럼 어깨에 걸쳐서 빈 소매가 너풀거렸다. 바바는 자기가 제일 잘난 줄 알았다.

"도대체 그놈의 외투와 모자와 목도리는 왜 필요한 건데? 5월이라고. 망할 에스키모냐."

"망할 에스키모가 뭔데?"

"따지지 마." 사실은 자기도 모르는 거였다.

바바가 내 앞에 서더니, 내 피부에 블랙헤드나 점이 잔뜩 있기라도 한 양 쏘아보았다. 비누 냄새가 풍겼다. 반은 향수고 반은 소독약인 멋진 향이었다.

"무슨 비누 쓰는 거야?" 내가 물었다.

"남 비누에 신경 끄고 넌 석탄산이나 쓰셔. 좌우간 넌 우중충한 촌뜨기인 데다 욕실에서 씻지도 않잖아. 부엌에서 대야에 물 받아 씻고 네 엄마가 낡은 헝겊으로 만든 수건을 쓰잖아. 하긴 화장실이 있어도 어디 쓰겠어?" 바바가 말했다.

"우리도 손님방 있어." 내가 발끈해서 말했다.

"맙소사, 그래, 있지. 근데 그 안에 귀리를 넣어두잖아. 닭을 상자에 넣어 창가에 두는 그 방이 헛간하고 뭐가 다르냐. 변기 탱크 체인은 고쳤니?"

말을 그렇게 빨리할 수 있다니 놀라웠다. 그러면서도 작문은 못해서, 대신 써달라며 날 들볶았다.

"네 자전거 어디 있어?" 문을 나서며 내가 부러운 투로 물었다. 아침에 새 자전거를 타고 가던 모습이 얼마나 근사하던지, 난 천천히 자전거를 모는 바바 옆에서 뛰듯이 걸어가기가 싫었다.

"점심시간에 집에 놔두고 왔어. 오늘 비가 올 거라고 라디오에서 그랬거든. 네 위층 모델은 어때?" 내가 가끔 타고 다니는 엄마의 구식 자전거를 말하는 거였다.

우리는 예선로를 따라 마을 쪽으로 걸었다. 바바에게서 비누 냄새가 풍겼다. 비누와 멋들어진 반창고와 귀여운, 아주 귀여운 미소. 보들보들하고 적당히 통통한, 보조개 팬 얼굴. 그것들을 가질 수만 있다면 바바를 죽일 수도 있을 것 같았다. 반창고는 가짜로 붙인 것이었다. 만질만질하고 동그스름한 무릎에 시선을 끌려고. 바바는 무릎 꿇을 일이 우리만큼 많지 않았다. 그 애는 성가대에서 가장 노래를 잘했고, 미사 내내 피아노 의자에 앉아 손톱의 반달을 만지작거려도 아무도 개의치 않았다. 성체 축성 때만 아니면. 무릎에 붙인 길쭉한 반창고는 자기 아빠 진료소에서 공짜로 얻은 것이었고, 사람들은 늘 바바에게 무릎을 다쳤냐고 물었다. 어른들은 바바를 좋아했고 바바에게 관심이 많았다.

"새로운 소식 없어?" 바바가 불쑥 물었다. 바바가 이렇게 물을 때마다 난 거짓말을 해서라도 맞춰줘야 할 것 같은 기분이 들었다.

"미국에서 자수 침대보가 왔어." 그 말을 내뱉자마자 난 바로 후회했다. 바바는 자랑할 것들이 있었고 다들 그 자랑에 귀를 기울였지만, 내가 자랑을 하면 다들 웃으며 서로를 쿡쿡 찔렀다. 우리는 그림 그릴 때 응접실을 쓴다*고 말했던 날 이후로 그랬다. 하루도 지나지 않아 바바가 "우리 엄마는 신혼여행 때 빅벤을 봤어"라고 말하자 마치 빅벤을 본 사람이 이 세상에 바바의 엄마뿐이라는 듯 다들 감탄하며 바바를 바라보았다. 우리 동네에서 빅벤을 본 사람은 정말 바바의 엄마뿐일지도 모르지만 말이다.

잭 홀랜드가 손마디로 가게 창문을 두드리며 내게 들어오라고 했다. 바바가 따라 들어와서는, 들어서자마자 코를 킁킁거렸다.

---

* 응접실이 drawing room이므로 그림을 그리는(drawing) 방이라고 한 것.

먼지와 김빠진 맥주와 찌든 담배 연기 냄새가 났다. 우리는 카운터 뒤로 들어갔다. 잭이 무테 안경을 벗어 열린 설탕 자루 위에 얹었다. 그가 내 양손을 잡았다.

"네 어머니가 잠시 여행을 떠났단다." 그가 말했다.

"어디로요?" 공포에 질린 목소리로 내가 물었다.

"자, 너무 흥분하지 말고. 너는 잭이 책임질 테니 겁먹지 마."

책임진다고! 콘서트 날 공회당에 불이 났을 때도 잭이 책임자였다. 데벌레라가 대형 트럭에서 선거 유세를 하다가 거의 추락할 뻔했을 때도 잭이 트럭의 책임자였다. 난 울음을 터뜨렸다.

"자, 자." 잭이 나를 달래고는 포도주병들이 놓인 가게 안쪽으로 갔다. 바바가 나를 쿡 찔렀다.

"계속 울어." 바바가 말했다. 뭔가 얻을 것임을 잘 알았던 거다. 잭은 먼지가 잔뜩 앉은 탄산음료 한 병을 꺼내더니 유리잔 두 개에 따랐다. 어째서 바바가 내 불행에서 이득을 보는지 이해할 수 없었다.

"너희들 건강을 위해." 우리에게 음료를 건네며 그가 말했다. 내가 받은 유리잔은 더러웠다. 맥주 물로 씻은 뒤 더러운 행주로 닦아서 그랬다.

"왜 항상 블라인드를 내리고 있어요?" 바바가 상냥한 미소를 보이며 물었다.

"다 생각하는 바가 있어서 그런 거야." 그가 안경을 쓰며 진지하게 말했다.

"이것들." 그가 사탕이 든 유리병과 1킬로그램짜리 잼병을 가리키며 말했다. "이것들은 햇빛을 받으면 상하거든."

푸른 블라인드는 햇빛에 색이 바래서 이제 칙칙한 회색이었다. 줄은 떨어져 나가고 블라인드 밑자락은 아래쪽 널을 따라 찢어져 있었다. 잭은 우리에게 이야기하면서 그쪽으로 다가가 블라인드를 살짝 매만졌다. 햇빛이 들지 않는 가게는 추웠고, 카운터는 동그란 갈색 자국으로 가득했다.

"엄마는 한참 있어야 올까요?" 내가 물었다. 내가 엄마를 입에 올리자마자 잭의 얼굴에 미소가 어렸다.

"그건 히키가 말해줄 거야. 건초 창고에서 코를 골며 자고 있지만 않으면 다 말해줄 거다." 잭이 말했다. 엄마가 히키에게 전적으로 의존했기 때문에 잭은 히키를 시켰다.

바바가 음료수를 다 마시고 유리잔을 잭에게 건넸다. 그는 그것을 대야에 담긴 찬물에 넣어 대충 흔들더니, **기네스는 당신에게 좋다**라는 글귀가 적힌 철제 쟁반 위에 올려놓았다. 그러곤 나달나달한 더러운 수건으로 세심하게 손을 닦고는 내게 한쪽 눈을 찡긋해 보였다.

"부탁 하나 들어줬으면 해." 그가 우리 둘을 향해 말했다. 난 무슨 부탁일지 알 것 같았다.

"각자 내게 입맞춤해주면 어때?" 그가 물었다. 난 흰색 양초가 가득한 상자를 내려다보았다.

"트랄랄라, 홀랜드 씨." 바바가 활달하게 말하며 가게를 뛰어나갔다. 나도 그 뒤를 따랐지만, 불행히도 그가 문 안쪽에 놓은 쥐덫에 걸리고 말았다. 쥐덫이 내 신발을 물고 닫히면서 뒤집혔다. 기름기 많은 베이컨 조각이 내 신발 밑창에 붙었다.

"망할 쥐 새끼들 때문에." 잭이 내 신발에서 베이컨 조각을 떼어내 다시 덫에 넣으며 말했다. 히키는 그 가게에 쥐가 득시글거린다고 했다. 밤이면 설탕 자루 속에서 난리를 친다고도 했는데, 우리가 그곳에서 산 밀가루 속에 죽은 쥐 두 마리가 들어 있었던 적도 있다. 우리는 그 이후로는 더 아래쪽에 있는 개신교도 가게에서 밀가루를 샀다. 엄마는 개신교도들이 더 깨끗하고 더 정직하다고 말했다.

"내 부탁은." 잭이 내게 간절히 말했다.

"난 너무 어리잖아요, 잭 아저씨." 내가 무력하게 말했다. 어쨌든 너무 슬프기도 했다.

"감동적이야, 정말 감동적이라니까. 서정성이 풍부해." 그가 축축한 손으로 내 분홍빛 뺨을 쓰다듬으며 그렇게 말하고는 내가 나갈 수 있도록 문을 잡아주었다. 그때 잭의 모친이 주방에서 큰소리로 그를 불러서 그는 안으로 뛰어 들어갔다. 내가 걸쇠를 걸고 밖으로 나오니 바바가 나를 기다리고 있었다.

"못 말리는 광대야, 뭐에 걸려 넘어진 거야?" 바바는 문밖에 놓인 빈 맥주 통에 걸터앉아 다리를 흔들고 있었다.

"그 통에 앉으면 옷에 분홍색 페인트가 다 묻을 텐데." 내가 말했다.

"내 옷이 분홍색이잖아, 반푼아. 나도 너희 집에 갈래. 반지를 몇 개 슬쩍할 수도 있을 테니까."

"안 돼." 내가 단호하게 말했다. 목소리가 떨렸다.

"갈 거야. 꽃을 꺾으러 갈 거라고. 엄마가 점심시간에 너희 엄마에게 전갈을 보내서 그래도 되냐고 물어봤어. 엄마가 내일 대주교님과 차를 마실 거라 탁자를 장식할 블루벨이 필요해."

"대주교님이 누군데?" 우리 교구에는 주교님만 있었기 때문에 내가 물었다.

"대주교님이 누구냐니! 너 망할 개신교도야 뭐야?" 바바가 말했다.

나는 아주 빠른 걸음으로 걸었다. 바바가 내게 싫증이 나서 공짜로 모험책을 읽으러 책방에 들어가기를 바랐다. 책방을 지키는 여자의 시력이 무척 안 좋아서, 바바는 그곳에서 책을 수없이 훔쳤다.

애타는 심정으로 숨을 몰아쉬느라 내 콧방울이 양옆으로 벌어졌다.

"내 코가 점점 넙데데해지고 있어. 다시 원래 모습으로 돌아올까?" 내가 물었다.

"네 코는 늘 넙데데했어. 망할 주유 펌프 같은 코잖아." 바바가 말했다.

우리는 장터와 시장 건물과 양편으로 뒤죽박죽 늘어선 작고 퀴퀴한 가게들을 지나쳤다. 반짝반짝 윤이 나는 문 쇠고리가 달린 멋진 2층 건물의 은행도 지나쳐서 다리를 건넜다. 이렇게 고요한 날에도 강물이 내는 소리는 마치 홍수로 급류가 흘러가듯 급하고 긴박했다.

곧 우리는 읍내를 벗어나 대장간으로 이어지는 언덕을 올랐다. 양옆으로 나무들이 자랐는데, 나뭇가지들이 머리 위로 거의 맞닿을 듯 뻗어 있어 길은 어둑했다. 대장간에서 빌리 투이가 편자를 땅땅 두드리는 소리만 들릴 뿐 사위는 조용했다. 머리 위에서는 새들이 푸드덕대고 쩍쩍거리며 노래했다.

"저 망할 새들이 내 신경을 긁어." 바바가 새를 향해 인상을 쓰며 말했다.

유리 없는 창문 너머로 빌리 투이가 우리를 향해 고개를 끄덕였다. 내부에 연기가 자욱해서 그의 모습이 제대로 보이지 않았다. 그는 대장간 뒤편 오두막에서 모친과 살았다. 두 사람은 양봉을 했고, 방울다다기양배추를 키우는 사람은 근방에서 그가 유일했다. 그는 거짓말을 하곤 했는데, 근사한 거짓말들이었다. 할리우드에 자기 사진을 보냈더니 **당장 오시오 당신은 그레타 가르보 이후로 가장 큰 눈을 지닌 사람이오**라고 적힌 전보를 받았다고 했다. 골웨이 경마에서 아가 칸*과 저녁 식사를 하고 식사 후에는 함께 포켓볼을 쳤다고도 했다. 호텔에서 문밖에 신발을 놔두었더니 누가 훔쳐 갔다고도 했다. 그는 우리에게 수많은 거짓말과 수많은 이야기를 들려주었다. 그의 이야기가 수많은 밤을, 캄캄한 밤을 채웠고, 그것은 이탄에서 타오르는 불꽃처럼 이국적인 색깔을 가졌다. 그는 지그와 릴 춤도 췄고, 아코디언도 아주 멋지게 연주했다.

"빌리 투이는 뭐게?" 바바가 내게 겁을 주고 싶은 듯 불쑥 물었다.

"대장장이." 내가 말했다.

"맙소사, 못 말리는 반푼이. 그거 말고 또 뭐냐고?"

"뭔데?"

"빌리 투이는 플라이보이(fly boy)야."

"여자들을 꼬셔?" 내가 물었다.

"아니, 벌을 키운다고." 바바가 그렇게 말하며 한숨을 쉬었다. 난 참 둔해빠진 애였다.

우리는 바바네 대문에 도착했고 바바는 책가방을 들고 뛰어 들어갔다. 난 기다리지 않았다. 바바와 함께 집에 가고 싶지 않았다. 돌담 속 벌집에서 야생벌들이 졸린 듯 윙윙거렸고, 이발사가 사는 집 바깥의 과실수들은 마지막 꽃잎을 떨어뜨리고 있었다. 사

---

* 이슬람 종파 중 시아파에 속하는 이스마일파 교단 지도자의 세습 칭호.

과나무 아래 흰색과 분홍색 꽃잎이 무더기로 쌓였고 아이들이 맨발로 오가며 그 꽃잎을 짓밟고 있었다. 가장 어린 두 아이는 담장에 매달려 누구든 지나갈 때마다 "좋은 오후"라고 말했다. 그들은 잼 바른 빵을 먹고 있었다.

"이발사 미키네는 아침으로 뭘 먹게?" 나를 따라잡은 바바가 물었다. 이발사의 아이들은 항상 이발사 미키네라고 불렸다. 아버지 이름이 미키이고, 아이들이 너무 많아 각각의 이름을 기억할 수 없어서였다.

"아마 빵과 차를 먹겠지."

"머리카락 수프야, 바보야. 그럼 이발사 미키네는 점심으로 뭘 먹게?"

"머리카락 수프." 이젠 나도 아주 똑똑해진 기분이었다.

"아냐. 머리카락 곰국이야, 멍청아." 바바는 배수로 옆에서 자라는 뻣뻣한 풀 한 가닥을 뽑아 곰곰이 생각하며 씹다가 뱉어버렸다. 따분한 모양이었고 왜 나를 따라오는지 알 수가 없었다.

우리 집 대문이 가까워지자 난 앞서 달려갔는데, 그러다가 그를 밟을 뻔했다. 느릅나무 둥치에 기대앉아 있어서 이파리가 그의 얼굴에 그림자를 드리웠다. 그림자가 움직였다. 그는 자고 있었다.

"네게 신경 쓸 수가 없어." 마침내 그가 말했다. "소젖도 짜야 하고 송아지와 암탉 먹이도 줘야 해. 이 농장을 혼자 관리해야 한다고." 그는 자기가 중요한 인물이라는 기분을 즐기고 있었다.

"신경 안 써도 돼. 밤에만 같이 있어주면 돼." 내가 말했다. 하지만 그는 고개를 저었다. 난 내가 어차피 집에 머무를 수 없다는 것을 알았다. 그래서 까다롭게 굴기로 했다. "내 잠옷은 어떻게 해?" 내가 물었다.

"가서 가져와." 바바가 차분히 말했다. 난 이렇게 이빨이 덜덜 떨리는데 저들은 어떻게 저렇게 차분할 수가 있지?

"난 못 해. 무서워."

"뭐가 무서워?" 히키가 물었다. "분명 지금쯤이면 그는 리머릭에 있을 텐데."

"확실해?"

"확실하지! 여기 와서 우편 차를 타고 갔잖아. 열흘이나 열하루 동안은 나타나지 않을 거야. 돈이 다 떨어질 때까지는 말이지."

"자, 못난이야, 내가 같이 가줄게." 바바가 말했다. 난 히키에게 엄마가 괜찮은지 묻고 싶었다. 내가 작은 소리로 속삭였다.

"무슨 말인지 안 들려."

다시 속삭였다.

"안 들린다고."

그래서 그만두었다. 그는 휘파람을 불며 들판을 건너갔고 우리는 진입로를 올라갔다. 진입로에는 잡초가 무성했고 매일 그 길을 오르내리는 마차 바퀴자국이 두 줄로 나 있었다.

"너 서캐 있어?" 바바가 인상을 쓰며 물었다.

"모르겠는데, 왜?"

"서캐 있으면 우리 집에서 못 자. 내 베개에 그런 게 기어다니게 둘 수는 없지. 꼬물꼬물 소름 끼치는 그런 것들이 널 보내버릴 거야."

"어디로 보내?"

"섀넌강으로."

"바보 같은 소리."

"아니, 바보 같은 건 너야." 바바가 내 땋은 머리를 들어 올리고는 찬찬히 두피를 살폈다. 그러더니 무슨 끔찍한 병이라도 목격한 듯 툭 놓았다. "너 약 먹어야겠다. 벼룩이랑 서캐랑 하루살이랑 온갖 벌레와 병균이 득시글해." 난 소름이 돋았다.

황소눈은 누군가 널돌 위에 놓아준 에나멜 접시의 빵을 먹고 있었다. 불쌍한 황소눈을 누군가 잊지 않고 챙긴 것이다.

집 안에 들어서니 부엌은 지저분했고 화덕의 불은 꺼져 있었다. 엄마의 장화는 바닥 한가운데 있었고, 식탁에는 우유 두 캔이 놓여 있었다. 필기구 상자도. 엄마가 파우더와 립스틱 따위를 넣어두는 상자였다. 파우더 퍼프는 어디 갔는지 없었고 옷장 못에 걸려 있던 묵주도 사라졌다. 엄마는 가버린 것이다. 정말 가버린 것이다.

"위층에 같이 올라가자." 내가 바바에게 말했다. 걷잡을 수 없이 무릎이 후들거렸다.

"사람이 먹을 만한 게 있어?" 부엌에 딸린 작은 식당 문을 열며 바바가 물었다. 엄마가 그 방 커튼 뒤에 비스킷 통을 숨겨둔다는 사실을 알았던 것이다. 먼지 쌓인 방은 어둑하고 처연했다. 작은 장신구와 초콜릿 상자 뚜껑과 작은 조각상과 조화 등을 모아놓은 잡동사니 장식장은 엄마가 없으니 우스꽝스러워 보였다. 엄마가 재떨이로 쓰던 게딱지들이 여기저기 흩어져 있었다. 바바가 두세 개를 집었다가 다시 내려놓았다.

"맙소사, 여기 망할 시장통 같잖아." 바바가 조각상마다 거수경례를 붙이려 잡동사니 장식장으로 다가가며 말했다.

"안녕하세요, 성 안토니오. 안녕하세요, 절망에 빠진 이들의 수호성인 성 유다." 바바가 프라하의 아기 예수상을 집어 들자 머리가 뚝 떨어졌다. 그 애는 폭소를 터뜨렸고, 내가 모둠 비스킷 통을 내밀자 초콜릿 비스킷을 전부 집어 주머니에 넣었다.

그때 타일을 붙인 벽난로 갓돌 위에 버터가 놓여 있는 것이 바바의 눈에 띄었다. 엄마는 여름이면 버터를 식히느라 거기에 두었다. 바바가 1, 2킬로그램의 버터를 집어 들었다. "네 양식 삼아 챙기는 게 좋겠어. 이제 위층에 올라가서 너희 어머니 장신구를 보자." 바바가 말했다.

엄마가 가진 반지 중에 바바가 탐내는 것들이 있었다. 엄마가 젊을 때 선물로 받은 멋진 반지들이었다. 엄마는 미국에 간 적이 있었다. 그때는 어여쁜 얼굴이었다. 사람을 잘 믿는 무척 아름답고 맑은 눈에, 노란빛이 도는 둥근 얼굴. 눈동자가 청록색이었다. 머리칼은 두 가지 색을 띠어서, 어느 부분은 붉은빛이 도는 금색이고 어느 부분은 갈색이었다. 따라서 염색한 머리일 수가 없었다. 나도 엄마의 머리칼을 닮았다. 그런데 바바는 내가 염색을 했다고 학교에서 떠벌렸다.

"네 머리칼은 오래된 매트리스 속 같아." 그런 내 생각을 말하자 바바는 이렇게 대꾸했다.

우리는 곧 엄마의 반지가 있는 손님방으로 들어갔는데, 그때 대야 속 물병이 달그락거리며 산들바람에 흔들리듯 물병 속 꽃이 움직였다. 사실은 꽃이 아니라, 엄마가 금색과 은색 종이로 감싼 옥수수 이삭이었다. 분홍색으로 물들인 팜파스그래스 줄기와 함께 꽂아놓았다. 축제에서 볼 수 있는 요란한 색감이었다. 하지만 엄마는 좋아했다. 엄마는 집 꾸미기에 열심이어서, 늘 뭔가를 했다.

"반지 꺼내봐. 그놈의 거울은 그만 들여다보고." 녹색 얼룩이 잔뜩 낀 거울이었지만 습관적으로 들여다봤던 거다. 장신구를 넣어두는 갈색과 금색이 섞인 상자를 꺼내자 바바는 하나씩 다 착용해보았다. 반지들과 진주 브로치 두 개와 배까지 늘어지는 호박 목걸이.

"네가 망할 구두쇠만 아니라면 여기서 반지 하나쯤은 내게 줄 텐데." 바바가 말했다.

"엄마 물건이야, 못 줘." 내가 기겁하며 말했다.

"엄마 물건이야, 못 줘." 바바가 흉내를 냈는데, 흉내 낸 내 목소리는 높고 가늘고 울먹거렸다. 바바가 옷장을 열어 녹색 조젯 무도복을 꺼냈다. 그러고는 부연 거울에 비친 자기 모습에 감탄하더니 발끝으로 살짝 춤을 췄다. 바바는 춤출 때 참 예뻤다. 난 서툴렀다.

"쉬, 무슨 소리 들린 것 같아." 내가 말했다. 분명 아래층에서 발소리가 들린 것 같았다.

"아, 개겠지." 바바가 말했다.

"내려가보는 게 좋겠어. 개가 우유 캔을 차서 넘어뜨릴 수도 있으니까. 우리가 뒷문을 열어뒀던가?" 아래층으로 달려 내려간 나는 부엌 문간에서 얼어붙었다. 그가 있었다. 모자를 뒤로 휙 젖히고 흰색 비옷의 앞자락을 풀어 헤친, 술에 취한 내 아버지. 화가잔뜩 나 험악하고 시뻘게진 얼굴. 누구라도 두들겨 팰 상태라는 걸 나는 알았다.

"빈 집구석이 가관이구나. 엄마 어디 있어?"

"몰라요."

"묻는 말에 대답해." 튀어나올 듯한 커다랗고 파란 눈을 바라보기가 무서웠다. 유리 눈알 같은 눈.

"몰라요."

아빠가 내게 다가와 턱 밑을 후려치자 위아래 이가 딱 소리를 내며 부딪혔고, 아빠가 미치광이의 눈으로 나를 노려보았다. "요리조리 빠져나가기만 하지. 네 아빠한테서 늘 빠져나가. 이 빌어먹을— 네 엄마 어디 있는지 말 안 해? 말 안 하면 아주 혼꾸멍을 낼 테다."

난 바바를 소리쳐 불렀고, 바바는 엄마의 구슬가방을 손목에 건 채로 구르듯 계단을 내려왔다. 아빠는 나를 움켜쥔 손을 바로 거뒀다. 아빠는 남들이 자신을 난폭하다고 생각하기를 원하지 않았고, 신사라는 평판, 파리 한 마리 못 죽이는 얌전한 사람이라는 평판이 있었다.

"안녕하세요, 브래디 아저씨." 바바가 말했다.

"그래, 바바. 착하게 잘 지내지?" 나는 조금씩 식기실 쪽으로 움직였다. 거기서부터는 뛰어서 달아날 수 있으니 안전하리라 보았다. 위스키 냄새가 났다. 아빠는 딸꾹질을 하기 시작했고, 딸꾹질할 때마다 바바가 웃었다. 바바가 그러는 걸 아빠가 알아채면 안 되는데. 그러면 우리 둘 다 죽일 테니.

"브래디 아줌마는 집에 안 계세요. 부친께서 안 좋으시대요. 오라는 전갈을 받아서 캐슬린은 우리 집에서 지내기로 했어요." 그렇게 말하면서 바바는 초콜릿 비스킷을 먹었고, 예쁜 입술 한끝에 부스러기가 묻어 있었다.

"쟤는 이 집에 남아 날 돌봐야 해. 그게 쟤가 할 일이야." 아빠가 그렇게 호통을 치며 내가 서 있는 쪽을 향해 종주먹을 들이댔다.

"아." 바바가 미소를 지었다. "아저씨를 돌봐줄 사람은 따로 올 거예요. 오두막에 사는 버크 부인이요. 사실 지금 우리가 거기로 가서 아저씨가 집에 왔다고 알려줘야 해요." 아빠는 아무 말도 하지 않았다. 다시 딸꾹질을 했다. 황소눈이 들어와 하얀 털북숭이 꼬리를 내 다리에 비볐다.

"얼른 가봐야겠어요." 바바가 그렇게 말하며 내게 한쪽 눈을 찡 긋했다. 아빠가 주머니에서 지폐 뭉치를 꺼내더니 꼬깃꼬깃하고 더러운 1파운드 지폐 한 장을 바바에게 주었다.

"자. 쟤를 맡아줘서 고맙다. 난 뭐든 공짜로 받는 법은 없어." 그가 말했다. 고맙습니다, 안 그러셔도 되는데 하고 바바가 말했고 우리는 집을 나왔다.

"세상에, 완전 고주망태야. 뛰자." 바바가 말했지만 온몸에 힘이 빠진 난 뛸 수가 없었다.

"망할 버터를 놓고 왔네." 바바가 덧붙였다. 뒤를 돌아보니, 아빠가 무슨 마음을 먹은 듯 성큼성큼 대문을 지나 우리 쪽으로 걸어오는 것이 보였다.

"바바." 아빠가 불렀다. 달아나야 하냐고 바바가 내게 물었다. 아빠가 다시 불렀다. 난 내가 뛸 수 있는 상황이 아니니 안 그러는 게 낫겠다고 말했다.

우리는 아빠가 다가오기를 기다렸다.

"내가 준 돈 돌려주려무나. 네 아버지와 직접 해결할 테니. 볼일이 좀 있어서 다음 주에 네 아버지를 오라고 할 거거든."

그는 지폐를 받아 빠른 걸음으로 멀어졌다. 급히 술집에 가거나, 아니면 포텀나행(行) 저녁 버스를 잡아타려는 거겠지. 그곳에 경주마를 가진 친구가 있었다.

"인색한 악마. 우리 아빠한테 빌린 돈이 20파운드나 되면서." 바바가 말했다. 들판을 가로질러 걸어오는 히키가 보여 난 손을 흔들었다. 소를 몰고 있었다. 소들은 으레 그러듯 잠깐씩 멈춰 서서 한가로이 저 멀리를 바라보느라 뒤처져 있었다. 히키는 휘파람을 불었고 고요하고 온화한 저녁이라 휘파람 소리가 들판 너머까지 퍼져나갔다. 길을 가는 낯선 사람이 지나가다 본다면 우리 농장을 행복한 곳으로 여길 만했다. 그렇게 보였다. 따스한 저녁의 구릿빛 햇살 속에 행복하고 풍요롭고 견고한 곳. 나무 사이에 자리 잡은 붉은색 석조 건물은 해가 저무는 저녁나절이면 그 나름의 빛을 발했고 그로부터 푸른 들판이 거칠 것 없이 멀리 뻗어나갔다.

"히키, 왜 거짓말했어? 아빠가 집에 와서 나를 죽일 뻔했다고." 히키는 우리에게서 몇 미터 떨어진 곳에서 암소를 양쪽에 두고 그 위에 손을 얹고 있었다.

"왜 숨지 않았어?"

"딱 마주쳤다고."

"원하는 게 뭐였어?"

"싸우려는 거였지, 뭐. 늘 그렇듯이."

"인색한 악마. 얘를 데리고 있는 값으로 1파운드를 줬다가 다시 뺏어 갔어." 바바가 말했다.

"내게 빚진 1파운드마다 1페니씩만 받아도." 히키가 고개를 절레절레 저으며 말했다. 우리는 히키에게 빚진 돈이 많았고, 그래서 나는 그가 임금을 정기적으로 받을 수 있는 삼림 관리원이 되겠다며 우리를 떠날까 봐 걱정스러웠다.

"떠나지 않을 거지, 히키?" 내가 애원했다.

"여름이 끝나면 버밍엄에 갈 거야." 그가 말했다. 내가 살면서 느끼는 가장 큰 두려움이 둘 있었는데, 엄마가 암으로 죽는 것과 히키가 우리를 떠나는 것이었다. 마을에서 암으로 죽은 여자가 넷이나 되었다. 바바는 아기를 충분히 낳지 않아서 그런 거라고 말했다. 수녀는 다 암에 걸린다고 말이다. 바로 그때 난 장학금 받은 일이 떠올라서 히키에게 전했다. 히키는 기뻐했다.

"오, 이제 상류층이 되겠네." 그가 말했다. 갈색 암소가 꼬리를 들고는 잔디 위에 오줌을 쌌다.

"레모네이드 마실 사람?" 히키가 물었고 우리는 달아났다. 그가 암소의 등을 찰싹 때리자 암소는 느릿느릿 움직였다. 앞쪽에 있던 암소들도 움직이기 시작했고, 히키는 다시 휘파람을 불며 그 뒤를 따랐다. 아주 고요한 저녁이었다.

4

현관 복도를 들어서면서 바바는 엄마를 —"마사, 마사"라고—
불렀다. 타일 깔린 복도였고 마루 광택제 냄새가 났다.

우리는 카펫이 깔린 계단을 올라갔다. 문 하나가 스르르 열리
더니 마사가 머리를 내밀었다.

그녀는 "쉬, 쉬" 하면서 들어오라고 손짓했다. 우리가 침실로 들
어가자 마사가 가만히 문을 닫았다.

"안녕, 골칫덩어리." 데클런이 바바에게 말했다. 데클런은 바바
의 남동생이었다. 닭 다리를 먹고 있었다.

닭이 담긴 접시가 커다란 침대 한가운데 놓여 있었다. 닭은 너
무 익어서 흐물흐물했다.

"외투 벗어라." 마사가 내게 말했다. 나를 기다리고 있었던 것
같았다. 엄마가 전화한 모양이었다. 마사는 창백해 보였는데, 당

시에는 늘 창백했다. 그녀의 얼굴은 눈꺼풀이 항상 반쯤 내려와 있는 창백한 성모마리아의 얼굴이었고, 눈꺼풀 뒤 큰 눈동자는 색이 진해서 무슨 색인지 알아볼 수는 없었지만 그 눈을 볼 때마다 난 보라색 팬지가 떠올랐다. 벨벳처럼 부드러운. 그녀는 앞코를 은색 조각으로 장식한 빨간 벨벳 신발을 신고 있었다. 방에서는 향수와 포도주와 어른 냄새가 났다. 마사는 적포도주를 마시고 있었다.

"아빠는 어디 있어?" 바바가 물었다.

"몰라." 마사가 고개를 저었다. 평소 머리 위로 높이 틀어 올리던 검은 머리가 어깨 아래까지 늘어져 끝이 약간 동그랗게 말려 있었다.

"닭고기를 왜 방으로 가지고 들어왔어?" 바바가 물었다.

"왜 그랬겠어?" 데클런이 닭의 위시본*을 바바에게 던지며 말했다.

"아빠한테 안 주려고 그랬겠지." 바바가 벽난로 위에 놓인 자기 아버지의 사진을 향해 말했다. 그러고는 오른손을 총 모양으로 만들어 그쪽을 가리키며 말했다. "탕탕."

마사가 내게 닭 날개를 주었다. 소금에 찍어 먹으니 맛있었다.

---

* 닭의 목과 가슴 사이에 있는 V자형 뼈로, 두 사람이 한 쪽씩 붙들고 소원을 말하며 잡아당겼을 때 큰 조각을 쥔 사람의 소원이 이루어진다는 이야기가 있다.

"네 엄마가 며칠 집을 비우실 거야." 마사가 그렇게 말했고, 나는 다시 목이 메었다. 동정심은 내게 안 좋았다. 마사가 엄마 같다는 건 아니었다. 그러기에 마사는 너무 아름답고 차가웠다.

마사는 동네 사람들이 문란하다고 부르는 인물이었다. 그녀는 거의 매일 밤 그레이하운드 호텔에 갔다. 딱 붙는 검은 정장을 입었는데 재킷 속에는 브래지어만 입었고, 시폰 스카프를 목에 맸다. 외지인들과 외판원들은 마사를 보며 감탄했다. 그레이하운드 호텔 라운지 바의 높은 의자에 앉은 창백한 얼굴, 매니큐어 칠한 손톱, 검푸른 머리 타래, 성모마리아를 닮은 얼굴. 사람들은 그녀가 슬퍼 보인다고 생각했다. 하지만 마사는 슬픈 적이 없었다. 따분함이 일종의 슬픔이 아니라면 말이다. 그녀가 인생에서 원하는 것은 딱 둘이었고, 둘 다 얻었다. 술과 뭇사람들의 찬탄.

"팬트리에 트라이플** 있어. 몰리가 거기 두었더라." 마사가 바바에게 말했다. 몰리는 작은 시골 농장 출신의 열여섯 살짜리 하녀였다. 브레넌네 집에 처음 왔을 때 그 애는 일주일 내내 장화만 신고 다녔다. 마사가 이를 꾸짖자 몰리는 다른 신발이 없다고 했다. 마사는 몰리를 자주 때렸고, 몰리가 공회당에 춤추러 가고 싶다고 할 때마다 침실에 가뒀다. '그들'은, 그러니까 브레넌네 식구는

** 셰리에 재운 스펀지케이크 위에 과일을 올리고 과일 맛 젤리를 부은 뒤 그 위에 커스터드와 크림을 얹은 디저트.

매일 통구이를 먹는데 자신은 소시지와 묵은 으깬 감자만 먹는다고 몰리는 재봉사에게 말했다. 하지만 그저 지어낸 이야기일 수도 있었다. 마사는 인색한 사람은 아니었으니까. 그녀는 복수하듯 자랑 삼아 남편의 돈을 썼는데, 술 좋아하는 사람들이 으레 그러듯이 술 말고 다른 데 돈을 쓰는 건 꺼렸다.

바바가 트라이플로 반쯤 찬 파이렉스 그릇을 들고 들어와 앞접시와 작은 숟가락과 함께 침대 위에 놓았다. 바바의 엄마가 앞접시에 나누어 담았다. 삐뚤삐뚤한 스펀지케이크와 얇게 썬 복숭아, 설탕에 절인 체리, 납작하게 썬 바나나가 층을 이룬 분홍색 트라이플을 보니 집에서 트라이플을 먹던 때가 떠올랐다. 우리 접시에, 그러니까 아버지와 나와 히키의 접시에 잔뜩 덜어주고 자기 몫은 그릇 바닥에 한 숟가락만 남기던 엄마가 떠올랐다. 내가 뭐라고 하면 화를 내며 주름이 지도록 코를 찡그리던 엄마, 입 다물라고 내게 쏘아붙이던 아버지, 키득거리며 "다 우리 줘요"라고 말하던 히키가 눈에 선했다. 이런 생각에 빠져 있는데 "쟨 트라이플 안 먹어"라고 하는 바바의 말소리가 들렸다. 날 두고 하는 말이었다. 바바 엄마가 내게 줄 몫을 나누어 다른 세 접시에 얹었고, 그들이 먹는 것을 바라보는 내 입안에 침이 고였다.

"마사, 헤이, 마사. 내가 자라면 뭐가 될 것 같아?" 데클런이 자기 엄마에게 물었다. 그 애는 담배를 피워 물고는 연기 들이마시는 법을 배우고 있었다.

"이놈의 집구석에서 나가서 뭐라도 돼. 어엿한 인물이 되라고. 배우나, 그런 흥미진진한 인물." 거울을 들여다보고 턱의 블랙헤드를 쥐어짜면서 마사가 말했다.

"엄마 유명했어?" 바바가 거울 속의 얼굴에 대고 물었다. 거울 속 얼굴이 눈을 들어 올렸고, 옛일이 떠오르는지 한숨을 쉬었다. 마사는 무용수였다. 하지만 결혼하면서 그만두었다. 본인 말로는 그랬다.

"왜 그만뒀어?" 어떤 대답이 나올지 잘 알면서도 바바가 물었다.

"사실은 키가 너무 컸어." 마사가 그렇게 말하더니, 붉은 조젯 스카프를 허공에 흔들며 거울에서 멀어져 가볍게 춤을 추면서 방을 가로질렀다.

"키가 컸다고? 맙소사, 전에 했던 얘기와 다르잖아." 바바가 엄마에게 일깨워주었고, 마사는 발끝으로 계속 춤을 췄다. "내가 결혼할 수 있었던 남자만 해도 100명은 되었어. 100명이나 되는 남자들이 내 결혼식에 와서 울었지." 마사가 그렇게 말하자 자식들이 손뼉을 치기 시작했다.

"배우가 한 명, 시인이 한 명 있었고, 외교부에서 일하던 사람이 십수 명이었어." 그 말을 하면서 마사는 화장대 위에 놓인 수족관의 두 마리 금붕어들 쪽으로 다가갔으므로 말 뒷부분이 점점 작게 들렸다.

"외교부라—이 쓰레기장보다 훨씬 나았겠네." 바바가 한탄했다.

"세상에나." 마사가 이렇게 대꾸하는 순간 차 경적이 울려 다들 화들짝 놀랐다.

"닭고기, 닭고기." 마사가 닭고기를 옷장에 넣고 낡은 잠옷으로 덮었다. 옷장에는 여름 드레스와 모피로 된 흰색 야회복 망토가 있었다.

"얼른 나가서 부엌에서 뭐든 해. 연습한 대로." 마사가 그렇게 말하며 칫솔을 꺼내 세면기 위에서 이를 닦기 시작했다. 그 집은 아주 현대적인 집이라, 집 앞쪽의 두 침실에 세면기가 있었다. 그런 뒤 마사는 우리를 따라 부엌으로 내려왔다.

"괜찮아?" 그녀가 바바 얼굴에 대고 숨을 내쉬며 물었다.

"아빠가 치아 관리는 우라지게 잘한다고 할걸." 바바는 그러면서 깔깔거리다가, 아빠가 뒷문으로 들어오는 소리에 정색을 했다. 그는 총탄을 다 쓴 라이플총과 묶지 않은 면화 자루 그리고 완두콩이 가득 담긴 신발 상자를 들고 들어왔다.

"여보, 데클런, 바바." 그는 이름을 부르며 각각에게 거수경례를 했다. 난 문 뒤에 있었으므로 그의 눈에 띄지 않았다. 낮고 쉰 듯한 목소리에 약간 빈정거리는 투였다. 마사는 무릎을 꿇고 아가사(社) 레인지의 오븐 아래 칸에서 그의 저녁을 꺼냈다. 딱딱해진 튀긴 고기와 눅눅해 보이는 양파튀김이었다. 마사가 그 접시를 정교한 장식이 새겨진 은쟁반 위에 놓았다. 브레넌네는 냅킨과 포크와 나이프를 두고 유난을 떤다는 것이 엄마의 한결같은 주장이었다.

"오늘 닭 요리를 먹는 줄 알았는데." 안경을 벗어 커다란 흰 손수건으로 닦으며 그가 말했다.

"반편이 몰리가 고기 보관함 문을 열어놓는 바람에 로버가 닭고기를 물어 갔어요." 마사가 차분하게 말했다.

"멍청한 바보 같으니. 지금 어디 있지?"

"밖에 싸돌아다니고 있죠." 바바가 말했다.

"몰리를 단단히 꾸짖고 벌을 줘야 해, 내 말 알아들어, 당신?" 그러자 마사는 잘 알겠다고, 자기 귀 안 먹었다고 대답했다. 그때 내가 헛기침을 했다. 그가 나를 보았으면, 내가 있다는 것을 알아차렸으면 했기 때문이다. 나를 등지고 있던 그가 휙 몸을 돌렸다.

"아, 캐슬린, 캐슬린, 어여쁜 아가." 그가 다가와 내 어깨에 팔을 얹으며 양 볼에 가볍게 입을 맞췄다. 술을 몇 잔 마신 모양이었다.

"나는 말이야, 캐슬린, 다른 사람들, 다른 사람들도 —" 그가 손을 허공에 휘저으며 말했다. "다들 너처럼 똑똑하고 상냥하면 좋겠어." 바바가 혀를 삐죽 내밀었다. 그러자 그는 뒤통수에 눈이라도 달린 양 몸을 돌려 바바를 불렀다.

"바바."

"네, 아빠?" 바바는 이제 달콤한 로건베리 같은 미소를 짓고 있었고, 양 볼의 보조개는 아주 마침맞게 쏙 들어가 있었다.

"완두콩 요리 할 수 있나?"

"아니요."

"네 엄마는 할 수 있나?"

"모르겠는데요." 마사는 전화를 받으러 현관 복도로 나갔었는데, 주소록에 이름을 적으며 돌아왔다.

"쿠리가너라는 곳에서 와달래요. 오브라이언이라는 집안이에요. 암송아지가 죽어간다고, 급하대요." 그곳에 가는 길을 공책에 적으며 그녀가 말했다.

"당신 완두콩 요리 할 수 있나?"

"당장 와줬으면 해요. 지난번에 당신이 늦게 와서 말은 죽고 망아지는 절름발이가 되었다고 하던데."

"멍청이, 멍청이, 멍청이." 그가 말했다. 자기 아내를 두고 하는 말인지 쿠리가너에 사는 가족을 두고 하는 말인지 알 수 없었다. 그는 서랍장 위에 놓인 우유병을 들고 우유를 마셨다. 어찌나 요란스럽게 마시는지, 우유가 목구멍을 타고 내려가는 소리가 들렸다.

마사는 한숨을 내쉬고는 담배에 불을 붙였다. 쟁반에 놓인 브레넌 씨의 저녁 식사는 차갑게 식어버렸다. 손도 대지 않은 채였다.

"콩 요리법을 알아두는 게 좋을 거야, 당신." 그가 말했다. 마사는 들은 체 만 체하고는 휘파람을 불기 시작했다. 마치 먼지 날리는 산길을 걸어가다가 혼자 심심해서 휘파람을 불듯이, 혹은 토끼를 쫓아 울타리 사이로 빠져나가 벌판으로 달려 나간 개를 부르듯이 휘파람을 불었다. 그가 나가면서 문을 쾅 닫았다.

"갔어?" 팬트리 안에 들어가 문을 잠그고 있던 데클런이 물었다. 그의 아빠는 종종 데클런을 데려가려고 했는데, 데클런은 집에 눌러앉아 담배를 피우며 엄마에게 자신의 미래에 대해 이야기하는 걸 더 좋아했다. 그는 영화배우가 되고 싶다고 했다.

"우리 오늘 밤에 연극 보러 가는 거야, 마사?" 바바가 물었다.

"어디 그뿐이겠어? 망할 완두콩 요리는 알아서 해 먹으라고 해. 오만하기는. 그 사람 엄마라는 뒤룩뒤룩 살찐 작자가 자식들에게 쐐기풀 어린잎을 먹이고 있을 때 난 완두콩을 먹고 있었다고. 맙소사." 얼굴이 붉어진 마사를 본 것은 그때가 처음이었다.

"**너는** 안 가는 게 나을 거야. 네 아빠가 술을 너무 많이 마셔서 망할 마룻바닥에 잔뜩 토할 수도 있으니까." 바바가 내게 말했다.

"같이 가." 데클런이 말했다. "캐슬린도 같이 가는 거지, 마사?"

마사는 내게 빙그레 웃고는 당연히 같이 갈 거라고 말했다.

"그럼 젠틀먼 씨가 와 있으면 내가 그 옆에 앉을 거야." 새카만 땋은 머리가 통통 튀도록 고개를 흔들며 바바가 말했다.

"안 돼. 내가 앉을 거야." 마사가 미소 지으며 말했다. 마사도 보조개가 있었지만 바바의 보조개처럼 움푹 패지는 않았고, 피부가 너무 하얘서 그만큼 예쁘지도 않았다.

"좌우간 아저씨는 더블린에 여자가 있어. 코러스걸*이지." 바바

---

* 뮤지컬이나 레뷰와 같은 공연의 코러스단에서 노래하거나 춤추는 젊은 여자.

가 그렇게 말하면서 코러스걸이 하듯이 치마를 무릎 위로 치켜올렸다.

"거짓말, 거짓말이야." 데클런이 그렇게 소리치며 완두콩 상자를 바바에게 던졌다. 완두콩이 전부 바닥에 흩어져서 난 무릎을 꿇고 그것을 주워야 했다. 바바가 꼬투리를 몇 개 열어서 맛 좋은 어린 완두콩을 먹었다. 난 빈 콩깍지를 벽난로 속에 넣었다. 마사는 외출 준비를 하러 위층으로 올라갔고 데클런은 축음기를 튼다며 응접실로 갔다.

"젠틀먼 씨 이야기는 누가 해줬어?" 내가 쭈뼛거리며 물었다.

"네가 했잖아." 파란 눈으로 뻔뻔하게 나를 쏘아보며 바바가 말했다.

"내가 안 했어. 어떻게 그런 말을 함부로 해?" 난 너무 화가 나서 몸이 부들부들 떨렸다.

"어떻게 네가 내게 함부로라는 말을 함부로 해? 그것도 내 집에서?" 바바는 그렇게 내뱉고는, 연극을 보러 가기 전에 발을 씻는다며 나가버렸다. 너희 엄마는 여전히 조리대 끝에 놓인 우유 통에서 발을 씻느냐고 바바가 현관 복도에서 큰 소리로 내게 물었다. 그러자 면도칼로 반으로 가르기 전에 물에 불리려고 램프 불빛 아래에서 옥수수를 물에 담그는 엄마의 모습이 잠깐 내 눈앞에 나타났다가 사라졌다.

현관 복도에 걸린 대형 괘종시계가 5시를 알렸다. 바깥 하늘이 아주 시커멨다. 바람이 거세지면서 낡은 양동이가 덜커덕거리며 자갈길을 굴러갔다. 갑자기 비가 쏟아지기 시작하자 위층에 있던 바바가 빨랫줄에 걸린 빨래를 제발 좀 걷으라고 내게 소리쳤다. 우박이 섞인 비라서, 총알처럼 유리창을 때려대는 우박으로 창문이 깨질 것만 같았다. 난 빨래를 걷으러 뛰어나갔다가 쫄딱 젖어버렸다. 엄마 생각이 났고, 엄마가 비를 맞고 있지 않기를 바랐다. 우리 마을에서 틴트림 마을로 가는 길에는 쉴 만한 곳이 아주 적었다. 엄마는 워낙 숫기가 없어서 가다가 비를 만나도 비를 긋고 가겠다고 가까운 집에 부탁하지도 못할 텐데. 비는 10분 만에 그쳤고, 구름 사이로 다시 태양이 모습을 드러냈다. 잔디밭에 사과꽃이 만발했고, 부엌 창문 바깥의 나뭇가지에 빗물이 맺혀 있었다. 난 침대보를 접은 뒤 잠깐 그 냄새를 맡았다. 막 빨아서 말린 침구 냄새만큼 기분 좋은 냄새도 없기 때문이었다. 아직 약간 축축했으므로 아가사 레인지 위쪽에 걸린 건조대에 빨래를 널었고, 그런 뒤 위층 바바의 방으로 올라갔다.

5

우리는 7시가 조금 안 된 시각에 공회당으로 출발했다. 그때까지 브레넌 씨가 돌아오지 않았으므로 우리는 식탁을 차려놓았다. 마사가 위층에서 준비하는 사이 난 그의 샌드위치가 담긴 접시를 축축한 냅킨으로 덮어놓았다. 난 브레넌 씨가 안쓰러웠다. 그는 일을 열심히 했고 궤양도 있었다.

데클런이 앞서 걸었다. 여자들과 나란히 걸으면 계집애 같다고 생각해서다.

해가 지고 있어서 서쪽 하늘이 불타는 듯했다. 태양처럼 시뻘 겋지는 않은, 발그레하고 따뜻한 분홍색이 불길에서 도망치듯 사 방으로 길을 내며 뻗어갔다. 그 위쪽은 순전히 파란 하늘이었고 그보다 더 위쪽, 우리 머리 위로는 거대한 솜털 구름들이 고요히 흘러갔다. 저 위가 천국이겠지. 내가 아는 사람 가운데 천국에 간 사람은 아직 없었다. 동네의 나이 많은 할머니들이 돌아가시긴 했지만, 나와 관련이 있는 사람 중에는 없었다.

"우리 엄마가 마을 여자들 중에서 제일 예뻐." 바바가 말했다. 사실 난 우리 엄마―가슴을 저미는 둥글고 창백한 얼굴과 사람을 잘 믿는 잿빛 눈의―가 제일 예쁘다고 생각했지만 바바네 집에서 묵고 있는 처지라 그렇게 말하진 않았다. 마사는 사실 아주 매력적이었다. 기우는 햇살을 받아 그녀의 눈이 신비로운 오렌지빛으로 빛났다. 산호 목걸이 덕일지도 모르지만.

"따르릉따르릉." 히키가 자전거를 타고 지나가며 입으로 소리를 냈다. 난 히키의 자전거를 보면 늘 마음이 무거웠다. 자전거는 그의 무게에 눌려 금방이라도 부서질 것 같았다. 타이어는 바람이 빠진 듯했다. 핸들에는 우유 캔을 매달았고, 골풀로 짠 바구니 안에서는 살아 있는 암탉이 꼬꼬댁거리고 있었다. 십중팔구 그레이하운드 호텔의 오셰이 부인에게 가져다주려는 것이리라. 엄마가 안 계시면 히키는 항상 친구들에게 뭘 가져다주었다. 엄마가 닭이 몇 마리인지 세어놓기야 했겠지만, 여우가 왔다 갔다고 하면 그만이니까. 여우는 대낮에도 마당을 드나들면서 암탉이나 칠면조를 물어 가기 일쑤였다.

저 앞쪽 나무 아래에서 각다귀 떼가 누르께한 먼지구름을 이루며 윙윙거리고 있었다. 너도밤나무 숲이 있는 대장간 근처 길이었는데, 거기를 지나고 나자 귀가 근질거렸다.

"서둘러." 마사가 말했고, 난 보폭을 크게 했다. 앞자리에 앉으려는 거였다. 주요 인사들이 앞자리에 앉으니까. 의사 부인이나 젠틀먼 씨나 코너네 딸들처럼. 코너네 딸들은 개신교도였지만 평판이 좋았다. 바로 그때 스테이션왜건을 탄 그들이 우리 옆을 지나가며 경적을 울렸다. 그들 나름의 인사 방식이었다. 우리도 고개를 끄덕여주었다. 뒷좌석에 셰퍼드 두 마리가 타고 있었으므로, 우리를 태워주겠다고 하지 않아 다행이다 싶었다. 난 셰퍼드가 무서웠다. 코너네 딸들은 대문에 **개 조심**이라는 표지판을 붙여놓았다. 그들은 말씨가 도도했고, 말을 타고 다니면서 겨울에는 사냥꾼 무리를 따라다녔다. 경마 경기에 갈 때면 깔고 앉을 수 있는 지팡이를 가지고 갔다. 내게 말을 건 적은 한 번도 없었지만, 마사는 1년에 한 번 초대를 받아 오후에 차를 마시러 갔다. 여름에.

우리는 거대한 콘크리트 계단을 올라 공회당 안으로 이어지는 현관에 들어섰다. 매표소에는 뚱뚱한 여자가 앉아 있었는데, 상체밖에 보이지 않았다. 스팽글이 수도 없이 달린 암갈색 드레스를 입고 있었다. 속눈썹에는 마스카라가 뭉쳐 있었고, 머리칼은 옷 색깔에 맞춰 암갈색으로 물들였다. 스팽글이 드레스 상체 부분에서 살아 움직이듯 반짝거리는 모습은 환상적이었다.

"가슴이 춤을 추네." 바바가 말했고, 우리 둘은 키득키득 웃었다. 우리는 마사를 위해 양쪽으로 열리는 여닫이문을 잡고 서서도 키득거렸다. 마사는 그런 식의 입장을 좋아했다.

"애들아, 그만 웃어라." 마치 모르는 사람에게 말하듯 마사가 우리에게 말했다.

얼굴에 짙은 화장을 한 어떤 배우가 우리를 향해 환하게 웃고는 우리 자리를 잡아주러 앞서갔다. 마사가 그에게 파란색 표 세 장을 주었다.

우리가 들어서자 홀 뒤편의 시골뜨기 남자들이 휘파람을 불었다. 거기 서서 들어오는 여자들을 품평하는 것이 그들이 늘 하는 일이었고, 예쁜 여자가 들어오면 웃거나 휘파람을 불었다. 그들은 낡은 옷을 입었지만 신발은 아마 대부분 외출용을 신었을 것이고, 머릿기름 냄새가 진동했다.

"상스러워." 마사가 나직하게 말했다. 그것은 남편의 고객 대부분을 지칭할 때 마사가 즐겨 사용하는 단어였다. 괜찮은 남자애 하나가 나를 향해 미소를 지어 보였다. 새카만 곱슬머리에 행복해 보이는 불그레한 얼굴이었다. 내가 알기로 헐링* 팀원이었다.

우리는 앞줄에 앉았다. 마사가 코너네 큰딸 옆자리에, 그 옆에 바바가 앉았고, 내가 통로 쪽에 앉았다. 젠틀먼 씨는 더 안쪽 자리인 코너네 작은딸 가까이에 앉아 있었다. 자리에 앉기 전에 그의 목덜미와 칼라 윗부분이 눈에 들어왔다. 그가 있어서 다행이다 싶었다.

---

* 필드하키 비슷한 아일랜드 구기 종목.

극장은 무척 컴컴했다. 창문에 검은 커튼을 걸고 네 귀퉁이를 핀으로 창틀에 고정해놓았다. 무대 앞쪽에 놓인 석유램프 여섯 개의 불빛으로 사람들이 겨우 자기 좌석을 찾아갔다. 두 개의 램프에서 연기가 솟아올랐고, 등피가 시커멓게 그을어 있었다.

히키가 왔는지 보려고 뒤를 돌아보았다. 줄지어 늘어선 좌석을 다 살펴본 뒤 좌석 뒤에 놓인 스툴도 훑어보았다. 그리고 그 뒤쪽으로 맥주 통 위에 걸친 널빤지에 앉은 관객들까지 살펴보았다. 히키는 맨 뒷줄 널빤지 끝에 메이지와 함께 앉아 있었다. 가장 싼 자리. 둘은 웃고 있었다. 뒤쪽 관객석에는 웃고 떠드는 젊은 여자들이 가득했다. 곱슬머리 여자들, 딱총나무 열매 다발처럼 바글바글하고 윤기 나는 검은 머리칼을 어깨에 얹은 여자들, 촉촉한 블랙베리 같은 눈으로 실실 웃고 잡담하며 기다리는 여자들. 모리아티 선생님은 우리보다 두 줄 뒤에 앉아 있었고, 나를 보자 살짝 고개를 숙여 아는 체를 했다. 잭 홀랜드는 공책에 무언가를 적고 있었다.

종이 울리자 칙칙한 잿빛 커튼이 천천히 올라갔다. 그러다 중간에 걸려 멈췄다. 뒤쪽 남자들이 야유를 보냈다. 짙은 화장을 한 배우가 무대 옆에서 줄을 잡아당기는 것이 보였다. 결국 그가 무대 위로 올라와 손으로 커튼을 밀어 올려야 했다. 관객들이 환호했다.

무대 위에는 선홍색 블라우스와 프릴이 달린 검은 바지를 입고 검은 중산모자를 쓴 여자 네 명이 나와 있었다. 그들은 겨드랑이에 지팡이를 끼고 탭댄스를 췄다. 엄마가 함께 있었으면 싶었다. 잔뜩 들뜬 탓에 한 시간 넘게 엄마를 잊고 있었다. 엄마가 좋아했을 텐데. 특히 내가 장학금을 받았다는 얘기를 들었다면 더더욱.

무대 위 여자들이 춤을 추며 둘씩 좌우로 갈라져 무대에서 나갔다. 그러자 밴조를 든 남자가 무대에 올라 슬픈 노래를 불렀다. 그는 눈동자를 가운데로 모을 수 있었고, 그걸 해 보이자 다들 웃었다.

그다음으로 광대 두 사람이 상자를 들락날락하며 소극(笑劇)을 선보였고, 다음엔 암갈색 드레스를 입은 여자가 '부엌에서 구애하기'를 불렀다. 그녀가 관객에게 손을 흔들며 따라 부르라고 했고, 노래를 마칠 즈음 관객들이 따라 불렀다. 그녀는 형편없는 가수였다.

"자, 여러분, 이제 짧은 휴식 시간을 가지겠습니다. 그동안 복권을 팔 텐데, 연극이 시작하기 직전에 추첨을 하겠습니다. 아마 다들 아시겠지만 상연할 작품은 유일무이한 드라마, 훈훈하면서도 눈물을 자아내는 〈이스트 린〉입니다." 짙은 화장을 한 남자가 말했다.

난 가진 돈이 없었지만, 마사가 내게 복권 넉 장을 사주었다.

"당첨되면 그건 내 거야." 바바가 말했다. 젠틀먼 씨는 자기 담뱃갑을 앞줄 전체에 돌렸다. 마사는 담배 하나를 꺼낸 뒤 몸을 앞으로 숙여 그에게 고맙다고 말했다. 바바와 나는 터키시딜라이트를 먹었다.

복권을 다 판 뒤 배우가 내려와 석유램프 아래에 섰다. 그러고는 복권 사본이 든 커다란 모자를 들고 추첨을 할 사람을 찾으려고 관객석을 둘러보았다. 추첨은 대개 아이들에게 시켰다. 아이들이 아무래도 정직할 테니까. 관객석을 둘러보던 그가 바바와 나를 보고는 우리를 선택했다. 우리는 일어서서 관객을 향해 몸을 돌렸고, 바바가 첫 번호를 뽑고 그다음 번호를 내가 뽑았다. 배우가 당첨된 번호를 불렀다. 세 번이나 불렀지만 아무도 나서지 않았다. 쥐 죽은 듯 고요했다. 배우가 한 번 더 부른 뒤 우리에게 두 개 더 뽑으라고 말하려는 찰나, 관객석 뒤쪽에서 누군가 소리쳤다.

"여기, 여기 있어요." 사람들이 말했다.

"앞으로 나와서 복권을 보여줘야 합니다." 사람들은 당첨되는 건 좋아했지만 앞으로 나와 당첨금을 받는 건 부끄러워했다. 늘어선 관객 사이로 느릿느릿 빠져나온 당첨자 두 명이 쭈뼛거리며 마침내 통로에 모습을 드러냈다. 한 사람은 백색증 환자였고 다른 한 사람은 어린 남자아이였다. 두 사람은 복권을 보여주고는 각각 10실링을 받은 뒤 뛰다시피 홀 뒤편의 어둠 속으로 돌아갔다.

"그러면 여기 어여쁜 두 친구의 노래를 잠깐 들어보는 건 어떨까요?" 우리 어깨에 한 손씩을 얹으며 그가 말했다.

"좋아요." 이른 아침처럼 맑고 경쾌한 목소리를 자랑할 기회만 노리는 바바가 말했다. 바바가 노래를 시작했다. "어느 날 아침 길을 가다가, 때는 오월이었고, 어떤 모녀를 보았네." 난 함께 노래하는 척하며 입만 벙긋거렸다. 그런데 바바가 노래를 뚝 그치더니 나를 쿡 찌르며 계속하라고 했다. 그래서 난 모든 관객이 보는 앞에서 마치 파상풍 환자처럼 입만 떡 벌린 채 선 꼴이 되었다. 난 얼굴이 달아올라 가만히 내 자리로 돌아갔고, 바바는 노래를 계속했다. "마녀." 내가 낮게 중얼거렸다.

〈이스트 린〉이 시작되었다. 무대 위의 목소리만 들릴 뿐 사위는 쥐 죽은 듯 고요했다.

그런데 관객석 뒤쪽에서 무슨 소리가 들렸다. 누군가 정신을 잃기라도 한 듯 어수선했다. 손전등 불빛이 통로를 따라 움직이다가 우리 높이에 이르렀을 때 난 브레넌 씨라는 걸 알아보았다.

"맙소사, 닭 때문인가 봐." 브레넌 씨가 마사를 불러내자 바바가 마사에게 말했다. 무대에 방해가 되지 않으려고 그가 몸을 숙인 채 이쪽으로 내려와서는 젠틀먼 씨에게 무슨 말인가를 속삭였다. 두 사람은 밖으로 나갔다. 그 뒤로 문이 요란스럽게 닫히는 소리가 들렸다. 두 사람이 나가서 난 기뻤다. 연극은 정말 훌륭했고, 난 대사 하나도 놓치고 싶지 않았으니까.

하지만 문이 다시 열리더니 손전등 불빛이 관객석을 훑기 시작했다. 나를 찾나 하는 생각이 문득 들었으나 바로 치워버렸다. 하지만 나를 찾는 게 맞았다. 브레넌 씨가 내 어깨를 톡톡 두드리며, "캐슬린, 얘야, 잠깐 나 좀 보자"라고 속삭였다. 뒤꿈치를 들고 통로를 걸어가는데 내 신발에서 삑삑 소리가 났다. 난 아빠와 관련된 일이라고 생각했다.

바깥 현관에서 다들 이야기를 하고 있었다. 마사와 주임신부님, 젠틀먼 씨와 변호사와 히키. 히키는 내게 등을 돌린 채였고 마사는 울고 있었다. 내게 말을 해준 것은 젠틀먼 씨였다.

"캐슬린, 네 엄마가 작은 사고를 당했다." 천천히, 심각하게 말하는 그의 목소리가 불안하게 떨렸다.

"무슨 사고요?" 모여 선 사람들의 얼굴을 황망히 둘러보며 내가 물었다. 마사는 손수건으로 입을 틀어막고 있었다.

"작은 사고." 젠틀먼 씨가 다시 말했고 주임신부님이 그 말을 되풀이했다.

"엄마 지금 어디 있어요?" 사람들 얼굴을 정신없이 쳐다보며 내가 물었다. 당장 엄마에게 가고 싶었다. 당장. 하지만 아무도 대답하지 않았다.

"말해줘요." 내가 말했다. 신경질적인 말투였고, 내가 주임신부님에게 무례하게 굴고 있다는 사실을 깨달았다. 그래서 좀 부드럽게 다시 물었다.

"말해줘요. 그 편이 나아요." 내 등 뒤에서 히키가 말하는 게 들렸다. 난 그에게 물어보려고 몸을 돌렸는데, 브레넌 씨가 고개를 저었고 이틀 사이 잿빛 턱수염이 까칠하게 자란 히키가 얼굴을 붉혔다.

"엄마한테 데려다줘요." 난 그렇게 애원하면서 현관 밖으로 달려 나가 콘크리트 계단을 뛰어 내려갔다. 마지막 계단에서 누군가 내 외투의 벨트를 붙잡았다.

"아직 안 돼, 캐슬린, 아직은." 젠틀먼 씨가 말했다. 난 다들 너무 잔인하다는 생각이 들었고, 왜 그러는지 이유를 이해할 수가 없었다.

"왜요? 왜요? 엄마한테 갈래요." 그에게서 벗어나려 버둥거리며 내가 말했다. 어찌나 힘이 솟던지 8킬로미터 밖 틴트림까지 뛰어갈 수도 있을 것 같았다.

"제발 그냥 말해줘요." 히키가 말했다.

"입 다물어, 히키." 브레넌 씨가 버럭 소리치고는, 차가 여러 대서 있는 도로 연석 가장자리로 나를 데리고 갔다. 차 주변으로 사람들이 모여들고 있었고 어둠 속에서 다들 중얼거리거나 떠들고 있었다. 마사가 자기네 차 뒷좌석에 나를 태우고 문을 막 닫으려는 찰나 거리에서 두 사람이 말하는 소리가 들려왔다. 한 목소리가 이렇게 말했다. "죽은 그 남자 자식이 다섯이나 있대."

"누구 자식이 다섯이에요?" 내가 마사에게 물으며 그 손목을 움켜쥐었다. 난 흐느끼면서 마사를 불렀고 제발 알려달라고 애원했다.

"톰 오브라이언이야, 캐슬린. 익사했어. 자기 배를 타고 가다가, 그리고, 그리고……." 마사는 더 말을 잇지 못했지만 난 표정으로 알 수 있었다.

"그리고 엄마는요?" 내가 물었다. 마사가 고개를 끄덕이며 나를 감싸안았다. 그때 브레넌 씨가 앞좌석에 타서 시동을 걸었다.

"얘도 이제 알아요." 마사가 흐느껴 울면서 말했는데, 그 이후로 내 귀엔 아무것도 들리지 않았다. 상실한 어떤 존재를 부르며 온몸이 울고 또 울 때면 아무것도, 누구 말도 들리지 않으니까. 상실한, 상실한. 엄마가 세상을 떠났다는 사실을 믿을 수 없었다. 그러면서도 그것이 사실이라는 것을 알았는데, 불운의 느낌이 밀려들고 내 존재가 구석구석 얼어서 뻣뻣해졌기 때문이다.

"엄마한테 가는 거예요?" 내가 물었다.

"나중에, 캐슬린. 먼저 할 일이 있단다." 두 사람은 내가 차에서 내리는 것을 도와준 뒤 그레이하운드 호텔 쪽으로 나를 이끌며 말했다. 오세이 부인은 내게 입을 맞추고는 뒤로 젖힌 커다란 가죽 안락의자에 나를 앉혔다. 방 안은 사람들로 가득했다. 히키가 다가와 내가 앉은 의자의 팔걸이에 걸터앉았다. 장식이 달린 흰색 리넨 덮개 위에 앉았지만 아무도 개의치 않았다.

"엄마는 죽지 않았어." 애원하듯, 간청하듯 내가 그에게 말했다.

"5시 이후로 두 사람 다 실종됐어. 투이네 가게를 4시 45분에 나갔대. 불쌍한 톰 오브라이언은 식료품 두 봉지를 들고 있었고."

히키가 그렇게 말했고, 그러자 전부 사실이 되었다. 무릎에서 서서히 힘이 빠지고 내 몸이 텅 비어갔다. 브레넌 씨가 브랜디 한 숟가락을 주고는, 차와 함께 하얀색 알약 두 알을 먹으라고 했다.

"믿기지 않겠지." 코너네 딸 하나가 말하는 소리가 들렸다. 그 순간 바바가 들어와 내게 달려와서는 입을 맞췄다.

"망할 노래로 장난쳐서 미안해." 바바가 말했다.

"아이를 집에 데려다줘." 잭 홀랜드가 말했다. 그 말을 듣자마자 난 의자에서 뛰어내려 엄마한테 가고 싶다고 소리쳤다. 오셰이 부인이 성호를 그었고, 누군가가 나를 다시 자리에 앉혔다.

"캐슬린, 막사에서 연락이 오기를 기다리고 있는 거야." 젠틀먼 씨가 내게 말했다. 그만이 나를 진정시킬 수 있었다.

"다시는 집에 가고 싶지 않아요. 절대로." 내가 말했다.

"집에는 안 갈 거야, 캐슬린." 그가 말했다. 그가 "우리 집에 가자"라고 말하지 않을까 하는 생각이 잠깐 들었지만 그는 그런 말은 하지 않았다. 그는 식기장 옆에 선 마사에게 다가가 이야기를 나눴다. 그러더니 그들은 브레넌 씨에게 손짓을 했고, 방 반대편에 있던 그가 그쪽으로 움직였다.

"**그 사람은** 어디 있어, 히키? 보고 싶지 않아." 아버지 얘기였다.

"볼 일 없을 거야. 지금 골웨이의 병원에 있어. 소식을 듣고 정신을 잃었대. 포텀나에 있는 술집에서 노래를 부르고 있었는데, 경비가 소식을 전해줬다더라고."

"절대 집에 가지 않을 거야." 내가 히키에게 말했다. 히키는 눈알이 튀어나올 듯했다. 위스키에 익숙하지 않아서였다. 누군가 큰 잔에 위스키를 따라 그의 손에 들려줬던 것이다. 다들 충격을 이기려 술을 마시고 있었다. 잭 홀랜드까지 포트와인 잔을 들고 있었다. 방 안에는 담배 연기가 자욱했고, 난 그 방을 나가고 싶었다. 나가서 엄마를 찾고 싶었다. 엄마 시체만 찾게 될지라도. 그 안에서는 모든 것이 너무 비현실적이라 머리가 빙빙 돌았다. 재떨이엔 재와 꽁초가 수북하고 방은 연기가 자욱하고 후텁지근했다. 브레넌 씨가 내게 다가와 말을 걸었다. 그의 두꺼운 안경 너머로 눈물이 흐르고 있었다. 네 엄마는 숙녀였다고, 진정한 숙녀였다고, 다들 네 엄마를 사랑했다고 말했다.

"엄마한테 데려다줘요." 내가 부탁했다. 난 이제 정신 나간 듯이 굴지 않았다. 힘이란 힘은 다 빠져나갔기 때문이다.

"기다리고 있는 거야, 캐슬린. 막사에서 연락이 오길 기다리고 있다고. 내가 그쪽으로 올라가 상황이 어떤지 알아볼게. 사람들이 강을 뒤지고 있어." 그가 조심스럽게 두 손을 내밀었는데, '지금 우리가 할 수 있는 일이라고는 없단다'라고 말하는 듯했다.

"넌 우리 집에서 지낼 거야." 그가 내 눈까지 내려온 헝클어진 머리칼을 다정하게 뒤로 쓸어 넘겼다.

"고맙습니다." 내가 말했고, 그는 100미터 떨어진 막사로 갔다. 젠틀먼 씨도 함께 갔다.

"그 망할 보트가 다 썩어 있었어. 내가 항상 말했는데." 온 세상이 자기 말을 듣지 않아 화가 난 듯 히키가 말했다.

"잠깐 밖으로 나와볼래, 캐슬린? 따로 할 말이 있는데." 잭 홀랜드가 내 의자 뒤에서 몸을 숙여 내게 말했다. 난 천천히 일어났다. 그리고 기억에는 없지만 방을 가로질러 하얀색 문을 향해 걸어갔을 것이다. 칠이 거의 벗겨진 문이었다. 내가 복도로 나가는 동안 그가 문을 붙잡아주었다. 그는 나를 복도 뒤쪽으로 이끌었다. 접시에 놓인 촛불이 금방이라도 꺼질 듯 깜박거렸다. 그의 얼굴은 그늘에 가려 있었다.

그가 속삭였다. "신께 맹세컨대, 난 할 수 없었어."

"뭘 말이에요, 잭?" 내가 물었다. 별로 관심은 없었다. 토할 것 같기도 하고 숨이 막히는 듯도 했다. 브랜디와 약 기운이 머리에 이르렀다.

"네 엄마한테 돈을 줄 수 없었다고. 빌어먹을, 내가 할 수 있는 일이 없어. 늙은이가 다 틀어쥐고 있으니." 늙은이란 그의 모친을 말하는 거였다. 그의 모친은 벽난로 곁 흔들의자에 앉아 있었고, 류머티즘으로 손을 쓰지 못해 잭이 빵과 우유를 먹여야 했다.

"정말이지, 네 엄마를 위해서라면 할 수 있는 일은 다 했을 거야. 너도 알지?" 그래서 난 안다고 대답했다.

위층 침실에서 그레이하운드 두 마리가 신음하듯 울었다. 죽음의 신음이었다. 나는 엄마의 죽음을 받아들여야 한다는 것을 불현듯 깨달았다. 그러곤 평생 그래본 적 없게 목 놓아 울었다. 잭도 나와 함께 울면서 외투 소매로 콧물을 닦았다.

그때 현관문이 열리며 브레넌 씨가 들어왔다.

"새로운 소식은 없어, 캐슬린, 아무 소식도. 집에 가서 자자." 그가 그렇게 말하고는 마사와 바바를 방 밖으로 불러냈다.

"나중에 다시 찾아봅시다." 그가 젠틀먼 씨에게 말했다. 길을 건너 차를 향해 걸어가던 그 밤은 별이 반짝거리는 투명한 밤이었다. 우리는 몇 분 만에 집에 도착했다. 브레넌 씨가 뜨거운 위스키를 마시라고 주었고, 노란색 캡슐도 주었다. 내가 옷 벗는 걸 마사가 도와주었고, 기도를 하려고 무릎을 꿇었을 때 난 "오, 하느님. 제발 엄마가 다시 살아 돌아오도록 해주세요"라고 말했다. 이 말을 몇 번이나 뇌까렸지만 가망 없는 일이라는 것은 나도 알았다.

난 바바의 잠옷을 입고 바바와 함께 잤다. 바바의 침대는 우리 집 침대보다 푹신했다. 내가 왼쪽으로 돌아눕자 바바도 똑같이 했다. 바바가 한 팔로 내 배를 감싸며 내 손을 잡았다.

"넌 내 가장 좋은 친구야." 어둠 속에서 바바가 말했다. 그러곤 1분쯤 지나 속삭였다. "자?"

"아니."

"겁나?"

"뭐가?"

"너희 엄마가 네 앞에 나타날까 봐." 바바가 그 말을 하자마자 내 몸이 덜덜 떨리기 시작했다. 죽음의 어떤 면 때문에 우리는 죽은 자가 다시 찾아오는 것을 견디지 못하는 것일까? 난 세상 그 무엇보다 엄마를 원했지만, 만약 그때 문이 열리고 엄마가 들어왔다면 난 비명을 지르며 마사와 브레넌 씨를 불렀을 것이다. 아래층에서 쿵 소리가 들려 우리는 둘 다 이불 속으로 쏙 들어갔다. 죽음이 문을 두드리는 소리라고 바바가 말했다. "데클런 불러와." 침대보와 담요 아래에 숨어 내가 말했다.

"싫어, 네가 가서 데려와." 하지만 둘 다 문을 열고 층계참으로 나갈 엄두가 나지 않았다. 우리 엄마의 유령이 하얀 잠옷을 입고 계단 맨 위에서 우리를 기다리고 있을 것만 같았다.

잠에서 깨었을 때 베개는 내 몸 아래 깔려 있었고 하얀색 침대보는 축축했다. 몰리가 차와 토스트를 들고 와서 나를 깨웠다. 몰리는 내가 침대에서 일어나 앉도록 도와준 뒤, 의자 등받이에 걸린 내 카디건을 가져다주었다. 몰리는 나보다 겨우 두 살 많았지만 마치 내 엄마라도 되는 양 수선을 떨었다.

"아픈 거 아냐?" 몰리가 물었다. 내가 열이 난다고 말하자 몰리가 나가서 브레넌 씨를 불렀다.

"잠깐 와보세요, 와서 봐주셔야겠어요. 캐슬린이 열이 나는 것 같아요." 그가 들어와 내 이마를 짚어보고는, 의사에게 전화를 걸라고 몰리에게 말했다.

나는 그날 종일 약을 먹었고, 마사는 방 안에 앉아 손톱에 매니큐어를 칠하고 작은 네일 버퍼로 광택을 냈다. 비가 내리고 있었지만 창문에 김이 잔뜩 서려 밖은 보이지 않았다. 마사는 끔찍한 날씨라고 했다. 점심때가 좀 지나서 전화가 울렸고, 전화를 받은 마사는 "네, 그렇게 전할게요"와 "정말 안됐어요"와 "그러면 이제 끝난 것 같네요" 따위의 말을 반복했다. 그러곤 내게 와서 말하길 섀넌강 호수를 바닥까지 다 뒤졌지만 시체를 찾지 못했다고 했다. 마사가 말하지 않아도 난 사람들이 수색을 포기했다는 것을 알았다. 그리고 엄마는 내가 꽃을 놓아줄 무덤조차 갖지 못하리라는 것을 알았다. 어쩐지 엄마는 내가 지금껏 알았던 어떤 죽은 사람보다 더 가망 없이 죽은 것으로 느껴졌다. 난 다시 울음을 터뜨렸고 마사는 마시던 포도주를 한 모금 줬다. 그러고는 침대에 다시 누우라고 한 뒤 내게 잡지에 실린 이야기를 읽어주었다. 슬픈 이야기였고, 그래서 난 더 울었다. 내 어린 시절의 마지막 날이었다.

6

그 여름은 순식간에 지나갔다. 난 바바네 집에 머물면서 낮에
집에 가서 밥을 먹고 설거지를 했다. 침대 정리를 하는 날도 있었
다. 엄마의 죽음(우리는 늘 익사 대신 죽음이라는 표현을 썼다)
이후 히키는 위층으로 방을 옮겼고, 방들은 무척 지저분했다. 창
문을 전혀 열지 않아서 생기는 먼지와 오래된 양말의 퀴퀴한 냄
새가 나는 방들은 또한 애처롭기도 했다.

다들 옥수수를 자르거나 옥수숫대를 세워 묶는 일을 하느라 주
로 들판에 나가 있었고, 나는 4시에 병에 차를 담아 들로 나가곤
했다. 그해 여름, 아버지는 식사는 거의 하지 않았고 차를 마실 때
마다 아스피린 두 알을 함께 삼켰다. 아버지는 말이 없었고 눈꺼
풀이 불그레하게 부어 있었다. 집에 돌아오면 히키는 소젖을 짰고
아버지는 차를 더 마시고는 부엌에 신발을 벗어놓고 침대에 들어

가 잠을 잤다. 잠을 자기에는 너무 밝았으니 침대에서 우는 것이 아닐까 싶었는데, 히키가 아래층에서 우유 통을 어찌나 요란스럽게 다루는지 어차피 누구도 그 와중에 잠을 잘 수는 없었다.

어느 날 엄마 서랍장을 정리하면서 입을 만한 옷은 이모에게 보내려고 상자에 넣고 있는데 아버지가 위층으로 올라왔다. 아버지가 병원에서 나와 집으로 온 뒤 우리는 별로 대화를 하지 않았다. 하고 싶지 않았다.

"네가 알아야 할 일이 좀 있다." 막 읍내에서 돌아와 넥타이를 풀면서 아버지가 그렇게 말했다. 얼마나 흐트러진 모습이었는지 아버지가 술에 취했나 싶어서 잠깐 겁에 질렸다.

"이 농장을 넘겨야겠다." 무미건조한 말투였다.

"어디로 넘겨요?" 내가 물었다.

아버지가 모자를 뒤로 밀치고는 이마를 긁기 시작했다. 머뭇거리고 있었다. "빚이 좀 있었는데, 이런저런 이유로 점점 많아졌어. 경마에 운이 따르질 않아서. 어쨌든 이 농장은 수지가 맞지 않아."

"그럼 누가 사요?" 일전에 잭 홀랜드가 우리 농장이 위태롭다고 경고했던 게 떠올랐다.

"뭐라고?" 아버지가 물었다. 제대로 들었으면서도 그렇게 되물었는데, 대답하고 싶지 않을 때 아버지가 잘 쓰는 술수였다. 그는 이제 미간을 좁히며, 영악한 인간이라는 인상을 주려고 약삭빠른 표정을 지었다. 난 다시 물었다. 술에 취하지 않은 아버지는 두렵지 않았다.

"사실상 은행 소유야." 결국 아버지가 대답했다.

"그러면 경영은 누가 해요?" 히키 아닌 다른 사람이 여름 저녁
마다 쟁기질을 하고 젖을 짜고 산울타리를 깎을 거라는 걸 믿을
수 없었다.

"아마 잭 홀랜드가 살 거야."

"잭 홀랜드라고요!" 난 소스라치게 놀랐다. 악당 같으니라고.
그는 농장을 헐값에 넘겨받을 것이다. 왕과 왕비가 어쩌고저쩌고
떠들고 내가 수녀원으로 가기 전에 새 만년필을 사주겠다며 헛소
리를 늘어놓더니. 게다가 엄마를 위해 미사를 일곱 번 봉헌했다
더니. 그 일련의 미사를 위해 더블린의 특별 사제단에 돈을 보냈
다고 했다.

"아버지는 어디로 가요?" 내가 물었다. 수녀원이 있는 마을까지
따라온다면 얼마나 끔찍할까 싶었다.

"뭐, 나는 괜찮아. 내 명의의 땅뙈기가 좀 있으니 거기 농막에서
살면 된다." 그 말하는 투로 보자면 누구라도 진달래 관목 뒤에 방
치된 낡은 농막을 확보하기 위해 아버지가 영악하게 손을 썼다고
여길 만했다. 그곳은 습기로 축축했고, 앞문과 작은 창문 두 개는
가시덤불로 뒤덮여 있었다.

"히키는요?"

"아무래도 떠나야겠지. 여기서는 할 일이 없으니까." 얼토당토

85

않은 말이었다. 히키는 스무 해를 우리와 살았고, 내가 태어날 때도 이곳에 있었다. 히키는 너무 뚱뚱해서 다른 데는 갈 수 없었다. 난 아버지에게 그렇게 말했다. 하지만 아버지는 고개를 저었다. 아버지는 히키를 좋아하지 않았고, 여기서 일어난 모든 일이 수치스러웠던 것이다.

"뭐 하는 거냐?" 바닥 여기저기 가지런히 쌓인 옷 더미들을 내려다보며 아버지가 물었다.

"불쌍한 사람, 그 불쌍한 것." 그는 그렇게 말하면서 창가로 가서 울었다.

같이 울고불고하기 싫어서 나는 우는 아버지를 모른 체하며 말했다. "떠나기 전에 교복이랑 신발이랑 검은 스타킹 여섯 켤레를 사야 해요."

"얼마나 들겠니?" 그가 몸을 돌리며 물었다. 뺨에 눈물이 흐르고 있었고 코를 약간 훌쩍거렸다.

"모르겠어요. 10파운드에서 15파운드 정도." 아버지가 주머니에서 지폐를 꺼내 내게 5파운드짜리 세 장을 주었다. 은행에서 얼마간의 돈을 받은 모양이었다.

"난 네게 부족하게 해준 게 없어. 네 엄마한테도 그랬고, 안 그러냐?"

"맞아요."

"말만 하면 다 가질 수 있었잖아." 난 그 말이 맞다고 대꾸하고는, 아버지에게 줄 베이컨을 굽고 차를 준비하러 곧바로 아래층으로 내려갔다. 음식을 준비한 뒤 아버지를 부르자 아버지는 낡은 옷을 입고 내려왔다. 오늘은 나가지 않을 모양이었다. 술의 유혹이 이번만큼은 사라졌던 것이다.

"집 떠난 뒤에 내게 편지할 거니?" 뜨거운 차에 비스킷을 적시며 그가 물었다. 그는 치아를 빼놓아서 부드럽게 적신 비스킷만 먹을 수 있었다.

"그럴게요." 난 레인지를 등지고 서 있었다.

"불쌍한 아버지를 잊지 말아다오." 그가 말했다. 그는 팔을 뻗어서 나를 끌어당겨 무릎에 앉히려고 했지만, 난 아버지의 의도를 모르는 척하고는 차 마시라고 히키를 부르러 마당으로 달려 나갔다. 돌아와보니 아버지는 위층 침실로 올라간 뒤라 난 히키와 함께 베이컨과 양배추를 구워 먹었고 아주 맛있었다. 머스터드와 함께 먹었는데, 히키는 머스터드 만드는 데 선수였다. 달걀 컵 여섯 개 가운데 다섯 개에 굳힌 머스터드가 들어 있었다. 히키는 매일 깨끗한 달걀 컵에 새 머스터드를 만들었다.

그날 밤 바바의 생일 파티가 있어서, 난 우리가 만든 젤리와 함께 먹을 크림을 한 병 달라고 히키에게 부탁했다. 히키는 우유 두 양동이에서 크림을 걷어내어 손가락으로 깡통에 넣었다. 사실 그러면 안 되는 거였다. 다음 날 유제품 공장으로 갈 우유의 지방 함량이 매우 적을 테니까.

"안녕, 히키."

"안녕, 스위티." 황소눈이 나와 함께 들판을 가로질러 갔다. 그
것이 바바네로 가는 지름길이었다. 아래쪽 옥수수밭을 지나다가
난 잠시 서서 그 풍경을 감상했다. 키 큰 옥수숫대에 잘 익은 황금
빛 옥수수가 달려 있었고, 여기저기 다발로 선 옥수숫대 위에 갈
까마귀들이 앉아 쪼아 먹고 있었다. 그 자체의 햇빛이 있었다. 들
판에서 햇살이 퍼져나왔고 태양처럼 황금색인 가벼운 바람에 이
삭이 살랑거렸다. 난 잠시 배수로에 앉았다. 히키가 그 밭에서 쟁
기질을 하던 날이 기억났다. 우리는 버터 바른 두툼한 빵 몇 덩어
리와 차를 가지고 밭으로 나갔더랬다. 얼마 후 적갈색 흙을 뚫고
작은 녹색 줄기들이 솟았고 갈까마귀들이 찾아왔다. 엄마는 허수
아비에 씌우라며 구슬로 장식된 모자 하나를 빌려주었다. 머리에
얹은 모자에 신경 쓰며 밭을 걸어가던 엄마의 모습이 떠올랐다.
때때로 불현듯 엄마의 기억이 예리하게 찾아들었고, 그럴 때면
그 고통을 덜기 위해 난 소리 내어 울었다. 내가 우는 동안 황소눈
이 꼬리를 깔고 앉아 나를 바라보았다. 내가 일어나자 황소눈은
몇 미터 더 나를 따라오다가 걸음을 멈췄다. 황소눈은 아빠의 충
견이라 집으로 돌아갔다.

바바네 집 대문 안에는 자전거 다섯 대가 세워져 있었고, 건
물 앞쪽 거실의 커튼은 내려져 있었다. 라디오 소리가 들려왔다.
"……여자들이 여자다운 방, 진동하는 프랑스 향수 냄새." 그리고

왁자지껄 웃으며 떠드는 소리. 문을 두드려봐야 못 들을 것 같아서 난 옆으로 돌아가 유리문을 두드렸다. 바로 길로 통하는 두 쪽짜리 유리문이었다. 바바가 문을 열었다. 바바는 화려한 퍼프소매가 달린 파란색 새 드레스를 입고 미친 듯이 담배 연기를 뿜어댔다.

"세상에, 우리 아빠 잡으러 온 야수인 줄 알았잖아." 바바가 난데없이 그렇게 말했다. 바바는 엄마가 돌아가신 뒤 몇 주 동안은 내게 잘해주었지만, 다른 아이들이 있으면 나를 깔봤다. 데클런이 거티 투이를 끌어안고 춤을 추며 유리문 앞을 지나갔다. 거티의 새카만 곱슬머리가 통통한 소시지처럼 어깨에 늘어져 있었다. 종이 모자를 삐뚜름하게 쓴 데클런이 나를 보고 한쪽 눈을 찡긋했다.

"세상에, 우리 아주 신나게 즐기는 중이었는데. 네가 없어서 얼마나 좋았다고. 망할 집에 가서 죽이나 만들어." 바바가 말했다.

순간 나는 그것이 농담인 줄 알았다. 그래서 아주 상냥하게, "크림을 가져왔어" 하고 말했다.

"이리 줘." 바바가 손을 뻗었다. 마사의 은팔찌를 차고 있었다. 바바의 팔은 다 자란 어른 팔 같아서 짧은 노란색 털이 잔뜩 나 있었다.

"이제 꺼져, 쓰레기야." 바바는 그렇게 말하더니 유리문을 닫고 흰색 플란넬 커튼을 쳤다. 안에서 자지러지게 웃는 바바의 웃음

소리가 들려왔다.

난 뒤로 돌아가 뒷문으로 들어가지 않았다. 마사는 〈누구를 위하여 종은 울리나〉를 보러 남편과 함께 리머릭에 갔고, 바바는 내게 밤새도록 몰리와 함께 샌드위치를 자르고 차를 끓이게 할 것임을 알았기 때문이다. 그래서 난 일단 집으로 돌아갔다.

히키가 닭장에 못으로 자기 이름을 새기고 있었다. 아빠가 이미 말을 했고, 그래서 이곳에 자신을 기억할 만한 흔적을 남기려는 거였다.

"어디로 갈 거야, 히키?"

"잉글랜드로 가려고. 어차피 네가 떠나면 나도 곧 떠날 생각이었어." 쾌활한 말투였지만 표정은 슬퍼 보였다.

"외로워?"

"외로울 게 뭐 있어? 전혀 그렇지 않아. 버밍엄에 가면 일주일에 20파운드나 벌고 여자 친구도 생길 텐데." 하지만 어쨌든 그는 외로웠다.

"왜 다시 왔어?" 그가 물었다. 내가 무슨 일이 있었는지 말해주었다.

"하여튼 걔는 야단스러운 악마야." 그가 그렇게 말해서 난 기분이 좋았다.

히키는 산울타리 가지를 칠 건데, 이번이 마지막이라 얼마나 다행인지 모른다고 했다. 히키가 전지가위로 싹둑싹둑 잘랐고 나는 잘린 가지를 모아 손수레에 넣었다. 갈색 가지를 바투 잘라내서 나무는 헐벗고 추워 보였다. 이제 바람이 가지 사이로 지나갈 테지. 한쪽 구석에 무성하게 자란 곳이 있어서 히키는 안락의자 모양으로 가지를 쳤고, 난 그 위에 앉으면 가지 사이로 빠져 바닥으로 떨어질지 보려고 앉아보았다. 떨어지지 않았다. 우리는 낡은 지하실로 손수레를 밀고 가서 안에 든 것을 비우고, 닭을 닭장에 넣었다. 황소눈은 이미 잠을 자러 이탄 창고에 들어간 뒤였다. 이렇게 아름답고 고요한 황금빛 저녁에 아빠와 황소눈이 일찌감치 잠자리에 드는 건 예사롭지 않았다. 아빠가 차를 한 잔 마시고 싶어 하리라는 것을 알았지만 아빠 방의 블라인드가 내려져 있어서 올라가보지 않았다. 난 아빠가 침대에 누워 있을 때 그 방에 들어가는 게 싫었다. 아빠 곁에 베개를 베고 누운 엄마 모습이 보일 것 같았다. 뭔가 끔찍한 일을 당할까 봐 겁먹고 주저하는 모습. 엄마는 웬만하면 나와 잠을 잤고, 아빠가 부를 때만 아빠에게 갔다. 아빠는 잠자리에 들 때 잠옷을 입지 않았다. 그 생각만 해도 부끄러웠다.

텃밭 귀퉁이에는 오래된 흰색 벌통이 아직 그대로 있었다. 다리 두 개가 떨어져 나가 한쪽으로 약간 기울어 있었다.

"벌통은 어떻게 할 거야?" 내가 히키에게 물었다. 몇 년 전 히키는 양봉을 하겠다고 결심했다. 동네 사람들에게 꿀을 팔면 부자가 되리라는 생각에 농장 일이 끝난 후 저녁마다 직접 벌통을 만들었다. 그러고는 산에 올라가 히스 꿀벌을 잔뜩 잡아 왔다. 돈을 잔뜩 벌 생각에 얼마나 신이 났는지 모른다. 하지만 하는 일마다 그랬듯이 그 일도 실패했다. 히키는 벌에 쏘여서 고함을 지르며 텃밭에서 날뛰었고, 엄마가 온찜질을 해주었다. 어찌 된 영문인지 꿀은 전혀 얻지 못했고, 결국 히키는 벌을 몽땅 질식시켜 죽였다.

"어떻게 할 거냐니까?" 나는 다시 물었다.

"썩어 없어지라지." 그가 말했다. 왠지 피로한 말투였고 한숨을 쉰 것도 같았다. 우리 모두가 얼마나 형편없는 실패자인지 그도 알았으니까. 농장도 넘어갔고, 엄마도 이제 없었다. 닭똥 따위로 널돌은 온통 허옜고 집 앞 잔디밭에는 엉겅퀴와 금방망이가 빼곡히 자랐다.

"데려다줄게." 히키가 말했다. 어스름 속에서 들판을 걸어 내려가며 히키는 내 팔짱을 끼었다. 공기가 쌀쌀했고, 나무 아래 누운 암소들이 눈을 동그랗게 뜨고 우리를 바라보았다. 저 멀리에서 개가 짖었다. 풀숲은 조용했고, 박쥐 두 마리가 우리 앞으로 날아갔다.

"수녀원에 가더라도 콧대 높은 여자는 되지 마." 히키가 말했다.

"난 바바가 겁이 나. 날 너무 얕잡아 본다고, 히키."

"걔는 엉덩이를 한 대 세게 맞아야 해, 시건방진 것. 나라면 걔가 겁을 먹도록 뭔가 줄 텐데 말이야." 하지만 그게 뭔지는 말해주지 않았다.

"잉글랜드에 가면 특이한 1실링 동전을 보내줄게." 내 기분이 좋아지도록 히키가 말했다. 그러고는 나를 바바네 대문 앞까지 데려다준 뒤 술 한잔한다며 그레이하운드 호텔 쪽으로 걸어 내려갔다. 법정 영업시간은 지난 시간이었지만, 그는 그 시간에 술 마시기를 좋아했다.

난 위층 바바의 방으로 가서 초저녁부터 조끼 안에 숨겨두었던 5파운드짜리 지폐 세 장을 꺼냈다. 따뜻했다. 그것을 베개 아래 숨겼다. 다음 날 리머릭에 가서 교복을 사리라 마음먹었다. 바바가 올라와서는 나를 깨우려 했다. 내 눈썹을 뽑고 젖은 금어초 줄기로 내 얼굴을 간지럽혔다. 내가 집에서 한 다발 꺾어 와 침대 옆 화병에 꽂아놓은 꽃이었다.

내가 잠에서 깨어 일어나면 바바는 리머릭에 가려는 내 계획을 알아낼 수도 있었고, 그러면 날 따라와 내 하루를 망쳐놓을 것이었다.

"데클런." 바바가 화장실에 있는 동생을 불렀다.

"꿀꿀이처럼 곯아떨어졌잖아?" 바바가 그렇게 말하면서 그가 내 몸을 다 볼 수 있게 이불을 끌어 내렸다. 그러자 선득한 느낌이 들어 난 발을 당겨서 잠옷 속으로 집어넣었다.

"망할 암퇘지처럼 코도 골아." 바바가 그렇게 말하는 바람에 난 벌떡 일어나 거짓말쟁이라고 소리 지를 뻔했다. 그러더니 둘은 서로 주먹질을 하기 시작했고, 데클런이 바바를 때려 바닥에 쓰러뜨리자 바바는 소리를 빽 질러 몰리를 불렀다.

"다시 말해봐, 다시 말해보라고." 데클런이 바바 위로 내 신발 한 짝을 쳐들고 말했다. 난 실눈을 뜨고 두 사람을 지켜보았다. 그날 밤엔 데클런이 내 친구였다.

침대에 누운 뒤 바바는 계속 이렇게 말했다. "네 엄마 온다. 지금 나타난다. 자기 장신구를 다 내게 주라는 말을 하러 다시 돌아오는 거야." 하지만 바바가 무슨 말을 하든 난 눈을 꼭 감은 채 꼼짝도 하지 않고 누워 있었다.

달빛이 우리 위로 쏟아졌고, 카펫이 깔린 바닥에 은색 빛줄기가 드리웠다. 난 잠을 제대로 자지 못했고 괘종시계가 7시를 알리자 침대에서 일어나 내 옷을 들고 화장실로 갔다. 돈을 가져오는 걸 잊어서 다시 가지러 가야 했다. 바바의 새카만 머리칼이 베개 위로 펼쳐져 있었고, 내가 방을 나올 때 그 애는 몸을 조금 뒤척였다. "캣, 캣." 바바가 나를 불렀지만 난 대답하지 않았다. 분명 다시 잠이 들었을 거라, 난 부엌으로 내려가 레인지 앞에서 옷을 입었다. 모두에게서 벗어나 온종일 나가 있을 수 있어서 정말 기뻤다.

7

대문 밖에 서서 버스를 기다리는데 젠틀먼 씨 차가 내 앞을 지나 거리 위쪽으로 올라갔다. 그는 언덕 위 주유소에 들어가 기름을 넣고는 차를 돌려 다시 내게 왔다.

"어디 가니, 캐슬린?" 창문을 내리고 그가 물었다. 리머릭에 간다고 했더니 차에 타라고 했다. 그래서 난 그의 옆자리, 검은 가죽 좌석에 앉게 되었고 가슴이 벌렁거렸다. 그가 말하는 소리를 들으면, 그의 눈을 들여다보면 언제나 가슴이 벌렁거렸다. 그의 눈은 피곤하거나 슬프거나 그래 보였다. 그는 작은 시가를 피웠고 꽁초를 창문 밖으로 던졌다.

"그거 아주 고약해요?" 내가 물었다. 무슨 말이라도 해야 했다.

"자, 한 모금 피워보렴." 그가 물고 있던 시가를 내게 건네며 말했다. 그의 시선을 의식하며 짧게 한 모금 빼는 동안 나는 그의 입과 입의 생김새와 혀의 맛을 생각했다. 난 곧바로 콜록콜록 기침을 했다. 고약한 정도가 아니라고 내가 말했고 그는 웃었다. 그는 차를 아주 빨리 몰았다.

그가 차를 옆길에 세웠고 난 고맙다는 인사를 하고는 자리를 떴다. 그가 차 문을 잠갔다. 난 그와 헤어지는 게 싫었다. 그에게는 함께 있고 싶다는 마음이 들게 하는 무언가가 있었다. 그가 나를 불러 세웠다. "점심 같이하지 않을래, 캐슬린?" 난 차와 크림빵을 먹을 생각이었지만 그런 말은 하지 않았다.

"나랑 만나는 거 괜찮니?"

난 괜찮다고 했다. 그의 눈은 여전히 슬퍼 보였지만, 그 자리를 떠나며 난 노래를 흥얼댔다.

"약속 잊지 않을 거지?"

"안 잊어요, 젠틀먼 아저씨." 난 서둘러 상점으로 갔다.

난 중심가의 가장 큰 상점에 들어갔다. 엄마는 언제나 그곳에서 물건을 샀다. 무릎을 꿇고 바닥을 솔로 문지르고 있는 여자에게 교복이 어디 있느냐고 물었다.

"4층이란다. 승강기를 타렴." 여자가 그렇게 말하며 미소를 지었는데, 치아가 하나도 없었다. 난 그녀에게 1실링을 주었다. 버스 요금 3실링을 아꼈으니 그 정도 친절은 베풀 수 있었다.

승강기를 탔다. 단추 달린 재킷을 입은 작은 남자아이가 승강기를 작동하고 있었다.

"교복 사려고 하는데." 내가 말했지만 그는 못 들은 척했다.

난 구석에 놓인 스툴에 앉았다. 승강기는 처음이라 어지러웠기 때문이다. 층마다 딸깍 소리를 내며 세 층을 지났다. 다시 딸깍 소리를 내며 승강기가 멈췄고, 그가 나를 내려주었다. 교복 매장은 바로 맞은편에 있어서 그쪽으로 걸어갔다.

나중에 화장실에서 몸무게를 재보고는 내가 3킬로그램이나 덜 나간다는 것을 알았다. 저울 옆면에 각 신장에 적합한 몸무게가 찍혀 있었다.

난 계단을 걸어 내려갔다. 카펫은 낡았지만 발에 닿는 감촉은 보드라웠다. 지하층에 내려가 모두에게 줄 선물을 하나씩 샀다. 아빠에게는 목도리, 히키에게는 주머니칼, 바바에게는 배 모양 병에 담긴 향수, 마사에게는 분홍색 핸드크림. 그러고는 거리로 나와 보석방 진열장을 들여다보았다. 마음에 드는 시계가 아주 많았다. 난 세 가지 소원을 말하러 길모퉁이의 커다란 성당에 들어갔다. 처음 보는 성당에 들어가면 세 가지 소원을 빌 수 있다고들 했기 때문이다. 성수가 우리 성당에서처럼 성수반에 담겨 있지 않고 얇은 수도꼭지 끝에서 방울방울 떨어졌다. 난 그 아래 손가락을 댄 뒤 성호를 그었다. 엄마가 천국에 갔기를, 아빠가 다시는 술을 마시지 않기를, 젠틀먼 씨가 잊지 않고 1시에 나를 만나러 오기를 빌었다.

혹시라도 못 만나는 일이 없도록 약속 시간 30분 전에 호텔로 갔지만, 경비가 네가 올 곳이 아니라고 할까 봐 안으로 들어가기가 겁이 났다.

그는 머리를 잘랐다. 계단을 걸어 올라오는 얼굴이 예리해 보였고 귓바퀴 윗부분이 다 드러나 있었다. 전에는 가느다란 백발이 그 위를 살짝 덮고 있었는데. 그가 나를 향해 미소를 지었다. 가슴이 다시 벌렁거려서 말을 하기도 힘들었다.

"있지, 남자들은 립스틱 바르지 않은 젊은 여자의 입술에 키스하는 걸 더 좋아한단다." 그가 말했다. 내가 입술에 얇게 바른 분홍색 립스틱을 보고 한 말이었다. 난 울워스에서 립스틱을 하나 사서는 거울이 달린 카운터로 가서 내 모공이 적나라하게 보이는 거울을 보며 립스틱을 발랐더랬다.

"키스할 생각 없었어요. 누구와도 키스는 절대 안 해요." 내가 말했다.

"절대로?" 그가 놀릴 셈으로 되물었다. 빙그레 웃는 걸 보고 놀리고 있다는 걸 알았다.

"절대로, 아무와도요. 히키만 빼고."

"그 외엔 아무도?" 난 고개를 저었다. 함께 식당으로 들어가면서 그가 내 팔꿈치를 잡았다. 내 팔이 워낙 희고 가늘어서 좀 창피했다.

도시 호텔에 들어가본 것은 그때가 처음이었다. 난 그곳에서 가장 싼 음식을 골랐다.

"아이리시스튜를 먹을게요." 내가 말했다.

"아니, 그건 아니지." 그가 대답했다. 짜증스러운 말투였다. 하지만 정말 짜증을 내는 것이 아니라 그런 척하는 거였다. 그는 닭요리 두 개를 주문했다. 다른 웨이터가 호리호리하고 길쭉한 암녹색 병에 담긴 포도주를 가지고 왔다. 테이블 가운데 놓인 물그릇에 여러 꽃이 꽂혀 있었지만 향기는 나지 않았다.

그가 자기 잔에 포도주를 따른 뒤, 한 모금 홀짝 마시고는 미소를 지었다. 그런 뒤 내 잔에도 조금 따라주었다. 난 견진성사 서약*을 했지만 그런 말을 하기가 부끄러웠다. 그는 내내 미소를 짓고 있었다. 슬픈 미소였고, 그래서 좋았다.

"오늘 어떻게 지냈는지 얘기해보렴."

"교복을 사고 여기저기 돌아다녔어요. 그게 다예요."

포도주는 씁쓸했다. 차라리 레모네이드였으면 좋았을 텐데. 식사 후에 난 아이스크림을 먹었고, 젠틀먼 씨는 푸르스름한 곰팡이가 핀 흰 치즈를 먹었다. 히키 양말에서 풍기는 냄새가 났다. 내가 사준 새 양말이 아니라 그의 침대 매트리스 아래 놓인 오래된 양말의 냄새.

---

* 아일랜드에서는 견진성사를 받을 때 최소한 법적으로 음주가 가능한 연령까지는 술을 마시지 않을 것과, 영원히 불법 마약을 사용하지 않을 것임을 서약하는 전통이 있다.

"멋진 식사였어요." 웨이터가 가져가기 편하도록 내 접시를 테이블 가장자리로 밀어놓으며 내가 말했다.

"그렇구나." 그가 말했다. 젠틀먼 씨는 수줍음이 많은 건지 그냥 말하기가 귀찮은 건지 알 수가 없었다. 아니면 따분해하는 건지. 그는 사교적인 대화에는 영 젬병이었다.

"언제 또 점심 같이 먹어야겠다." 그가 말했다.

"전 다음 주에 떠나요." 내가 대답했다.

"미국으로? 앞으로 다시는 못 만날 테니 정말 아쉽구나." 자기가 생각하기에는 그 말이 무척 재미있는 모양이었다. 그는 포도주를 몇 잔 더 마셨고, 그러자 눈이 아주 커지면서 그 안에 울적한 열망이 가득 차올랐다. 그는 내가 원하는 만큼 오랫동안 내 눈을 들여다보았다.

"그래서 지금까지 키스를 해본 적이 없다는 말이지?" 그가 말했다. 그가 나를 그렇게 바라볼 때면 나는 내가 순진하다는 기분이 들었다. 그는 이제 나를 뚫어지게 보았다. 그 시선은 때로는 똑바로 내 눈동자를 향했고, 내 얼굴 위에서 이리저리 움직이다가 잠깐 내 목에 머무르기도 했다. 내 목. 내 목은 눈처럼 희고, 그때는 둥근 네크라인의 실크 드레스를 입고 있었다. 꽃무늬가 가득한 담청색 드레스였다. 그 무늬는 어떤 때는 아주 작은 사과꽃 같았고 또 어떤 때는 흰 눈이 내리는 모양 같았다. 어느 쪽이든 멋진 드레스였고, 작은 조각을 수없이 이어 붙인 치마는 걸을 때마다 살랑거렸다.

"다음에 점심 먹으러 나올 때는 립스틱은 바르지 말거라. 안 바른 게 더 좋구나." 그가 말했다.

커피가 씁쓸했다. 그래서 설탕 네 덩이를 넣었다. 우리는 식당을 나와 영화를 보러 갔다. 그가 상자에 리본이 달린 초콜릿을 사주었다.

난 영화를 보다가 울었다. 전쟁에 나가는 남자가 여자와 이별하는 슬픈 장면이 있어서였다. 우는 나를 보고 그가 웃더니, 내 귀에 대고 나가자고 속삭였다. 어둑한 통로를 올라갈 때 그가 내 손을 잡았고, 로비로 나와서는 내 눈을 닦아주며 웃으라고 말했다.

우리는 아직 날이 환할 때 집으로 돌아갔다. 저 멀리 언덕이 푸르스름한 빛을 띠었고 언덕 사이로 먼지를 뒤집어쓴 라일락이 서 있었다. 건초를 만들기 위해 농부들이 낫으로 벤 풀을 길가에 늘어놓고 있었고, 아이들은 둥그런 건초 더미 위에 앉아 사과를 먹으며 사과 심을 배수로에 던지고 있었다. 반은 향료 같고 반은 향수 같은 건초 냄새가 차창으로 흘러 들어왔다.

장화를 신은 한 여자가 젖 짤 시간이 되어 소를 집으로 몰고 있었다. 쪽문으로 소들이 들어가는 동안 우리는 속도를 줄여야 했는데, 그때 나를 바라보는 그와 눈이 마주쳤다. 우리는 서로에게 미소를 지었고, 운전대에 놓였던 그의 손이 내려와 담청색 드레스 위 내 무릎께에 놓였다. 내 손이 그 손을 기다리고 있었다. 우리는 손깍지를 꼈고, 그 이후로는 급하게 굽은 길이 아닌 다음에야 집에 가는 동안 내내 그러고 있었다. 그의 손은 작고 하얗고 아주 보드라웠다. 털 하나 없었다.

"넌 지금까지 내가 만난 가장 사랑스러운 아이야." 그가 말했다. 딱 그 말뿐이었고, 그것도 속삭이듯 말했다. 나중에 수녀원에서 난 침대에 누워 정말 그가 그 말을 했는지, 아니면 그저 내 상상이었는지 의아해했다.

내가 차에서 내리기 전에 그가 내 손을 꼭 쥐었다. 난 그에게 고맙다고 말하고, 내 짐을 집으려고 뒷좌석으로 손을 뻗었다. 무슨 말을 할 것처럼 그가 나지막하게 한숨을 쉬었는데, 그 순간 바바가 차로 뛰어오는 바람에 그는 내게서 슬쩍 떨어졌다.

내 영혼이 살아 발딱거렸다. 황홀감. 지금까지 전혀 알지 못했던 어떤 것. 살면서 가장 행복한 날이었다.

"안녕히 가세요, 젠틀먼 아저씨." 내가 차창에 대고 말했다. 그의 미소에 묘한 표정이 어렸는데, 마치 '가지 마'라고 말하는 듯했다. 하지만 그는 떠났다. 창백한 대리석을 깎아 조각한 듯한 얼굴에, 그를 알지 못하는 여자들이 불쌍해지는 그런 눈을 가진 나의 새로운 신.

"무슨 생각을 하느라 그렇게 멍하니 있어?" 바바가 물었고, 난 웃으며 집 안으로 들어갔다.

"선물 사 왔어" 하고 나는 말했는데, 속으로는 '넌 지금까지 내가 만난 가장 사랑스러운 아이야'라는 말을 노래처럼 되뇌고 있었다. 주머니에 귀중한 보석을 넣어둔 기분이었고, 그것을 다시 느껴보고 싶을 때면 그 말만 하면 되었다. 푸르고 귀중하고 매혹적인…… 나의 불멸의, 불멸의 노래.

8

내가 마지막으로 본 우리 집의 모습은 비를 맞는 모습이었다. 우리는 브레넌 씨 차를 타고 대문을 지나 달렸고, 앞쪽 들판에 백마가 뛰놀고 있었다.

"잘 있어." 녹슨 철문과 빗물이 떨어지는 나무가 늘어선 진입로를 마지막으로 보면서 손을 흔들고 싶어 차창에 서린 김을 닦으며 난 그렇게 말했다.

하도 울어서 손수건이 축축했다. 난 아침 내내 울었다. 호텔에서 히키와 몰리와 메이지에게 작별 인사를 하면서 울었다. 바바도 울었다. 바바와 나는 서로 말을 하지 않았다.

마사가 우리 사이에 앉았고 우리는 각자 차창 밖을 내다보았지만 볼만한 것은 별로 없었다. 바람에 꺾인 산울타리와 울적해 보이는 산과 비에 젖어 농장 마당에 옹기종기 모인 닭 정도.

아버지는 앞좌석에 앉아 브레넌 씨와 이야기를 나누고 있었다.

"차가 참 좋군요. 휘발유 1리터로 몇 킬로미터나 가죠?" 아버지가 물었다. 아버지는 브레넌 씨를 "의사 선생"이라고 불렀고, 시가 두 개에 한꺼번에 불을 붙여 하나를 건넸다. "여기요, 의사 선생." 브레넌 씨가 고맙다고 중얼거렸다. 그는 아버지를 이름으로 부르는 적이 없었다.

마사도 보란 듯이 자기 담배에 불을 붙였다. 아버지는 마사를 못 본 체했다. 아버지는 여자에게 관심이 없었다.

두고 온 것이 없는지 걱정이 되기 시작해서 내 가방 속 물건들을 되짚었다. 자잘한 물건을 다 챙겼는지, 속옷에 이름표를 전부 붙였는지 떠올려보았다. 바바는 인쇄된 이름표를 더블린에 주문해 받았지만 난 흰색 띠에 사인펜으로 내 이름을 적고 옷마다 실로 꿰맸다. 난 바느질이라면 질색이어서 대부분 몰리가 해주었고, 보답으로 몰리에게 엄마 드레스 두 벌을 주었다. 투이 부인이 내게 준 케이크와 꿀 두 병은 트렁크에 넣었고, 잭 홀랜드가 준 만년필은 교복 앞자락에 끼워놓았다. 내 트렁크에는 인형놀이용 다기도 있었다. 자그마한 찻잔과 받침들은 따로따로 화장지로 쌌고, 주전자와 설탕 그릇은 검불을 깔고 그 위에 놓았다. 검불은 젠틀먼 씨가 준 초콜릿 상자 바닥에 깔려 있던 것이었다. 상자 아래쪽은 초콜릿은 몇 개 없고 대부분 검불이었다. 불만 사항이 있으면 편지를 쓰라고 적힌 종이쪽지가 들어 있었기에 회사에 항의 편지를 쓸까 했지만, 귀찮아서 관두었다.

　인형놀이용 다기는 내가 집에서 유일하게 챙긴 물건이었다. 늘 좋아하던 것이었다. 난 그릇장에 놓인 다기를 가만히 앉아서 바라보며 햇빛에 반짝이는 그 모습에 그저 감탄하곤 했다. 다기는 담청색 도자기로 만들어서, 까딱하면 부서질 듯 연약해 보였다. 그러니까, 일반 도자기 그릇보다 더 부서지기 쉬워 보였다는 말이다. 그건 산타클로스가 없다는 사실을 알게 된 크리스마스 날에 엄마가 내게 준 것이었다. 내가 알아낸 건 아니었지만, 어쨌든 아무리 덜떨어진 아이라도 우라질 엄마나 아빠가 산타클로스 옷을 차려입었다는 건 다 알 텐데 여전히 산타클로스를 믿다니 망할 멍청이라고 바바가 말해주었던 그 크리스마스 말이다. 엄마에게서 다기를 받은 난 그것을 그릇장에 넣어도 되냐고 물었다. 난 그런 쪽으로는 굉장히 어른스러웠다. 다른 아이들과 달리 장난감을 가지고 놀지도 않았고, 장난감을 망가뜨리거나 분해한 적도 없었다. 나한테는 인형이 다섯 개 있었는데 하나같이 손톱만 한 흠집도 없었다. 엄마는 깜짝 선물로 종종 내 작은 찻잔 하나에 설탕 조각을 넣어두었다. 난 이가 빠질 때마다 빠진 이를 밤에 찻잔에 넣었고, 아침이 되면 이는 온데간데없고 대신 6펜스짜리 동전이 그 안에 놓여 있었다. 엄마는 밤사이 요정이 집 안에 들어와 춤을 추고는 동전을 놓고 갔다고 말했다.

　이런 일들을 떠올리자 왈칵 울음이 터졌다. 아버지가 뒤를 돌아보며 말했다. "미국에라도 가는 줄 아냐? 일요일에 자주 찾아갈 거야, 안 그래요, 의사 선생?" 그래서 우는 게 아니라는 말은 차마 할 수 없었다. '아버지가 한 번도 찾아오지 않아도 상관없어요'라 거나 '축축한 나뭇가지로 불을 피우려고 애쓰고, 아버지 입에서 술 냄새가 날까 봐 걱정하며 농막에서 사는 것보다는 수녀원에서 사는 게 더 행복할 거예요'라고 말할 수 없었다. 그냥 아무 말도 하지 않았다. 눈물을 참아보려 애쓰면서, 수녀원에 도착하기 전에 가방에서 새 손수건을 꺼내는 일이 없기만을 바랐다. 가방은 마사의 발밑에 있었다.

"자, 너희들 이제는 정말 화해해야지." 마사가 말했다. 우리는 서로 마주 보았다. 그러다 바바가 눈을 얼마나 내리깔았는지, 속 눈썹이 뺨 위에서 파르르 떨렸다. 새카맣게 염색한 데이지 꽃잎처럼 긴 속눈썹이었다. "꺼져, 쓰레기야." 바바가 이를 앙다문 채 내뱉고는 다시 고개를 돌렸다.

난 남색 모직 교복에 남색 편물 스웨터를 입은 내가 까마귀 같다고 느꼈다. 편물 기계를 가진 동네의 한 아줌마가 짜서 내게 선물한 것이었다. 엄마가 죽은 후 난 선물을 많이 받았다. 내가 불쌍해서일 것이다. 내 다리는 빼빼해서 검은 면 스타킹을 신으니 애처로워 보였다. 여름 내내 스타킹을 안 신어 버릇해서 가렵기도 했다. 난 빼빼 마른 데다가 키는 열네 살치고 너무 컸다.

"맙소사, 네 몸에 기생충 있다고 하겠다." 내가 교복을 입어본

밤에 바바가 말했다. 통통하고 둥그스름한 바바는 교복을 입으니 예뻤다. 짧게 자른 곱슬머리에 얼굴은 황갈색으로 그을려, 매끄러운 갈색 밤톨처럼 보였다.

"너희들 대체 뭐 때문에 그러는 거니?" 마사가 물었다. 우린 둘 다 대답하지 않았다.

"도착하면 서로 얘기를 나눠야 할 거야. 달리 얘기할 사람이 없을 테니." 마사가 말했다. 맞는 말이었다. 수녀원에 가면 우리 둘뿐일 것이다.

"다시는 재하고 말 안 해, 절대로." 난 계속 나지막하게 되뇌었다. 바바는 내 마음을 찢어놓고 내 삶을 망가뜨려버렸다. 이런 식으로 말이다.

리머릭에서 돌아온 날 밤, 난 행복하고 기분이 좋았다. 빨간색 새틴 솜이불 아래로 발을 웅크려 감싼 채 침대에 앉아 젠틀먼 씨와 보낸 하루를 떠올리며 혼자 빙그레 웃고 있었다.

"오늘 기분 엄청 좋은가 보네." 바바가 옷을 벗어서 고리버들 의자 등받이에 걸치며 말했다. "얼른 침대에 누워. 촛불 거의 다 탔잖아."

내 행복을 시기했던 것이다.

"밤새도록 이렇게 앉아서 꿈을 꾸고 싶어." 내가 느릿느릿, 아마 좀 과장된 투로 말했다.

"세상에, 돌았구나. 도대체 무슨 일이 있었던 거야?"

"사랑." 내가 허망하고 절망적인 몸짓으로 양팔을 내뻗으며 말했다.

"그 멍청한 상대가 누군데?"

"안 알려줘."

"데클런?"

"말도 안 돼." 데클런이 참아줄 수 없이 하찮은 존재라는 투로 내가 대꾸했다.

"히키?"

"아니야." 난 즐기고 있었다.

"말해봐."

"못 해."

"말하라고." 잠옷 윗도리 자락을 아랫도리에 집어넣으며 바바가 말했다. "말해, 안 그러면 말할 때까지 마구 간질일 테다." 그러더니 내 겨드랑이를 간질이기 시작했다.

"말할게, 말할게, 말한다고." 간지럼에서 벗어나기 위해서라면 무엇이든 했을 것이다. 그래서 숨이 진정된 뒤 바바에게 말해주었다.

"절대 그럴 리가 없거든요. 거짓말."

"거짓말 아니야. 내게 초콜릿을 주고 영화관에 데리고 갔다고. 내가 자기 인생에서 만난 가장 사랑스러운 아이라고 했어. 내 머리색은 환상적이고 내 눈은 진짜 진주 같고 피부는 햇빛에 빛나는 복숭아 같다고 했다고." 물론 그는 이런 말을 한 적이 없었지만, 일단 거짓말을 시작하자 멈출 수가 없었다.

"계속해봐. 그리고 또?" 놀라움과 경이감과 질투심으로 입을 반쯤 벌린 채 바바가 말했다.

"아무한테도 말하면 안 돼." 난 다짐을 받았다. 내 손을 잡았던 일을 들려주려 했기 때문이다. 그런데 불현듯 바바의 눈 속에 그 표정이 떠오르는 것이 보였다. 고양이처럼 눈을 가늘게 뜬, 질투심에 불타는 표정. 그 이후로 난 기차 안에서든 결혼사진에서든 그 표정을 수천 번 보았고, 그럴 때마다 '어떤 불쌍한 멍청이가 된통 당하겠군' 하고 혼잣말했다. 난 다시 다짐을 받았다. "아무한테도 말 안 할 거지, 바바?"

"그럼." 잠깐 말이 없더니, "젠틀먼 부인만 빼고" 했다.

"절대 누구한테도 말하지 마." 난 애원했다.

"그럼. 젠틀먼 부인이랑 엄마랑 아빠랑 네 아빠만 빼고."

"사실 장난친 거야." 난 거짓말을 했다. "만난 적도 없어. 너 놀리느라 그런 거야. 리머릭까지 차만 태워줬어. 그게 다야."

"정말로?" 바바가 한쪽 눈썹을 치켜올리려 애쓰며 말했다. 그러고는 촛불을 불어 끄더니 이렇게 덧붙였다. "내일 엄마랑 아빠랑 내가 젠틀먼네와 저녁 식사를 할 거니까 그때 그 말을 꺼내볼게."

난 어둠 속에서 옷을 벗었다. 침대로 들어가니 바바가 이불을 전부 자기 쪽으로 끌어당겨놓았다.

"제발, 제발 얘기하지 마." 내가 사정했지만, 내가 그렇게 애원하는 사이 바바는 잠이 들어버렸다.

다음 날 저녁 바바네 식구는 정말로 젠틀먼 부부와 저녁을 먹었고, 자정 직전에야 집으로 돌아왔다. 난 현관문 뒤에서 기다렸다.

"아직 안 잤니, 캐슬린?" 야간 호출이 있나 보려고 전화기 옆의 주소록을 들여다보며 브레넌 씨가 내게 말했다. 마사는 큼직한 글라디올러스 다발을 품에 안고 들어왔다. 커다란 두 눈이 웃고 있었다.

"아직 안 잤어요." 내가 대답했다. 난 바바에게 손가락을 까딱해서재로 따라 들어오라는 신호를 했다.

"바바, 네게 줄 선물이 있어. 엄마 반지인데…… 네가 제일 좋아하는 반지야. 검은색 반지." 난 반지를 건넸고, 바바는 어둑한 방안에서 반지를 꼈다. 한가운데 박힌 다이아몬드가 희미하게 흘러들어온 현관 불빛을 받아 반짝였다.

"얘기 안 했지?" 내가 물었다.

"얘기? 아, 그럼, 안 했지. 내가 그 얘기를 했으면 젠틀먼 부인이도끼를 들고 쫓아왔을걸. 하지만 내가 J. W.(젠틀먼 씨를 말하는 거였다)랑 정원에서 산책을 하다가 네 얘기를 꺼냈더니 아, 그 어린것, 걔는 상상력이 너무 풍부해서 큰 탈이야, 그러더라."

"그럴 리가 없어." 내가 큰 소리로 말했다.

"그랬다니까. 나랑 팔짱 끼고 다니면서 이런저런 꽃도 보여주고, 포도송이도 먹으라고 주고, 이건 어떻게 생각하니 저건 어떻게 생각하니 물어보고, 체스를 같이 두자고 매달리다가, 내가 네 이름을 입에 올리니까 '아, 걔 얘기는 하지 말고' 그러기에 나도 관뒀지. 우리 둘이 얼마나 오래 나가 있었는지 몰라. 젠틀먼 부인이 참다못해 창밖으로 고개를 내밀고는 '거기 두 사람' 그러는 바람에 어쩔 수 없이 집 안으로 들어갔다니까."

그걸로 끝장이 났다. 나는 다시는 그의 얼굴을 똑바로 쳐다보지 못할 것이었다. 그런데 엄마의 가장 좋은 반지까지 줘버리고.

다음 날 아침 바바는 고해성사를 하러 나갔고, 11시에 전화가 울렸다.

몰리가 위층으로 나를 찾으러 왔다. 난 일기를 쓰고 있었다. 젠틀먼 씨와 관련된 애절한 글을.

"젠틀먼 씨 전화인데, 너를 바꿔달래." 몰리가 그렇게 말했고 내 가슴이 마구 뛰었다.

내려가서 그와 통화하기를 난 그 무엇보다 원했다. 하지만 그는 내가 얼마나 천박하고 밉상스럽게 굴었는지, 우리가 함께 보낸 날을 내가 얼마나 거짓되게 꾸며댔는지 말하려고 전화했을 테고, 그런 말을 듣는 건 견딜 수 없었다.

"지금 집에 없다고, 나중에 전화한다고 전해줘." 내가 몰리에게 말했다. 아름다운 편지를 써서 보내야겠다는 생각이 있어서였다. 대체로 《폭풍의 언덕》을 베낀, 참으로 감명 깊은 편지를. 그의 집 근처에서 기다리다가, 그가 대문을 열려고 나오면 나무 뒤에서 쌩하고 뛰어나가 편지만 건네주리라.

몰리는 아래층으로 내려가서는 내가 고해성사에 갔다고, 들어오는 대로 전해주겠다고 말했다. 통화는 1분 정도 더 이어졌다. 몰리에게 대체 무슨 말을 하는 건지 궁금해서 미칠 것 같았는데, 그때 몰리가 수화기를 내려놓았다.

"뭐래?" 난간 밖으로 몸을 내밀고 내가 물었다. 이틀 동안 잠을 제대로 못 자서 내 얼굴은 시체처럼 창백했고 눈 밑은 시커멨다.

"정말 미안하지만 지금 파리에 있대." 퉁퉁하고 억센 분홍빛 팔이 밝은 빛에 드러나도록 소매를 걷어붙이면서 몰리가 말했다.

"파리에?" 여자와 죄악이 바로 머리에 떠올랐다. 어떻게 그럴 수가?

"응. 친척이 위독해서 급하게 가야 했대." 몰리는 그렇게 말하고는 청소용 솔로 복도 바닥을 박박 문지르기 시작했다.

사흘 뒤 난 수녀원으로 떠났고, 그래서 그 이후로는 젠틀먼 씨를 보지 못했다.

차 안에서 이 모든 일을 떠올리는 데는 1초도 걸리지 않았고, 난 젖은 손수건과 내게 대화 사탕을 건네는 바바라는 현실로 돌아왔다.

대화 사탕에는 '친구 하자'라는 글귀가 적혀 있었지만 난 분하고 억울한 마음에 미소를 지어 보일 수도 없었다.

우리는 어스름이 내릴 무렵 수녀원 마을에 들어섰다. 마을 바로 바깥쪽으로 시커멓게 펼쳐진 호수가 있었는데, 호수 앞을 지나갈 때 반쯤 열린 차창으로 음산한 바람이 불어 들어왔다. 그곳을 지나니 좁은 도로가 나왔다. 약 50미터마다 가로등이 서 있고 녹색 철제 가로등 사이에는 포플러가 서 있는 도로였다. 시커먼 물이 가득한 너른 호수와 서글픈 포플러와 낯선 가게 바깥의 낯선 개들을 보니 이루 말할 수 없이 슬퍼졌다.

"괜찮은 곳이군." 아버지가 그렇게 말하며 코를 킁킁거렸다. 괜찮은 곳이라고! 그곳에 대해 뭘 얼마나 안다고. 그저 차창 너머만 내다보고 어떻게 괜찮은 곳이라고 생각할 수가 있지?

"술 한잔하는 게 어때요, 밥?" 그가 물었다. 그러자 뒷자리에서 졸고 있던 마사가 반색을 하며 말했다. "좋아요. 애들은 레모네이드 마시라고 하고요."

우리는 중심가에 차를 세우고 호텔로 들어갔다. 난 무릎이 뻣뻣했다. 로비에서부터 위층으로 올라가는 계단에까지 색 바랜 빨간색 튀르키예 카펫이 깔려 있었다. 오른편에 있는 식당에는 흰 식탁보를 깐 작은 테이블이 아주 많았다. 테이블마다 케첩이 두 병씩 놓여 있었다. 빨간 병 하나와 갈색 병 하나. 우리는 **라운지**라고 적힌 곳으로 들어갔다.

"자, 밥, 뭐로 할까요?" 아버지가 물었다. 난 아버지가 독한 술을 시킬까 봐 조마조마했다.

"위스키." 브레넌 씨가 안경을 벗으며 말했다. 빗물이 살짝 튀어 있어서 그는 깨끗한 흰 손수건으로 안경을 닦았다.

"그러면 바바 엄마는?" 아버지가 마사에게 물었다. 마사는 '엄마'라는 호칭을 질색했다. 나이 들어 보인다고.

"진." 마사가 예의에 맞지 않게 속삭이며 말했다. 남편이 못 들었으면 했지만, 그가 벽에 걸린 색 바랜 사냥 사진을 보러 가다가 이를 부드득 가는 것을 나는 보았다.

"난 레모네이드를 마셔야겠네." 아버지가 한숨을 쉬며 말했다. 그러곤 나를 쳐다보았다. 내가 인정해주기를, 강하고 용감하고 훌륭하다고 칭찬하는 시선을 보내주기를 바라는 것이다. 하지만 내 고통에 정신이 팔린 난 시선을 돌렸다. 내 상상 속에서 운전대를 잡은 젠틀먼 씨의 손이 보였고, 쪽문으로 들어가는 소들을 보고 속도를 줄이며 시선을 앞창에서 내게로 옮기던 모습도 보였다.

바바는 자몽 주스를 주문했다. 달라 보이려고 그러는 거겠지. 그런 생각이 들며 시기심이 솟았다. 시간이 없었으므로 우리는 자리에 앉지도 않았다. 7시 전에 수녀원에 도착해야 했다. 빨간 벽돌로 지은 커다란 벽난로에서 이탄이 활활 타고 있어서 난 호텔을 떠나기가 무척 싫었다. 아버지가 음료수값을 계산한 뒤 우리는 호텔을 나섰다.

수녀원은 커튼도 달리지 않은 네모지고 작은 유리창이 수백 개 있는 회색 석조 건물이었다. 유리창 하나하나가 축축하고 죄 많은 마을을 염탐하는 눈처럼 보였다. 둘레에는 녹색 철책이 둘러 있고, 삼나무가 늘어선 어둑한 진입로로 이어지는 높은 녹색 대문이 있었다. 아버지가 대문을 열겠다며 차에서 내리더니 아주 요란스럽게 문을 두드렸다. 브레넌 씨가 움찔했고, 아버지가 겨우 그런 사람이라 난 창피했다.

우리는 나무 아래 차를 세우고 차에서 내렸다. 그러곤 돌계단을 내려가서 콘크리트 마당을 가로질러 열린 문으로 다가갔다. 우리를 맞으러 수녀 한 명이 현관에 나와 있었다. 헐렁한 검은색 수녀복을 입고, 머리에는 검은 베일을 썼다. 얼굴만 내놓고 머리 쓰개라고 부르는 뻣뻣한 하얀 천으로 이마와 귀와 가슴까지 다 가렸다. 쓰개는 눈썹까지도 내려왔지만, 눈썹 끝은 간신히 보였다. 검은 양 눈썹이 불그레한 콧잔등 위에서 만났다. 얼굴이 반짝거렸다.

아버지가 모자를 벗고 우리 소개를 했다. 브레넌 씨가 가방을 들고 뒤를 따랐다.

"환영한다." 그녀가 바바와 나를 보며 말했다. 그녀의 손은 차가웠다.

"그럼, 바바, 얌전하게 좀 지내라." 브레넌 씨가 못 미더운 투로 말했다. 마사는 내게 입을 맞추고 동전 두 개를 내 손에 쥐여주었다. 내 입에서는 "아, 아니에요"라는 말이 나왔지만, 그러면서도 내 손가락은 동전을 감사히 꼭 감쌌다. 마지못해 아버지에게 입

116

을 맞춘 뒤 브레넌 아저씨를 잠깐 껴안으며 고맙단 말을 하려 했는데, 너무 쑥스러워 그만뒀다.

우리가 작별 인사를 나누는 동안 수녀님 얼굴에서는 미소가 사라지지 않았다. 그녀는 이른 아침부터 다른 가족들을 지켜본 터였다.

"곧 자리를 잡을 겁니다." 수녀님이 말했다. 냉혹하지는 않지만 단호한 말투였다. 그래도 '곧 자리를 잡을 겁니다'라는 그 말은 '당연히 자리를 잡아야죠'처럼 들렸다.

부모님들은 떠났다. 다들 따뜻한 호텔로 돌아가 차와 함께 모둠구이를 먹을 테지, 그런 생각을 하자 요크셔 소스의 톡 쏘는 매운맛이 입안에 감돌았다.

"자, 그럼." 남성용 은시계를 주머니에서 꺼내며 수녀님이 말했다. "우선 차를 마시자. 날 따라오렴." 우리는 그 뒤를 따라 긴 통로를 걸어갔다. 바닥에는 빨간 타일이 깔려 있었고, 벽 밑에서부터 중간까지 반짝이는 흰 타일이 붙어 있었다. 타일이 깔린 창문턱마다 아주까리 화분이 놓여 있었고 아래쪽으로 떡갈나무 벽장이 줄지어 있었다. 생긴 건 병원 같았지만 마취제 냄새 대신 왁스 광택제 냄새가 났다. 먼지 한 톨 없이, 무시무시하게 깨끗했다. 낯선 장소에서는 먼지가 정겹고 위안이 될 수도 있는데, 그런 생각이 들었다.

우리는 물품 보관실에 외투를 걸었다. 우리 이름이 적힌 벽장

칸을 찾는 것을 수녀님이 도와주었다. 모자와 장갑, 신발, 구두 광택제, 기도서 따위의 작은 물품을 보관하는 용도였다. 벽장은 마치 벌집 같았고, 아직 비어 있는 칸도 있었다.

수녀님을 따라 또 다른 콘크리트 마당을 가로질러 이번에는 식당으로 갔다. 수녀님은 바삐 걸었고, 걸음을 옮길 때마다 허리에 매달린 굵은 검은색 묵주가 널을 뛰었다. 우리는 천장이 높은 커다란 방 안에 들어섰다. 긴 나무 탁자가 세로로 길게 놓여 있고 그 양편으로 긴 의자가 있었다.

우리보다 나이가 많은 '고학년' 여학생들이 식탁 하나를 차지하고 열띠게 이야기를 나누고 있었다. 방학을 어떻게 보냈는지에 대한 이야기들. 저 중에는 그저 잘나 보이려고 실제 있지도 않았던 일을 지어내는 사람도 많겠지. 대부분 머리를 감은 지 얼마 안 되었고, 아주 예쁜 학생도 한두 명 있었다. 난 예쁜 학생들을 바로 골라냈다. 저학년이 앉은 식탁의 학생들은 다들 새로 온 학생이라 서로 몰랐다. 다들 시무룩하고 무력한 모습으로 조용히 혼자 울고 있었다.

바바와 나는 마주 보고 앉았다. 바바가 나를 보고 빙그레 웃어 보였지만 우린 아직 말을 주고받지 않았다. 자그마한 수녀님이 커다란 흰색 에나멜 찻주전자에서 차를 따라주었다. 몸집이 얼마나 작은지 주전자를 떨어뜨릴까 불안했다. 그녀는 검은 수녀복 위에 하얀 모슬린 앞치마를 두르고 있었다. 앞치마를 둘렀다는 건 평수녀라는 뜻이었다. 평수녀들은 요리를 하고 청소를 하고 바닥을 닦았는데, 돈도 없고 교육도 받지 못한 채 수녀원에 들어왔기 때문에 평수녀였다. 다른 수녀들은 성가대 수녀라고 불렀다. 그때는 몰랐지만 나중에 고학년 선배 하나가 설명해주었다. 그 선배 이름은 신시아로, 내게 많은 것을 알려주었다.

빵에는 이미 버터가 발려 있었고, 내 옆에 앉은 시무룩한 학생이 칙칙하고 희끄무레한 빵이 담긴 접시를 자꾸 내게 디밀었다.

"너무 맛없어 보여." 난 고개를 저으며 그렇게 말했다. 가방 안에 케이크가 있으니 나중에 먹을 생각이었다. 그 학생은 접시를 두 번이나 더 내밀었고 그걸 보고 바바가 킬킬거렸다. 차를 마신 뒤 우리는 소리 내어 묵주기도를 드리러 무리를 이루어 수녀원 안의 예배당으로 올라갔다.

아름다운 예배당이었다. 제단에는 연분홍 장미가 놓여 있었다. 강복 중에 수녀님들이 성가를 불렀다. 종달새처럼 노래하는 수녀님이 한 분 있었다. 그분은 혼자 두드러지는 목소리로 "성모님, 성모님, 제가 갑니다"라고 노래했고, 난 엄마 생각에 울음이 터졌다. 엄마와 함께 부엌에 앉아서 종달새가 둥지를 지으려고 철조망에 걸린 양털을 물어 가는 모습을 바라보던 날이 떠올랐다.

"넌 커서 수녀가 될래?" 엄마가 내게 물었다. 엄마는 내가 수녀가 되었으면 했을 것이다. 그게 결혼하는 것보다 나을 거라고. 뭐든 결혼보다는 낫다고 생각했다.

첫날 예배당에서 보낸 저녁은 낯설면서도 뭉클했다. 향 연기가 신도석으로 흘러 내려왔고, 금박을 입힌 망토를 걸치고 제단에 무릎을 꿇은 신부님의 또렷한 목소리가 그 뒤를 따랐다.

우리는 예배당 뒤쪽에 놓인 긴 나무 의자에 무릎을 꿇고 앉았다. 수녀님들이 무릎을 꿇고 앉은 곳과 우리 사이를 나무 난간이 가로지르고 있었다. 수녀님들은 양쪽 벽에 고정된 작은 떡갈나무 칸막이 안에 일렬로 들어가 있었다. 뒤에서 보면 수련수녀 말고는 다 똑같아 보였다. 수련수녀들은 레이스 보닛을 써서 레이스 사이로 머리칼이 보였다.

우리는 말 스무 마리가 돌길을 달려가듯 야단스럽게 줄지어 예배당을 나왔다. 징이 박힌 신발을 신은 학생도 있어서 예배당 현관의 타일 바닥에 징이 긁히는 소리도 들렸다. 우리는 오락실로 내려갔다. 마거릿 수녀님이 인사말을 하려고 강단 위에 앉아서 기다리고 있었다. 마거릿 수녀님은 신입생과 방학 후 돌아온 재학생을 모두 환영한다고 말한 뒤, 수녀원 규칙을 짧게 요약했다.

기숙사 안에서와 아침 식사 시간에 정숙.
기숙사 방 안에 들어갈 때 신발을 벗을 것.
기숙사 벽장 안에 음식물을 넣어두지 말 것.
기숙사 방으로 올라간 뒤 20분 안에 잠자리에 들 것.

"자, 밤에 우유 마시고 싶은 학생은 손 들어볼까?" 그녀가 물었다. 난 폐가 좋지 않아서 손을 들었고 가루를 푼 미지근한 우유 한 잔을 매일 밤 마시게 되었으며, 아버지는 매년 2파운드짜리 고지서를 받게 되었다. 폐가 약해서 드는 비용까지 장학금에 포함되어 있지는 않았으니까.

우리는 일찍 잠자리에 들었다.

우리 방은 2층에 있었다. 방 바깥 층계참에 화장실이 있었는데, 그 앞에 20~30명은 늘어서서 급한 볼일을 참느라 발을 바꾸어가며 폴짝폴짝 뛰고 있었다. 난 신발을 벗어 들고 방 안으로 들어갔다. 양편으로 창문이 있고 맨 끝에 문이 있는 길쭉한 방이었다. 문 위에 커다란 십자가가 걸려 있었고, 병에 걸린 듯 누렇게 뜬 벽면을 따라 성화가 걸려 있었다. 방 안 가득 철제 침대가 두 줄로 늘어서 있었다. 침대는 흰 침대보로 덮여 있었고 철제 프레임도 흰색 칠이 되어 있었다. 침대마다 번호가 붙어 있어서 내 침대를 쉽게 찾을 수 있었다. 바바는 내 침대에서 여섯 번째 침대였다. 혹시 다시 서로 말을 하게 될 수도 있으니 가까운 건 다행이었다. 벽을 따라 라디에이터가 세 대 놓여 있었지만, 다 차가웠다.

난 침대 옆 의자에 앉아 가터를 벗고 천천히 스타킹을 말아 내렸다. 가터가 꽉 조여서 다리에 자국이 났다. 혹시 밤사이 정맥류가 생기면 어쩌나 걱정하며 빨간 자국을 내려다보느라 마거릿 수녀님이 바로 내 뒤에 와서 서 있는 줄 몰랐다. 마거릿 수녀님은 밀

121

창이 고무로 된 신발을 신고 다녀서, 상대가 눈치채지 못하게 다가오곤 했다. 수녀님이 "자, 여러분"이라고 말하는 바람에 난 의자에서 펄쩍 뛰어 일어났다. 몸을 돌리자 수녀님 얼굴이 눈앞에 있었다. 눈이 사시였고 한쪽 눈에 홍채 낭종이 있었다. 그게 보일 정도로 얼굴이 가까웠다.

"신입생들은 아마 모르겠지만 우리 수녀원은 늘 정숙함을 자랑으로 여겨왔어요. 우리 학생들은 무엇보다 착하고 건전하고 몸가짐이 조심스럽습니다. 그것을 표현하는 하나의 방식이 옷을 입고 벗는 방식이에요. 예의를 갖추어 조심스럽게 해야 합니다. 이렇게 개방된 침실에서는……." 수녀님이 말을 멈췄다. 누군가 맨 끝의 문으로 들어오다가 큰 물병을 나무문에 쾅 박았기 때문이다. 괜히 내 귓불까지 발갛게 달아올랐다. 수녀님이 다시 말을 이었다. "위층 고학년 침실에는 각자 칸막이가 있어요. 하지만 말했다시피 이렇게 개방된 침실에서는 가운 아래로 옷을 입고 벗어야 해요. 침대 옆을 향한 채로 하면 서로 놀랄 수 있으니 침대 발치를 보고 해야 합니다." 수녀님이 콜록콜록 기침을 하고는 열쇠 꾸러미를 허공에서 빙빙 돌리며 걸음을 옮겼다. 그러더니 방 끝의 떡갈나무 문을 열쇠로 열고 나갔다.

내 옆 침대를 배정받은 아이가 천상을 우러르듯 시선을 올렸다. 사팔뜨기였고 난 그 애가 별로 마음에 들지 않았다. 사팔뜨기여서가 아니라 무엇이 되었건 안목이 형편없을 것 같아서였다.

그 애는 값비싸고 예쁜 가운을 입고 푹신해 보이는 화려한 슬리퍼를 신고 있었다. 하지만 예뻐서가 아니라 과시하려고 그것들을 샀다는 느낌이 들었다. 난 그 애가 초콜릿 바 두 개를 베개 밑에 넣는 것을 보았다.

가운 아래로 옷을 벗는 것은 애써 익혀야 하는 기술이다. 여섯 번인가 일곱 번 가운이 미끄러져 떨어진 끝에, 몸을 깊이 숙여서 마침내 떨어뜨리지 않을 수 있었다.

불이 꺼졌을 때 나는 트렁크 안을 뒤지고 있었다. 잠옷을 입은 작은 형상들이 카펫 깔린 통로를 따라 바삐 움직여 차가운 흰색 침대 속으로 사라졌다.

난 가방 맨 밑에 넣어둔 케이크를 꺼내고 싶었다. 인형놀이용 다기가 맨 위에 놓여 있어서 그것부터 하나씩 꺼냈다. 바바가 내 침대 발치로 살금살금 기어 왔고, 우리는 처음으로 말을 나눴다. 아니, 말을 나눴다기보다 속삭였다.

"세상에, 생지옥이야. 난 일주일도 못 견딜 거야." 바바가 말했다.

"나도 그래. 배고파?"

"아기라도 잡아먹겠어." 바바가 말했다. 케이크를 자르려고 세면도구 가방에서 손톱 줄을 막 꺼내려는데 방 맨 끝 문에서 열쇠 돌아가는 소리가 났다. 난 재빨리 수건으로 케이크를 덮었고, 마거릿 수녀님이 손전등을 들고 우리 쪽으로 걸어오는 동안 우리는 얼어붙은 듯 가만히 서 있었다.

"이게 다 뭐지?" 수녀님이 물었다. 수녀님은 이미 우리 이름을 다 알았는데, 브리짓(바바의 원래 이름)이나 캐슬린이 아니라 성까지 붙여서 브리짓 브레넌과 캐슬린 브래디라고 불렀다.

"외로워서 그랬습니다, 수녀님." 내가 말했다.

"너네만 외로운 게 아니야. 외로움이 규칙을 어기는 핑계가 될 수는 없지." 수녀님의 속삭임은 벽이라도 뚫을 듯 날카로웠다. 방에 있는 학생 전부가 들을 수 있었다.

"네 침대로 돌아가, 브리짓 브레넌." 수녀님이 말했다. 바바는 조용히 자리로 돌아갔다. 마거릿 수녀님이 손전등을 이리저리 비추다가 그 불빛에 침대에 놓인 다기가 드러났다.

"이게 뭐지?" 찻잔 하나를 집어 들며 수녀님이 물었다.

"다기입니다, 수녀님. 어머니가 돌아가셔서 챙겨 왔습니다." 얼마나 바보 같은 말인지, 그 말을 내뱉자마자 후회했다. 난 늘 생각하기도 전에 말을 내뱉어서 바보 같은 소리를 하고 만다.

"유치하고 감상적인 행동이야." 수녀님이 말했다. 그러고는 검은 수녀복의 겉자락을 들어 올려 바구니 모양으로 만들더니, 그 안에 다기를 담아 나가버렸다.

난 얼음장처럼 찬 이불 속에서 씨앗 케이크를 먹었다. 방 전체가 울고 있었다. 이불 아래에서 흐느끼는 소리, 목이 메는 소리가 들렸다. 숨죽인 울음.

내 침대는 다른 침대와 머리를 맞대고 있었는데, 어둠 속에서 침대 가로대 사이로 손이 하나 쑥 들어오더니 내 베개에 둥근 빵 하나를 놓았다. 당의를 입힌 빵으로, 당의 위에 뭔가 얹혀 있었다. 체리 같았다. 난 그쪽으로 케이크 한 조각을 건넸고, 우리는 악수를 했다. 어떻게 생긴 아이인지 궁금했다. 불이 켜져 있을 때 보지 못했었다. 누가 되었건 친절한 아이였다. 빵도 맛있었다. 두세 침대 너머 이불 아래에서 누군가 사과를 깨물어 먹는 소리가 들려왔다. 다들 뭔가를 먹거나 엄마가 보고 싶어 울고 있었다.

내 침대는 창문을 마주 보고 있었고, 별이 반짝이는 하늘 한 귀퉁이가 내다보였다. 침대에 누워 별을 바라보니 근사했다. 별빛이 흐릿해지거나 사라지거나 혹은 휘황한 폭죽처럼 환하게 타오르기를 기다리면서. 죽음과도 같은 불행한 고요 속에서 무언가 벌어지기를 기다리면서.

9

우리는 다음 날 아침 6시에 일어났다. 종탑에서 삼종기도를 알리는 종이 울리자 마거릿 수녀님이 아침기도를 읊조리며 들어왔다. 갑자기 불을 켜는 바람에 난 내가 어디 있는 건지 깨닫기도 전에 비틀거리며 일어났다.

수녀님은 15분 후에 미사가 있을 테니 빨리 씻고 옷을 입으라고 했다.

헝클어진 머리칼을 기운 없이 빗어 내리다가 바바가 아직 이불 속에 있는 것을 보았다. 불쌍한 바바, 아침에 도무지 일어나지를 못하지. 난 그쪽으로 다가가 바바를 끌어냈다. 바바가 하품을 늘어지게 하며 눈을 비비고는 물었다. "여기가 어디지? 지금 몇 시야?" 내가 알려주자 바바는 "세상에 만상에!"라고 내뱉었다. 바바가 '세상에' 대신 새로 쓰는 구절이었다. 그 애 얼굴은 창백하고 애처로웠고, 신발 끈도 제대로 풀지 못했다.

우리는 꼴찌로 방을 나섰다. 반장이 이미 불을 끄고 나간 뒤였다. 아직 어둑어둑해서 우리는 손으로 더듬대며 통로를 지나 오락실로 이어지는 가파른 나무 계단을 내려가야 했다. 예배당으로 이어지는 포장된 진입로를 건널 때 새들이 나무 위에서 노래하고 있었다. 새소리를 들으며 우리는 같은 생각을 했다. 결국 집이 그렇게 형편없는 곳은 아니었구나.

예배당에 들어갔을 땐 이미 미사가 시작된 뒤여서, 우리는 문에서 가장 가까운 무릎 방석에 무릎을 꿇었다. 하지만 그곳엔 앉을 의자가 없었다.

"이러다 하녀 무릎 되겠다." 바바가 속삭였다.

"그게 뭔데?"

"병이야. 무릎을 하도 꿇어서 수녀들은 다 있잖아." 고학년 학생이 뒤를 돌아보며 조용히 하라는 듯이 노려보았다. 미사 내내 난 딴생각에 빠져 있었다. 아이들 교복 위에 떨어진 비듬, 스테인드글라스 창문으로 들어오는 햇빛, 무릎 꿇은 수녀들 주변에 드리운 그림자. 공손히 머리를 숙인 수녀들, 무릎을 꿇고 상체를 꼿꼿이 세운 수녀들, 살짝 엉덩이를 깔고 앉는 식으로 느슨하게 무릎을 꿇고 앉은 나이 많은 수녀들. 과연 뒤에서 저들을 구별할 수 있게 될까 궁금했다. 수녀님 한 분이 미사 복사를 하고 있었다. 라틴어로 신부님에게 답하는 가느다란 목소리를 들으니 우스웠다.

그분은 메리 수녀님이고 신부는 토머스 신부님이라고 신시아가 나오는 길에 내게 말해주었다.

"새로 들어왔구나. 여기 마음에 들어?" 신시아가 계단을 내려가는 우리를 따라잡고는 그렇게 물었다. 그 애는 바바를 무시했다.

"끔찍해." 내가 말했다.

"익숙해질 거야. 그렇게 나쁘진 않아."

"외로워."

"누가 보고 싶어서? 엄마?"

"아니, 엄마는 돌아가셨어."

"저런, 안됐구나." 신시아가 팔을 내 허리에 감으며 말했다. 신시아는 나를 잘 챙겨주겠다고 약속했다. 고학년이 항상 신입생을 챙겨주게 되어 있으니 자기가 나를 챙겨주겠다고 말이다. 난 신시아가 마음에 들었다. 그 애는 노란색 머리칼과 작고 초롱초롱한 갈색 눈을 지녔고, 키가 컸다. 불룩한 가슴이 도드라졌는데, 수녀원의 다른 학생들은 감히 가질 수 없는 가슴이었다. 하지만 스웨덴인 피가 반 섞였고 어머니가 개종자인 신시아는 좀 달랐다.

우리는 우선 거리가 내다보이는 트인 마당에서 아침 운동을 했다. 마당은 삼면이 학교 담장이었고 나머지 한 면에는 철책을 세워 거리와 구분을 두었다. 철책 근처에는 통학생들이 자전거를 보관하는 개방된 창고가 있었다. 부모가 같은 마을에 살면 매일 등하교를 하는 통학생이 되었다. 신시아는 통학생들이 부탁을 아주 잘 들어준다고 했다. 몰래 편지를 부쳐주거나 가게에서 군것질거리를 사다 준다는 뜻이었다.

"팔 앞으로 뻗고, 아래로 내려 발끝에. 무릎 구부리지 말고." 마거릿 수녀님이 말했다. 무릎이 뚜두둑 하는 소리와 거친 숨소리가 여기저기서 들렸다. 70개의 엉덩이가 하늘을 향해 솟구쳤고, 내 앞에 선 아이의 하얀 허벅지가 눈에 들어왔다. 검은 스타킹과 속바지 아랫단 사이가 드러났기 때문이다.

"세상에, 군대보다 더해." 바바가 내게 말했다. 고개를 바닥에 처박고 있어서 말소리는 아래쪽에서 들려왔다.

"잘 견뎌봐." 우리 옆의 아이가 말했다.

"조용히 하세요." 마거릿 수녀님이 말했다. 수녀님은 발끝으로 서서 열까지 세고 있었다. 우리가 셈이 끝나기를 기다리는 동안, 우유 통을 나르는 남자아이가 휘파람을 불며 지나갔다. 그 휘파람이 플루트 연주보다 더 달콤했다. 우리를 얼마나 행복하게 만들었는지 정작 본인은 모를 거라, 더 달콤했다. 우리 모두를. 그 덕에 집에서의 삶이 떠올랐던 것이다. 우리는 운동을 끝내고 아침을 먹으러 들어갔다.

아침은 차와 버터 바른 빵이었고, 각자의 접시 위에 마멀레이드가 한 스푼씩 놓여 있었다. 우린 왁자지껄 떠들기 시작했다.

"케이크 고마웠어." 나와 마주 앉은 아이가 말했다. 머리칼은 검은색이었는데 앞머리를 이마 위로 내렸고, 창백한 피부에 주근깨가 있었다.

"아, 너였구나?" 내가 말했다. 좋은 애였다. 예쁘거나 화려하거나 그런 건 아니었지만, 좋은 애였다. 자매처럼.

"어디서 왔어?" 그 애가 물었고, 나는 말해주었다.

"난 장학금을 받고 왔어." 내가 말했다. 바바가 떠벌리기 전에 차라리 내 입으로 말하는 게 나았다.

"세상에, 너 천재구나." 그 애가 미간을 찌푸리며 말했다.

"전혀 아니야." 내가 말했다. 하지만 그 칭찬이 마음에 들었다. 나의 내면이 따뜻해졌다.

"일요일에 누가 날 찾아오기로 했어. 그러면 케이크나 그런 것들이 더 생길 거야." 그 애가 말했다. 그 애는 어쨌든 내 옆 침대를 쓰고, 아마도 케이크 받을 일이 많을 것 같아서 뭔가 아주 다정한 말을 건네려는 순간 마거릿 수녀님이 들어와 손뼉을 쳤다.

수녀님은 "정숙!"이라고 말했다. 마거릿 수녀님의 말은 계속 방 안에 머물며 우리 머리 위에 떠 있는 것만 같았다. 수녀님이 종교 서적을 들고 읽기 시작했다. 세탁실에서 일하며 비눗물이 튀어 눈에 들어가도 고행의 일환으로 내버려뒀다는 테레사 수녀님 이야기를 들려주었다.

"눈에 비눗물 들어가게 하지 말 것." 바바가 혼자 웅얼거렸다. 누가 들을까 봐 난 겁이 났다.

"여기서 나갈 수만 있다면 리졸 소독약이든 뭐든 다 마실 거야." 식당을 나오며 바바가 말했다. 우리 마을에서 어떤 남자가 그런 식으로 자살한 적이 있었다. 마거릿 수녀님이 잰걸음으로 우리 곁을 지나치며 미심쩍은 듯 매서운 눈길을 보냈다. 하지만 우리 이야기를 들었을 리는 없었다. 들었다면 퇴학당했을 테니.

"차라리 개신교도가 되고 싶어." 바바가 말했다.

"개신교에도 수녀원은 있어." 내가 한숨을 쉬며 말했다.

"이런 식의 감옥은 아니겠지." 바바가 대꾸했다. 바바는 완전 울상이었다. 기숙사 방으로 올라가는데, 신시아가 아래 층계참에서 나를 기다리고 있었다.

"이거 너 주려고." 신시아가 말하며 내 기도서에 끼울 성화 한 장을 건넸다. 그러곤 바로 뛰어가버렸다. 자주색 잉크로 이렇게 적혀 있었다. '사랑스러운 새 친구에게, 사랑하는 마음을 담아 신시아가.'

"나 같으면 너무 오글거려서 신물이 올라와 탈 나겠다." 바바가 비웃었다. 그러곤 신발을 신은 채 나보다 앞서 방으로 들어가버렸다.

침대 정리를 하고 나자 평수녀가 우리 머리를 검사하러 들어왔다.

"비듬이에요, 비듬이 있어요." 내 비듬을 다른 걸로 오해할까 봐 내가 초조하게 말했다.

그녀가 빗으로 내 뺨을 톡 치며 조용히 하라고 했다. 그리고 내 머리칼을 꼼꼼히 뒤졌다. "뭣 하러 머리를 이렇게 치렁치렁하게 기르는지 모르겠구나. 성모마리아께서 탐탁해하실 리가 없어." 다음 학생으로 넘어가며 그녀가 말했다. 다행히 창피는 당하지 않았다. 눈이 사시이고 비싼 가운을 가진 내 옆 아이는 서캐가 있었다. "망신스럽기도 해라." 수녀님이 회갈색의 얇은 머리칼을 뒤적이며 말했다. 밤에 그 애 베개에서 내 베개로 벌레가 옮겨 올까 봐 겁이 났다.

9시 직전에 우리는 교실로 갔다. 바바는 나와 같은 책상에 앉았다. 뒤쪽 자리였다. 바바는 그 자리가 안전하다고 말했다. 수녀님이 들어오기를 기다리는 동안 바바는 공책에 짧은 시 하나를 적었다.

남자아이들은 뒤쪽 긴 의자에 앉고
여자아이들은 앞쪽에 가만히 앉아 있네.
남자아이들은 꼬집지 못하게 되어 있지만
그래도 꼬집을 애들은 있다네.

뒤에서 남자아이가 꼬집느냐고
한 여자아이에게 물었네.
고함을 지르는 여자아이들도 있지만
신경 쓰지 않는 여자아이들도 있다네.

첫 번째로 교실에 들어온 수녀님은 젊고 아주 예뻤다. 분홍빛 도는 흰 피부가 촉촉했다. 이른 아침의 장미 꽃잎처럼. 수녀님은 라틴어 담당이었고 탁자라는 뜻의 라틴어로 주격, 호격 등 여러 격을 가르치는 것으로 수업을 시작했다. 그 수업이 40분 동안 이어진 뒤 다른 수녀님이 들어와 영어를 가르쳤다. 탁자 위 수녀님의 손 옆에 두 개의 새 분필과 깨끗한 스웨이드 지우개가 놓여 있었다. 아주 하얀 손이었고, 한 손가락에 얇은 은반지를 끼고 있었다. 수녀님은 내내 다른 손으로 그 반지를 돌렸다. 섬세해 보이는 분으로, G. K. 체스터턴의 글을 읽어주었다.

다음으로 세 번째 수녀님이 들어와 대수학을 가르쳤다. 그녀는 칠판에 뭔가를 적기 시작했고 코맹맹이 소리로 말을 했다.

"즈아, 얘들아." 그렇게 말했다. 말이 귀에 들어오지 않았다. 커다란 창문으로 가을 햇빛이 쏟아져 들어왔고, 난 국립학교에서 그랬듯이 천장 어느 귀퉁이에 거미줄이 있지 않나 살펴보았다. 그때 수녀님이 분필을 던지듯 내려놓으며 다들 집중하라고 소리쳤다. 난 약간 떨면서 수녀님이 칠판에 적은 x와 y를 바라보았다. 오전 시간은 굼벵이처럼 느리게 흘러갔다. 점심 식사는 형편없었다.

우선 수프가 나왔다. 묽은 회녹색 수프. 그리고 작은 접시 위의 말라빠진 칙칙한 빵 조각들.

"양배추 삶은 물이야." 바바가 내게 말했다. 바바는 내 옆에 앉은 아이와 자리를 바꿨고, 난 바바와 함께 앉아 기뻤다. 자리를 바꾸면 안 되었지만, 우리는 눈에 띄지 않기만을 바랐다. 수프 다음에 주요리가 담긴 접시가 나왔다. 각 접시에는 껍질 벗긴 찐 감자와 질긴 고기가 놓여 있었고 대충 썬 양배추가 산더미처럼 쌓여 있었다.

"내가 양배추 삶은 물이라고 했잖아." 바바가 나를 쿡 찌르며 말했다. 난 관심이 없었다. 내 고기는 끔찍해 보였고, 좀 상한 듯한 냄새가 났다. 다시 냄새를 맡아보니 도저히 먹을 수 없을 것 같았다.

"이 고기 맛이 갔어." 내가 바바에게 말했다.

"버리자." 바바가 합리적으로 말했다.

"어떻게?" 내가 물었다.

"숨겨서 나간 뒤에, 산책할 때 망할 호수에 던져버리면 되지." 그러면서 바바는 주머니를 뒤져 낡은 봉투 하나를 찾아냈다.

내가 고기를 포크로 찍어 봉투 속에 집어넣으려는 순간 다른 아이가 말했다. "그러지 마. 어떻게 그렇게 빨리 먹었냐고 물어볼 거야." 그래서 난 한 조각만 넣었고 바바도 한 조각을 넣었다.

"마거릿 수녀님은 주머니도 뒤져." 그 아이가 말했다.

"호랑이도 제 말 하면 온다더니." 바바가 나지막이 중얼거렸다. 그때 마거릿 수녀님이 들어와 탁자 끝에 서서 우리 접시를 검사했기 때문이다. 난 양배추를 썰다가 그 안에서 뭔가 시커먼 것이 보여 양배추 몇 조각을 빵 접시 위로 옮겼다.

"캐슬린 브래디, 왜 양배추를 안 먹는 거지?" 수녀님이 물었다.

"안에 파리가 있어요, 수녀님." 내가 말했다. 사실은 민달팽이였지만 수녀님 기분을 상하게 하고 싶지 않았다.

"양배추 먹으렴." 그녀는 그 자리에 선 채로 내가 양배추를 포크로 한가득 찍어 입안에 넣고 전부 삼킬 때까지 지켜보았다. 토할 것 같았다. 수녀님이 자리를 뜬 후 난 남은 고기를 바바의 봉투에 넣었고 바바는 봉투를 교복 상의 안에 넣었다.

"나 섹시해 보여?" 바바가 물었다. 한쪽이 너무 눈에 띄게 튀어나와 있었다.

접시를 다 비운 후 우리는 접시를 탁자 끝으로 보냈다.

평수녀가 금속 쟁반을 가지고 들어와 탁자 한 귀퉁이에 놓았다. 그런 다음 디저트로 타피오카를 돌렸다.

"세상에, 코 풀어놓은 것 같아." 바바가 내 귀에 대고 소곤댔다.

"오, 바바, 그러지 마." 내가 사정했다. 그러잖아도 양배추를 먹은 뒤 속이 뒤집어지는 느낌이었다.

"데클런이 말해준 운문 얘기해줬던가?"

"아니."

"'어느 편이 낫겠어? 1마일 뛰기, 종기 빨기, 콧물 한 사발 들이켜기.' 너라면 어떤 걸 고를래?" 바바가 성마르게 물었다. 내가 웃지 않아서 부아가 난 것이다.

"차라리 죽을래." 내가 말했다. 난 물 두 잔을 들이켰고, 그런 후 우린 밖으로 나왔다.

수업은 4시까지 이어졌다. 그런 다음 다들 물품 보관실로 몰려가 각자 외투를 입고 산책 나갈 준비를 했다. 거리로 나서니 기분이 좋았다. 우리는 중심가를 벗어나, 호수로 이어지는 옆길로 들어섰다. 호숫가를 지날 때 고기 넣은 꾸러미 몇 개가 호수로 던져졌다.

"나는 이미 행하였다, 그 소리를 듣지 못하였느냐?" 고학년 학생 하나가 말했다. 작은 꾸러미들이 호수 바닥으로 가라앉으며 수면 가득 잔물결이 일었다. 산책은 짧았고, 가게들 앞을 지날 때는 배도 고프고 외로웠다. 우리를 인솔하는 반장이 있었으므로 가게에 들어가는 일은 불가능했다. 우리는 둘씩 짝을 지어 걸었는데, 뒤에 따라오는 아이가 한두 번 내 뒤축을 밟았다.

"미안." 그 아이가 거듭 말했다. 첫날 저녁에 내게 계속 빵을 건넸던 그 시무룩한 아이였다. 개버딘 소재의 외투 아래까지 교복이 늘어져 있었고, 금속 테 안경을 쓰고 있었다.

"무슨 생각 하는지 알려주면 동전 한 닢." 바바가 내게 말했는데, 내 생각의 가치는 그 이상이었다. 젠틀먼 씨를 생각하고 있었으니까.

산책을 마친 뒤 우리는 숙제를 하고 차를 마셨다. 그다음 묵주기도가 있었다. 기도가 끝난 뒤에는 수녀원 주변을 산책했다. 신시아가 동행해서 셋이서 팔짱을 끼고 다녔다. 화단 앞을 지날 때는 축축한 흙 내음과 늦가을 꽃의 톡 쏘는 향이 풍겨왔다. 우리는 운동장으로 이어지는 작은 언덕을 올랐다. 어스름이 내리고 있었다.

"저녁 시간이 점점 짧아져." 내가 비감하게 말했다. 엄마가 쓰던 말투라, 그렇게 닮았나 싶어 무서워졌다. 엄마처럼 처량한 신세가 되고 싶지 않았기 때문이다.

"다 얘기해줘." 신시아가 말했다. 신시아는 명랑하고 은밀하고 기운이 넘쳤다. "너희 남자 친구 있어?"

나이 든 남자 친구. 내가 속으로 대답했다. 하지만 그를 남자 친구로 여기는 건 얼토당토않았다. 난 겨우 열네 살이니까. 리머릭에서 함께했던 시간은 꿈인 양 어느새 아득히 멀어졌다.

"**너는** 어떤데?" 바바가 물었다.

"오, 있지. 끝내주는 애야. 열아홉 살이고 자동차 정비소에서 일해. 자기 오토바이도 있어. 우린 그걸 타고 춤도 추러 가고 별별 것을 다 해." 신시아가 말했다. 목소리가 살짝 달아올랐다. 신시아는 그 일을 떠올리는 것을 좋아했다.

"너 빠른 사람이야?" 바바가 불쑥 물었다.

"빠르다는 게 뭔데?" 내가 끼어들었다. 그 단어를 무슨 뜻으로 쓴 건지 알 수가 없었다.

"다른 여자보다 아이를 빨리 갖는 여자 말이야." 바바가 성마른 투로 빠르게 말했다.

"그래, 신시아?" 내가 물었다.

"어떤 면에서는." 신시아가 미소를 띠며 말했다. 그 미소는 오토

137

바이에, 빨간 손수건을 머리에 묶고 귀걸이는 바늘꽃처럼 귀에서 흔들거리는 채로 그의 허리를 감싸안고 양편으로 바늘꽃 관목이 늘어선 시골길을 달리던 일에 보내는 미소였다.

"단단히 붙잡아, 더 단단히." 그가 말했고 신시아는 그 말에 따랐다. 신시아는 천사는 아니었지만, 아주아주 성숙했다.

우리는 언덕 위 정자에 앉아서 서너 명씩 무리 지어 지나가는 아이들을 바라보았다. 겹쳐 쌓아놓은 정원 벤치들이 정자 한구석에 있었고, 바닥에는 원예 도구들이 여기저기 흩어져 있었다.

"이 도구들을 누가 쓰지?" 내가 물었다.

"수녀님들이. 지금은 정원사가 없거든." 신시아가 말했다. 그러면서 뭔가 안다는 듯 혼자 웃었다.

"왜?" 난 궁금해졌다.

"작년에 수녀님 한 분이 정원사랑 도망갔어. 여기 나와서 화단도 꾸미고 이런저런 일을 하며 정원사를 도왔는데, 그러다 눈이 맞지 않았겠어! 그래서 도망갔어." 우리가 듣고 싶은, 정말 흥미진진한 이야기였다. 뭔가 신나는 이야기가 나오지 않을까 싶어 바바는 얼굴이 환해져서 몸을 앞으로 내밀었다.

"어떻게 도망쳤어?" 바바가 신시아에게 물었다.

"한밤중에 담을 넘어서."

바바가 노래를 흥얼거리기 시작했다. "그리고 외양간 위로 달이 비출 때 난 부어-엌문 앞에서 기다릴 테니."

"두 사람 결혼했어?" 내가 물었다. 난 다시 몸이 덜덜 떨렸다. 이야기의 결말을 듣고 싶어 걱정스러운 마음에 몸이 떨렸고 행복한 결말이기를 원했기에 몸이 떨렸다.

"아니. 몇 달 뒤에 정원사가 수녀님을 버렸다고 들었어." 신시아가 아무렇지도 않게 말했다.

"오, 이런!" 내가 외쳤다.

"오, 이런, 내 눈! 그랬겠지. 정원사를 만나려고 담을 넘을 때 수녀님이 예쁜 인물은 아니었으니까. 머리도 벗겨지고 이래저래. 수녀였을 땐 별문제 아니었지. 흰색 머리쓰개로 머리를 다 가리고 얼굴만 드러나 신비로워 보였을 테니. 게다가 입었던 옷도 좀 촌스러웠을 거야."

"누구 옷이었는데?" 바바가 물었다. 바바는 언제나 현실적이었다.

"마리 더피 옷. 올해 반장이야. 그 수녀님이 크리스마스 콘서트를 맡았고, 포셔 역을 하게 된 마리 더피에게 집에서 드레스를 보냈지. 콘서트가 끝나고 드레스를 물품 보관실에 걸어두었는데 어느 날 사라져버렸어. 그러니까 수녀님이 가져간 거지."

수녀원 종이 울리기 시작했다. 정자와 흙 내음과 비밀을 나누는 즐거움에서 우리를 불러들이는 종소리. 우리는 학교까지 내달렸고 신시아는 아무에게도 말하지 말라고 했다.

그날 밤, 자려고 기숙사 방으로 올라갈 때 신시아가 층계참에서 내게 입을 맞췄다. 그 이후로 그 애는 매일 밤 내게 입을 맞췄다. 들키기라도 하면 우린 무사하지 못할 것이었다.

그런 우리를 보고 바바는 상처를 받아서 서둘러 기숙사 방으로 들어갔다. 내가 잘 자라고 속삭이자 풀 죽은 표정으로 나를 바라보았다.

"젠틀먼 씨에 대해 내가 한 말 다 농담이야." 바바가 말했다.

그러면서 산책 갈 때나 수다 떨 때 신시아를 끼우지 말자고 간청했다. 아마 난 그날 밤부터 바바를 두려워하지 않게 되었던 것 같다. 난 기분 좋게 잠자리에 들었다.

침대 머리를 맞댄 건너편 아이가 이불 속에서 뭔가를 우적우적 씹고 있었다. 그 소리가 다 들렸다. 오랫동안 난 그 아이에게서 무언가를 기대했다. 내가 씨앗 케이크를 식당에 가져가서 함께 앉은 아이들 전부에게 나눠줬기 때문이다. 내 마음이 너그러워서 케이크를 나눠준 것은 아니었다. 두려워서 그랬다. 들킬까 봐, 옷장에 쥐를 끌어들이게 될까 봐 두려워서. 쥐를 무서워하는 여자는 남자도 무서워한다고 히키가 말한 적이 있었다.

그 애는 몇 시간 동안 계속 먹었다. 결국 참을 수 없는 지경이되어 좀 나눠달라고 말하려는 찰나, 내 세면도구 가방에 빅스 베이포럽*이 있다는 사실이 기억났다. 집에서 종종 찍어 먹어봐서

---

* 기침을 완화하기 위해 목과 가슴에 바르는 크림의 상표명.

그 맛이 역겹다는 걸 알았다. 그래서 난 손을 뻗어 내 세면대 아래에서 그것을 꺼내 아주 조금 찍어서 혀 뒤쪽에 발랐다. 단번에 허기가 사라졌다.

젠틀먼 씨에게 편지를 써야 할까, 그가 편지를 읽을까, 그런 생각을 하며 난 잠이 들었다.

10

시간이 흘러갔다. 밖에 비가 온다거나 나뭇잎이 떨어진다거나 대수학 선생님이 뜨개 숄을 새로 장만했다거나 그런 사실들이 아니라면 매일이 똑같았다. 그 수녀님의 낡은 검은색 숄은 색이 바래 푸르스름하고 가장자리가 나달나달했었다. 그녀는 새 숄이 무척 자랑스러운지, 벗을 때마다 빗물을 툭툭 털어내고는 조심스럽게 라디에이터 위에 펼쳐놓았다. 중앙난방이 가동되기 시작했지만 라디에이터는 뜨뜻미지근할 뿐이었다. 쉬는 시간마다 우리는 책상 근처 라디에이터로 손을 녹였다. 바바는 이러다 동상 걸리겠다고 말했는데, 우리는 실제로 동상에 걸렸다.

바바는 무척 조용해졌다. 수녀님들의 총애를 받지도 않았다. 바바가 성스러운 이름을 함부로 입에 올리는 것을 마거릿 수녀님이 지나가다가 들어서, 바바는 그 벌로 세 시간 동안 예배당에 서 있었다. 대화를 나눌 때는 기지가 반짝이는 바바였지만 수업 시간에는 둔했다. 난 주간 시험에서 매번 1등을 했고, 그 부담 때문에 죽을 것 같았다. 그다음 주에 1등을 못 할까 봐 항상 걱정스러웠다. 그래서 밤에 침대에서 손전등을 켜고 공부하곤 했다.

"세상에, 너 그러다 사시 된다. 그래도 싸지만." 이불 속에서 책을 읽는 나를 보고 바바가 그렇게 말했는데, 난 공부가 좋다고 대답했다. 딴생각이 나지 않아서 좋았다.

몇 주 뒤 토요일에 마거릿 수녀님이 우리에게 온 편지를 주었다. 편지봉투가 이미 뜯긴 채였다.

"이 신사분들은 누구신가?" 수녀님이 내게 편지 두 통을 건네며 물었다. 하나는 히키가, 다른 하나는 잭 홀랜드가 보낸 편지였다. 또 한 통이 있었는데, 아버지가 보낸 것이었다. 마치 모르는 사람에게 쓴 편지 같았다. 농막으로 거처를 옮겼고 잘 지내고 있다고 적혀 있었다. 엄마도 없으니 너무 큰 집은 어차피 버거웠을 거라고 덧붙였다. 난 상상 속에서 집 안을 돌아다녔다. 조각보 이불, 크리놀린에 빨간색 테두리를 달아서 만든 벽난로 가리개, 녹색 무광 유성 페인트를 칠한 축축한 벽. 서랍을 하나씩 열면 엄마가 그 안에 넣어둔 것들도 다 보였다. 옛날 크리스마스 장식, 빈 향수병, 혹시 병원에 가게 되면 입을 실크 속옷, 여분의 커튼 그리고 여기저기 흰 구슬 모양의 좀약.

황소눈이 너를 그리워한다. 나도 그렇고. 짧은 편지의 마지막

문장은 그랬다. 난 두 번 다시 읽고 싶지 않아 편지를 구겨버렸다.

잭 홀랜드의 편지는 예상대로 화려했다. 줄이 있는 연습장에 길고 가느다란 글씨체로 적은 것이었다. 그는 날씨가 온화하다고 적은 뒤, 두 줄 아래에 폭우가 쏟아질까 봐 대비를 하고 있다고 했다. 대비라고 해봤자 천장에서 물이 샐까 봐 위층 방에 세숫대야를 놓고, 대야가 모자라면 떨어지는 물을 빨아들일 낡은 행주를 바닥에 놓는 것이지만. 편지의 한 대목이 날 어리둥절하게 했다. 이런 내용이었다.

그런데 엄마를 이어 엄마와 똑 닮은 사랑스러운 캐슬린, 네가 이 곳으로 돌아와 네 엄마의 집을 물려받아서 훌륭한 가정의 전통을 이어가지 못할 이유가 뭔지 모르겠구나.

우리 집을 돌려주려는 건가 싶었다. 그러다가 다른 생각이 퍼뜩 떠올라 난 혼자 깔깔 웃었다. 잭은 자신과 자신의 병약한 모친이 그 집에서 살지 않는다고 하면서, 그곳을 빌려 수녀 수련 기관으로 쓰고 싶다는 어느 수녀원의 솔깃한 제안이 있었다고 했다. 프랑스 수녀들이라고 했다. 젠틀먼 씨는 좋겠네, 내가 속으로 쏘아붙였다. **그는** 편지를 보내지 않았고 난 실망이 컸다.

히키의 편지에서 사진 한 장이 떨어졌다. 잉글랜드에 가려고 여권을 만들면서 찍은 여권용 사진이었다. 사진 속에는 행복하게 활짝 웃고 있는, 자기 모습을 무척 의식하는 그가 있었다. 칼라 달린 셔츠에 넥타이를 맸다는 점만 빼면 그의 평소 모습과 똑같았는데, 히키는 집에서는 가슴에 시커멓게 난 짧은 털이 다 드러나게 셔츠를 풀어 헤치고 다녔다. 철자법이 엉망이었다. 그는 버밍엄이 검댕으로 칙칙하다고 하면서, *어딜 가나 사람들 천지고 호텔 짐꾼은 가격이 두 배*라고 적었다. 공장의 야간 경비 일을 하고 있어서 낮에는 하루 종일 잠을 잘 수 있다고 했다. 그가 우편환으로 5실링을 함께 보냈다. 고맙다는 말을 많이 하면 시커먼 버밍엄에서도 히키가 알아들을 수 있기를 바라며, 난 속으로 거듭 고맙다고 말했다. 돈은 핼러윈 파티에 쓰려고 잘 챙겨놓았다.

10월은 느리게 지나갔다. 나뭇잎이 떨어져 나무 아래에 낙엽이 수북이 쌓였다. 가장자리가 말린, 시든 갈색 낙엽. 그러던 어느 날 한 남자가 와서 낙엽을 전부 긁어모아 정원 한 귀퉁이에 쌓더니 모닥불을 피웠다. 그날 밤 우리가 묵주기도를 하러 갈 때에도 낙엽에서는 여전히 연기가 피어오르고 있었고 아쉬워하는 듯한 낙엽 타는 냄새가 땅에 스며 있었다. 묵주기도가 끝나고 우리는 핼러윈 파티 이야기를 했다.

"서캐 있는 애 불러와." 바바가 내게 말했다. 내 옆 침대를 쓰는 아이를 뜻하는 거였다.

"왜?" 바바가 그 애라면 질색하는 걸 알았기에 내가 물었다.

"왜냐하면 망할 개 엄마가 가게 주인이라 접견실에 가면 개한

145

테 온 꾸러미가 잔뜩 쌓여 있으니까." 핼러윈 파티를 위한 꾸러미
가 매일 들어오고 있었다. 그건 남자가 할 수 있는 일이 아니라서
난 아버지에게 부탁할 수가 없었다. 대신 아버지에게 돈을 보내
달라고 했고, 통학생 한 명이 내게 건포도가 든 밤브랙 빵과 사과
와 피땅콩을 사다 주었다.

　파티 날이 되자 우리는 수녀원의 작은 탁자들을 오락실로 옮겼
다. 그러고는 대여섯 명씩 모여 앉아 각자의 꾸러미를 풀어 나눴
다. 신시아와 바바와 서캐 있는 애(이 아이 이름은 우나였다)와
내가 한 탁자에 앉았다. 우나는 초콜릿 네 상자에, 빵집 케이크 세
개에, 사탕과 땅콩도 잔뜩 받았다.

　"초콜릿 먹을래, 신시아?" 바바가 우나의 초콜릿 상자를 열며
말했는데, 우나는 개의치 않았다. 자기를 좋아하는 아이가 아무
도 없어서 우나는 자기랑 친구가 되어달라고 늘 주변에 뇌물을
뿌렸다. 신시아는 집에서 만든 멋진 귀리 비스킷을 받았다. 그 비
스킷은 먹으면 거친 귀리 알갱이가 잇새에 끼었다.

　"하나 드세요, 수녀님." 신시아가 탁자 사이를 돌아다니던 마
거릿 수녀님에게 말했다. 그날 수녀님 얼굴엔 환한 미소가 가득
했다. 심지어 바바에게도 미소를 보였다. 수녀님은 귀리 비스킷
을 두 개 집었지만 먹지는 않았다. 옆 주머니에 넣고는 저쪽으로
가버리자 바바가 말했다. "일부러 굶주리는 거야." 내 생각도 그
랬다.

"네 꾸러미는 정말 빈약하구나." 바바가 몸을 숙여 밤브랙 빵과 다른 것이 조금 들어 있는 내 마분지 상자 속을 들여다보며 말했다. 난 얼굴이 달아올랐고, 신시아가 탁자 아래에서 내 손을 꼭 쥐었다. 바바는 제 것을 우나의 것과 마구 뒤섞어버려, 어떤 것이 바바가 받은 건지 확실하지 않았다. 하지만 마사가 바바에게 나와 나눠 가지라고 말했다는 건 나도 알았다. 우리는 배가 부르도록 실컷 먹은 뒤 탁자를 정리했다. 바닥은 땅콩 껍질과 사과 심과 토피 사탕 포장지로 지저분했다. 거의 모두가 밤브랙 빵 안에 들어 있던 반지를 끼고 있었다.* 그다음 우리는 연옥 영혼을 위한 기도를 하러 예배당으로 올라갔고, 그때 신시아가 내 허리에 팔을 둘렀다.

"바바는 신경 쓰지 마." 신시아가 상냥하게 말했다. 하지만 신경이 쓰였다. 바바는 우리 뒤에서 우나와 함께 걸었다. 우나는 뜯지 않은 초콜릿 상자 하나와 귤 몇 개를 바바에게 주었다. 귤 껍질에서는 이국적인 향기가 났고 난 예배당에서 그 향이 나도록 얼마간을 주머니에 넣었다.

"오늘 밤에 보자." 신시아가 말했다. 우리는 베레모를 쓰고 예배당 안으로 들어갔다. 불빛이라고는 제단 가까이 놓인 램프의 불

---

* 아일랜드에는 핼러윈 때 건포도를 넣은 둥근 빵인 밤브랙을 만들어 그 안에 반지 등의 선물을 넣는 풍습이 있다.

빛뿐이라 예배당 안은 어둑했다. 우리는 연옥의 영혼들을 위해 기도했다. 난 엄마를 생각하며 잠시 울었다. 옆에 앉은 아이들이 내가 기도나 명상 같은 걸 한다고 생각하도록 손에 얼굴을 묻었다. 난 엄마가 마지막 고해성사를 한 이후부터 세상을 뜬 순간까지 지은 죄가 얼마나 될지 따져보았다. 가게에서 거스름돈을 너무 많이 받아 온 적이 한 번 있었다. 내가 다시 가서 돌려주겠다고 하자 엄마가 말했다.

"안 그래도 돼. 그 사람들이 우리한테서 챙기는 게 그것보다 많아." 그러면서 엄마는 팬트리 선반 위에 놓인, 금이 간 단지 안에 잔돈을 넣었다. 그리고 거짓말을 한 적도 있었다. 오두막에 사는 스티븐스 부인이 와서 당나귀를 빌려달라고 했는데, 엄마는 히키가 당나귀를 늪지에 데리고 나갔다고 말했다. 사실 당나귀는 내내 위쪽 텃밭의 배나무 아래에서 무릎을 꺾고 앉아 졸고 있었는데 말이다. 밖에서 알을 낳는 검은 암탉을 찾아보라며 엄마가 나를 그쪽으로 보냈을 때 봤다. 검은 암탉은 매년 밖에서 알을 낳고 배수로에서 알을 품어 병아리를 부화시켰다. 털이 복슬복슬하고 예쁘장한 노란 병아리들을 뒤에 줄줄이 달고 다시 닭장으로 돌아오는 걸 볼 때마다 기적 같았다. 울음을 그쳤을 때 내 얼굴은 달아올라 있었고 눈꺼풀도 화끈거렸다.

"뭣 때문에 눈물을 질질 짜?" 밖으로 나오자 바바가 물었다.

"연옥." 내가 말했다.

"연옥이라. 영원히 불에 타는 지옥은 어때?" 활활 타는 불꽃이 보이고 옷이 타는 냄새도 났다.

"내가 누구한테 편지를 받았는지 넌 상상도 못 할걸." 바바가 말했다. 생기 넘치는 목소리였고 입에는 박하사탕을 물고 있었다.

"누군데?" 내가 물었다.

"늙은 젠틀먼 씨." 나를 향해 몸을 돌리며 바바가 말했다.

"보여줘봐." 불안해진 내가 말했다.

"날 대체 뭐로 보는 거야?" 바바는 그렇게 말하고는 검은 에나멜가죽 신발을 신은 발로 가볍게 깡충거리며 앞서갔다.

"크리스마스 때 내가 직접 물어볼 거야." 그 뒤에 대고 내가 소리쳤지만, 크리스마스는 까마득히 멀게만 느껴졌다.

하지만 마침내 크리스마스 날이 왔다.

12월 중순의 어느 날 우리는 방학을 준비했다. 신시아는 선물로 내게 손수건 주머니를 주었고, 난 크리스마스 시험에서 1등을 해서 상으로 성 주드 조각상을 받았다. 우리는 브레넌 아저씨의 차가 오기를 기다리며 저녁 내내 창밖을 내다보았다. 아저씨는 6시가 막 지났을 때 도착했고, 우리는 외투를 입고 그를 따라 나가 차에 올랐다. 우리 셋은 앞에 앉았고 브레넌 아저씨는 출발하기 전에 담배를 피웠다. 담배 냄새는 향기로웠고, 아저씨가 시동을 걸고 전조등을 켠 다음 천천히 차를 몰아 진입로를 내려가는 동안 그렇게 차 안에 앉아 있는 것도 근사했다. 우리는 곧 마을에서 벗어나 양편으로 돌담이 늘어선 길을 따라 달렸다. 어둠이 달콤했다. 그 냄새도 맡을 수 있었다. 우리는 내내 조잘거렸고 내가 바바보다 말이 더 많았다. 우리가 지나치는 농장들의 대문 밖에 놓인 나무 좌판 위에는 우유 통들이 놓여 있었다.

담 옆에서 토끼 한 마리가 튀어나와 건너편으로 뛰어가는 모습이 환한 전조등 불빛 속에 나타났다.

"치었네." 브레넌 아저씨가 속도를 줄이며 말했다. 아저씨가 차에서 내려 40~50미터를 되돌아갔다. 차 문을 열어둔 채라 찬 공기가 들어왔다. 찬 공기를 맞으니 상쾌했다. 수녀원은 감옥이었다. 아저씨가 토끼를 뒷좌석으로 던졌다. 토끼는 검은 가죽 좌석 위에 길게 뻗었다. 어두워서 보이지는 않았지만 어떤 모습일지 잘 알았다. 부드러운 회갈색 털이 온통 피로 얼룩졌으리라는 걸.

바바네 집에 도착해 차에서 내리자 앞창마다 환한 불빛이 비치고 불빛 뒤로 신나게 들썩이는 모습이 보였다. 우리는 브레넌 아저씨보다 앞서 뛰어 들어갔고, 마사가 현관에서 우리에게 입을 맞췄다. 우리는 몰리와 데클런의 입맞춤도 받은 뒤 응접실로 들어갔다. 아버지가 벽난로의 떡갈나무 가리개 안쪽으로 발을 집어넣은 채 이글거리는 불꽃 앞에 앉아 있었다.

"잘 왔다." 아버지가 그렇게 말하고는 자리에서 일어나 우리 둘에게 입을 맞췄다. 방 안은 따뜻하고 기분 좋았다. 못 보던 커튼이 걸려 있었다. 손으로 짠 빨간색 커튼이었고 그것과 짝을 이루는

쿠션들이 가죽 소파 위에 놓여 있었다. 탁자에는 차가 준비되어 있었고, 뜨거운 민스파이의 달콤한 냄새가 풍겼다. 벽난로에서 불똥이 하나 튀어 양가죽 양탄자 위로 떨어지자 마사가 급히 달려가 발로 밟았다. 마사는 검은색 드레스를 입고 있었는데, 인정하긴 싫었지만 그새 나이가 들었다. 어쩐 일인지 그녀는 몇 달 새에 중년에 접어들었고, 얼굴의 당당한 아름다움도 예전 같지 않았다.

"근사한 불이네요." 불 앞에서 손을 녹이고 이탄의 냄새를 즐기며 내가 말했다.

"내가 갖다준 거야." 아버지가 자랑스럽게 말했다. 그 즉시 아버지를 향한 묵은 적의가 솟았다.

"내가 이탄과 장작을 갖다주거든." 아버지가 다시 말했다. 손바닥만 한 텃밭도 없는 주제에 도대체 어떻게 그게 가능해요? 난 그렇게 따져 묻고 싶었지만 집에 온 첫날이라 참았다. 어쨌든 아버지가 어딘가 이탄 캐는 곳을 가지고 있고, 야생 자작나무 숲이 시작되는 저 멀리 농장 경계쯤에 나무 몇 그루가 있나 보다 했다.

"더 컸구나." 열네 살 여자아이의 키가 크는 것이 비정상적인 일이라도 되는 양 불길한 투로 아버지가 말했다.

"여보, 내일 저녁거리야." 브레넌 씨가 죽은 토끼를 들고 들어오며 말했다. 뒷다리를 모아 잡은 채 들어 보였는데, 아주 길었다.

"오, 저런." 마사가 지친 기색을 보이며 두 손으로 눈을 가렸다.

151

"저이는 나갔다 하면 다음 날 저녁거리를 들고 들어온다니까요." 손도 씻고 토끼도 고기 저장고에 걸어두려고 브레넌 씨가 식기실로 가자 마사가 아버지에게 말했다.

"복에 겨운 불평이군요." 아버지가 대답했다. 그에겐 사람을 미치게 만드는 사소한 거슬림들을 알아보는 통찰력이 전혀 없었다.

저녁을 먹기 전에 옷을 갈아입으러 우리는 위층으로 올라갔다. 몰리가 황동 촛대를 들고 가자 마사는 층계 카펫에 기름을 흘리지 말라고 소리쳤다. 몇 달 동안 검은 옷만 입다가 알록달록한 옷을 입고 실크 스타킹을 신을 생각을 하자 마음이 들떴다. 늘 같은 옷만 입는 수녀들이 불쌍했다. 몰리가 뜨거운 스팀 장에 넣어 말린 우리 옷을 들고 침실로 들어왔다.

"저거 네 거야." 몰리가 침대 위에 놓인 꾸러미를 가리키며 말했다. 꾸러미를 열어보니 갈색 스웨이드 하이힐이 들어 있었다. 난 몰리에게 보여주려고 구두를 신고 뒤뚱거리며 방 안을 걸어다녔다.

"굉장하네." 몰리가 말했다. 정말 그랬다. 지금껏 받은 것 중에 내게 이렇게 어마어마한 기쁨을 준 것은 없었다. 난 옷장 거울에 내 모습을 비춰보며 내 다리에 한없이 감탄했다. 종아리에 살이 좀 붙어서 다리 모양이 꽤 예뻤다. 이제 어른이 된 것이다.

"어디서 난 거야?" 그제야 내가 물었다. 너무 들떠서 물어보는 것도 잊었던 것이다.

"네 아빠가 사 왔어. 크리스마스 선물로." 몰리가 말했다. 몰리는 아버지를 좋아해서 아버지가 찾아올 때마다 차를 내주었다. 난 순간 죄책감이 밀려와 잠깐 풀이 죽었다. 아래층에 내려가 아버지에게 고맙다고 말하는 건 힘든 일이었다. 어쨌든 고맙다고 말하기는 했지만, 그때도 아버지는 그 구두가 내게 그렇게 은밀한 기쁨을 주었다는 사실은 전혀 몰랐다. 저녁 먹는 동안 내내 나는 커다란 흰 식탁보를 슬쩍슬쩍 들어서 식탁 아래 내 발을 내려다보았다. 금색 나일론 스타킹을 신은 다리를 하염없이 내려다보며 감탄하려고 나중에는 아예 옆으로 돌아앉았다. 스타킹은 마사가 준 선물이었다.

우리는 저녁으로 햄과 피클을 먹고, 마사가 특별히 우리를 위해 만든 과일 케이크를 먹었다.

"육두구 향이 엄청 나는걸." 바바가 말했다. 요리는 바바가 학교에서 가장 잘하는 과목이었다. 흰색 작업복을 입고 페이스트리 반죽을 밀 때 바바는 참 예뻤고, 사과 파이를 꺼내려고 혹은 파운드케이크가 익었나 보려고 뜨개바늘을 들고 오븐 옆에 서서 기다릴 때면 얼굴에 수줍은 홍조가 어렸다.

"육두구를 얼마나 넣은 거야?" 바바가 제 엄마에게 물었다.

"한 알밖에 안 넣었는데." 마사가 순진무구하게 대답했고, 그에 바바가 얼마나 크게 웃음을 터뜨렸는지 웃다가 빵 부스러기가 기도로 넘어가는 바람에 등을 두드려줘야 했다. 데클런이 달려가서 물 한 잔을 가져왔다. 물을 좀 마신 뒤에야 바바는 잠잠해졌다. 데 클런은 긴 회색 플란넬 바지를 입고 있었는데, 바바는 그의 엉덩이가 손수건으로 묶어놓은 달걀 두 알 같다고 말했다. 저녁 내내 데클런은 나와 눈을 마주치려고 애쓰며 맹렬히 윙크를 해댔다.

현관 벨이 울렸고, 곧바로 몰리가 응접실 문을 두드리고는 말했다. "젠틀먼 씨가 오셨어요. 아가씨들을 보러 오셨대요."

그가 들어왔을 때 난 내가 그를 목숨보다 사랑한다는 사실을 깨달았다.

"안녕하세요, 젠틀먼 씨." 우리가 다 함께 인사를 했다. 바바가 문에 가장 가까운 자리에 앉아 있어서 그는 바바의 정수리에 입을 맞추고는 잠시 머리칼을 쓰다듬었다. 그러고는 탁자를 돌아 내게 왔는데, 난 입맞춤을 받을 생각에 무릎이 덜덜 떨리기 시작했다.

"캐슬린." 그가 말하고는 내 입에 입을 맞췄다. 살짝 입술만 댔고, 그런 다음 나와 악수를 했다. 그는 쑥스러워했고 이상하게 불안해 보였다. 하지만 그의 눈을 들여다보았을 때 그 눈에는 예전에 들려주었던 달콤한 이야기가 여전히 담겨 있었다.

"나한테는 안 해줘요?" 마사가 손에 위스키 잔을 들고 그의 뒤에 서서 물었다. 그는 마사의 볼에 입을 맞추고 잔을 받아 들었다. 브레넌 씨는 크리스마스니까 자기도 술을 한 잔 마시겠다고 했고, 우리 모두 벽난로 주위에 자리를 잡았다. 내가 탁자를 치우려고 하자 마사가 그냥 놔두라고 했다. 아버지는 찻주전자에서 식은 차를 몇 잔 따랐고, 바바는 우리 침대에 탕파를 넣어두려고 마사와 함께 자리를 떴다. 젠틀먼 씨와 브레넌 아저씨가 구제역에 대해 이야기를 나누었다. 아버지는 자기 존재를 알리려고 헛기침을 몇 번 하고 두세 번 그들에게 담배를 건넸지만 두 사람은 아버지를 대화에 끼워주지 않았다. 아버지는 멍청한 말을 하기 일쑤였기 때문이다. 결국 아버지는 데클런과 주사위놀이를 했고, 그런 아버지를 보니 불쌍한 마음이 들긴 했다.

난 그저 등받이가 높은 의자에 앉아 색색으로 타오르는 이탄 불꽃을 보며 감탄하고 있었다. 젠틀먼 씨는 은밀하면서도 사랑이 넘치는, 약속이 가득한 표정을 수시로 내게 보냈다. 내 새 신발과 새 스타킹에 멋지게 감싸인 다리가 드디어 그의 눈에 띄었고, 그는 머릿속에서 무슨 계획을 세우듯 한동안 눈길을 떼지 않았다. 그러더니 위스키를 쭉 들이켜고는 이제 가봐야겠다고 말했다.

"내일 보자." 그는 나를 보고 그렇게 말했다.

"나와 같은 방향이던가요?" 아버지가 물었는데, 같은 방향이란 걸 알고 한 질문이었다. 젠틀먼 씨가 태워다 주겠다고 해서 두 사람은 함께 떠났다.

"여기서 널 다시 보니 좋구나." 브레넌 아저씨가 나를 안으며 말했다. 그는 술을 몇 잔 마시면 늘 감상에 빠졌다. 잠이 쏟아지는지 그의 눈이 연신 감겼다.

"그만 들어가 자요." 마사가 말했다. 브레넌 아저씨가 조끼 단추를 풀더니 우리에게 잘 자라고 말하고는 침실로 들어갔다.

"너도 자거라, 데클런." 마사가 말했다.

"아, 엄마." 그가 애원했다. 하지만 마사는 고집을 굽히지 않았다. 다들 침실로 올라가고 나자 마사는 셰리를 세 잔 따른 뒤 우리에게 한 잔씩 주었다. 우리는 불 앞에 옹기종기 모여 앉아 이야기를 나누었다. 남자들이 사라지고 나면 서로 좋아하는 여자들이 하듯이.

"지내긴 어때?" 바바가 물었다.

"형편없어." 마사가 그렇게 말하고는, 우리가 떠난 뒤의 일을 전부 들려주었다. 우리는 난롯불이 다 타서 재만 남은 뒤에야 계단을 올랐다. 마사가 램프를 들었는데, 기름이 거의 다 닳아서 불빛이 희미했다. 그녀는 램프를 우리 방과 자기 방 사이 복도에 놓았고, 우리가 옷을 벗은 뒤에 다시 나와서 불을 껐다. 브레넌 씨가 코를 골고 있었고, 마사는 한숨을 쉬며 방으로 들어갔다.

11

다음 날은 추웠다. 점심을 먹고 나자 젠틀먼 씨가 날 찾아왔다. 바바는 새 앙고라 코트를 자랑하러 밖으로 나갔고 마사는 침대에 누워 있었다. 바바가 대단한 비밀인 양 내게 말하기로는 마사가 삶의 전환기를 맞고 있다고 했고, 난 그런 마사가 측은했다. 하지만 아기를 가지지 못하는 것과 관련이 있다는 정도 외에는 정확히 무슨 뜻인지 몰랐다.

몰리가 현관 복도에서 내 외투 칼라를 솔질하는데 현관 벨이 울렸다.

"리머릭까지 태워달라고 했었지." 젠틀먼 씨가 말했다. 검은색 융 외투를 입은 그는 굳은 표정이었다.

"맞아요." 내가 그렇게 대답하며 몰리의 발끝을 내 신발로 툭 쳤다. 나는 이모를 만나러 나갈 거고 젠틀먼 씨가 태워다 줄 거라고 몰리에게 얘기해놓았더랬다.

내가 차에 탄 뒤에도 우리는 한참 동안 아무 말도 하지 않았다. 빨간 가죽 시트가 깔린 새 차였고, 재떨이에는 담배꽁초가 수북했다. 누가 피운 담배일까 궁금했다.

"포동포동해졌구나." 마침내 그가 입을 열었다. 난 그 단어의 어감이 정말 싫었다. 시장에서 무게를 재려고 저울에 올려놓은 영계가 떠올랐다.

"더 예뻐지기도 했고. 엄청 예뻐졌어." 그가 미간을 찌푸리며 말했다. 난 고맙다고 하고는 부인은 잘 지내시냐고 물었다. 얼마나 멍청한 질문인지! 차라리 죽어버리고 싶었다.

"잘 지내지. 넌 어떠니? 뭐 변한 거라도?" 그 말 뒤에 그리고 그의 황회색 눈빛 뒤에 온갖 의미가 숨어 있었다. 얼굴에는 지친 기색이, 삶에 지친 기색이 역력했고 독특하게 생기가 없었지만, 눈만은 크고 생기 있었고 기대감으로 번쩍거렸다.

"네, 변한 게 있죠. 라틴어와 대수학을 배웠어요. 그리고 제곱근도 계산할 수 있어요." 그가 껄껄 웃더니, 재미있는 아이라고 말했다. 몰리가 응접실 창가에 서서 내다보고 있었기 때문에 그는 대문에서 멀어지도록 차를 몰았다. 몰리는 레이스 커튼 한끝을 들어 올리고는 코가 납작해지도록 유리창에 붙어 있었다.

우리 집 대문을 지나칠 때 난 눈을 감았다. 보고 싶지 않았다.

"손을 잡아도 될까?" 그가 상냥하게 물었다. 그의 손은 얼음처럼 차갑고 손톱은 추위로 거의 보랏빛을 띠었다. 우리는 리머릭 로드를 따라 달렸다. 도중에 눈이 내리기 시작했다. 눈송이가 살며시 떨어졌다. 비스듬히 날아와 차창에 부드럽게 부딪혔다. 눈은 산울타리에도 산울타리 뒤 나무에도 내렸고, 저 멀리 허허벌판에도 내리면서 천천히, 조용히 주변의 색과 모양을 바꿔놓더니, 어느새 바깥의 저녁 풍경에 망토처럼 부드러운 하얀 털을 덮어놓았다.

"뒷좌석에 담요가 있단다." 그가 말했다. 타탄 무늬 모직 담요였다. 담요를 같이 덮고 싶었지만 너무 부끄러웠다. 난 눈송이가 바람에 이리저리 날리며 떨어지는 모습을 바라보았다. 차의 속도가 느려졌다. 차 보닛 위에 눈송이가 쌓이기 전에 젠틀먼 씨가 내게 사랑한다는 말을 하리라는 것을 알았다.

정말로 그가 샛길로 들어가 차를 세웠다. 차가운 두 손으로 내 얼굴을 감싸고는 아주 엄숙하고 아주 서글프게 내가 기대하던 그 말을 했다. 그 순간은 내게 더 바랄 나위 없이 완벽했고, 내게 속삭이는, 눈송이처럼 가만가만 속삭이는, 혀 짧은 소리로 말하는 그의 부드러운 목소리 속에서 그때까지 내가 겪어왔던 모든 일을 위로받았다. 앞쪽의 산사나무가 설탕처럼 하얗게 눈을 뒤집어쓰고 있었다. 눈이 점점 더 많이, 더 세게 날려서 앞이 잘 보이지 않았다. 그가 내게 키스했다. 진짜 키스. 그 자극이 내 온몸 구석구석까지 퍼졌다. 새 구두 속에 갇혀 있느라 무감각해진 발가락까지 그 키스에 반응하면서, 몇 분 동안 내 영혼은 길을 잃었다. 그런데 내 코끝에 콧물 방울이 달린 게 느껴져 신경이 쓰이기 시작했다.

"푸르스름한 코예요." 내가 그렇게 말하며 손수건을 찾았다.

"푸르스름한 코가 뭐지?" 그가 물었다.

"겨울날 코를 달리 부르는 말이죠." 내가 말했다. 내게 손수건이 없어서 그가 자기 것을 빌려주었다.

집으로 돌아오는 길에 와이퍼가 눈 때문에 움직이지 않아서 그가 몇 번이고 밖으로 나가야 했다. 그 잠깐 사이에도 난 그가 없어서 허전했다.

차 마시는 시간에 늦지 않게 집에 도착했다. 우리는 삶은 달걀을 먹었다. 딱 적당한 정도로 삶아진 달걀은 신선했다. 그 근사한 시골의 맛을 잊고 있었다. 달걀을 먹으며 히키 생각이 났다. 버밍엄으로 신선한 달걀 열두 알을 보내야겠다고 마음먹었다.

"잉글랜드에 달걀을 보낼 수 있을까?" 내가 바바에게 물었다. 바바는 달걀노른자가 잔뜩 묻은 입술을 혀로 핥고 있었다.

"잉글랜드에 달걀을 보낼 수 있냐고? 당연히 보낼 수 있지. 집배원이 다 깨져서 축축해진 달걀 상자를 들고 가느라 흰자에 소맷자락이 다 젖은 채로 다니길 원한다면. 얼간이가 되고 싶으면 그렇게 해. 하지만 가는 길에 부화해서 병아리가 될걸."

"그냥 물어본 거잖아." 내가 발끈해서 말했다.

"넌 제대로 된 반푼이야." 바바가 그렇게 말하며 나를 향해 인상을 썼다. 그 자리엔 우리 둘만 있었다.

"신시아에게 크리스마스 선물로 뭘 보낼 거야?" 내가 물었다.

"말 안 해줘. 네 일에나 신경 쓰시지."

"그럼 나도 **너한텐** 안 알려줘." 내가 말했다.

"사실은 말이야, 난 이미 줬어. 아주 비싼 장신구지." 바바가 말했다.

"내가 준 반지는 아니겠지?" 내가 물었다. 바바가 수녀원에 가지고 들어간 장신구는 그 반지뿐이었다. 수녀원에서는 자질구레한 장신구 착용이 금지되어 있어서 바바는 그 반지를 묵주 지갑에 넣어 다녔다. 난 차를 빨리 마신 뒤, 현관 복도로 나가 바바의 외투 주머니를 뒤져 지갑을 찾았다. 지갑을 열어보았더니 반지가 없었다. 엄마가 가장 좋아하던 반지. 바바는 뭐든 일단 손에 넣고 나면 귀중히 여기는 법이 없었다.

난 외투를 입고 손전등을 가지러 위층으로 올라갔다. 마사의 방문 아래로 불빛이 비어져 나오기에 노크를 한 뒤 머리를 살짝 디밀었다. 마사는 어깨에 카디건을 걸친 채 침대에 앉아 있었다.

"요 앞에 좀 나갔다 올게요. 오래 안 걸려요." 내가 말했다.

"나가지 마. 오늘 밤엔 다 함께 카드놀이를 할 거야. 네 아빠도 오신다고 했어." 마사가 흐린 미소를 띠며 말했다. 마사는 고통받고 있었다. 시내 호텔에 나가 다리를 꼬고 앉아서 비싸고 독한 리큐어를 맛보며 신나게 보낸 숱한 밤들의 대가를 치르고 있었다. 마사와 아저씨는 각자의 침대에서 따로 잤다.

몇 시간 사이 눈이 녹아 길은 진창이 되어서 미끄러웠다. 손전등의 배터리가 다 닳아서 자꾸 불빛이 흐려졌다. 앞을 분간하기 힘들었는데, 난 어둠에 익숙하지도 않았다. 그래도 어디쯤에 계단이 있는지 알았고, 호텔에 이르기 직전에 그리고 다리를 건너기 전에 계단이 두 개 더 있다는 걸 기억했다. 강물은 여느 때처럼 다급한 소리를 내며 흘렀고, 난 잭 홀랜드와 함께 돌다리 위로 몸을 내밀고 아래 강물 속에서 물고기를 찾던 날을 떠올렸다. 그때처럼 난 잭을 만나러 가는 길이었다.

눈이 녹아 거리 배수로를 따라서도 물이 콸콸 흘러갔다. 살을 에도록 추운 날씨였다.

그날은 칠면조 장날이라 상점 앞마다 말과 마차가 가득했다. 어떻게든 몸을 따뜻하게 하려고 말들이 힝힝거리며 고개를 이리저리 움직였고, 말들이 뿜어내는 숨이 곧바로 서리가 되어 깃털처럼 나부끼는 것이 보일 정도였다. 크리스마스를 맞아 포목점 창문들에 호랑가시나무와 크리스마스 양말과 반짝이 장식이 걸려 있었다. 손전등으로는 잘 보이지 않았지만, 상점 안에 장화와 조끼와 옥양목을 사는 시골 아낙들이 있었다. 오브라이언 씨네 포목점 문간에서 안을 들여다봤더니 오브라이언 부인이 램프 불빛 아래에서 커튼감을 재단하고 있었다. 한 시골 남자가 의자에 앉아 장화를 신어보고 있었고, 그의 부인이 손으로 가죽을 만져보면서 발가락이 신발 끝에 닿지 않는지 살피고 있었다. 잭의 가게는 그 옆이었다. 바에서 술을 마시는 손님이 많기를 바라며 안으로 들어갔다. 이런, 가게는 텅 비어 있었다. 잭은 카운터 뒤에 유령처럼 앉아서 아주 침침한 램프 불빛에 의지해 장부에 뭔가를 적고 있었다.

"너구나." 그가 고개를 들어 나를 보고 말했다. 그는 금속 테 안경을 벗고 카운터에서 나와 나를 맞았다. 그러고는 카운터 뒤로 데려가 차 상자 위에 앉혔다. 발치에 석유난로가 있었고 거기서 연기가 피어올랐다. 가게 안에 등유 냄새가 진동했다.

"아일랜드 아가씨." 그가 그렇게 말하고는 대차게 재채기를 했다. 그러더니 낡은 플란넬 헝겊을 꺼내 코를 풀었고, 나는 그사이 그가 적고 있던 장부를 들여다보았다. 펼쳐진 면에 죽은 나방이 있었고 그 바로 아래 갈색 얼룩이 있었다. 내가 장부를 들여다보는 걸 보고 잭은 손님에 대한 정보를 숨기려는 듯 장부를 덮었다.

"누가 왔니? 누가 온 거니, 잭?" 부엌에서 목소리가 들려왔다.

아주 연로해서 살아 있다고 할 수 없는 노파에게서 나올 법한 목소리였다. 쇳소리로 꺽꺽거리는 새된 목소리.

"잭, 나 죽는다." 목소리가 앓는 소리를 했다. 난 차 상자에서 펄쩍 뛰어내렸지만, 잭이 내 어깨에 손을 얹으며 다시 앉혔다.

"누가 왔는지 궁금해서 그러시는 거야." 그가 말했다. 굳이 목소리를 낮추지도 않았다.

"널 이렇게 보니 황홀하구나." 그가 나를 향해 환히 웃으며 말

163

했다. 웃느라 입술이 벌어지며 마지막 남은 치아 세 개가 드러났다. 그것들은 구부러진 갈색 못처럼 보였고, 아마 다 흔들거릴 거라는 생각이 들었다.

"황홀하다라." 난 혼잣말로 그렇게 중얼거렸고 잭이 골드스미스의 글도 황홀하다고 여길지 궁금했다.

"잭, 나 죽는다고." 목소리가 다시 들려왔고, 잭은 짜증스럽게 욕을 내뱉으며 부엌으로 뛰어 들어갔다. 나도 따라 들어갔다.

"세상에 맙소사, 몸에 불이 붙었잖아요." 그가 외쳤다. 뭔가 타는 냄새가 났다.

"불이 붙었어." 잭의 모친이 그를 아기처럼 쳐다보며 말했다.

"망할, 잿더미에서 발 빼요." 그가 말했다. 그녀의 검은 캔버스 신발 앞코가 난로 안 연료 받침대 아래 쌓인 잿더미 속에 들어가 있었다.

그녀는 검은 옷을 입은 구부정한 노파, 흔들의자 위에 거의 몸이 접힌 작고 검은 그림자였다. 석탄은 다 타고 잿빛 클링커만 남았지만 그 중심은 여전히 벌겋게 불이 살아 있었고, 일주일 동안 치우지 않은 재가 쌓여 있었다. 부엌은 넓고 외풍이 심했다.

"우유 한 모금만." 그녀가 말했다. 죽어가는 것이 확실했다. 죽어가는 사람의 절박한 표정이 눈 속에 있었다. 난 우유를 찾으려고 탁자에 줄줄이 놓인 단지들을 들여다보았다. 밑바닥에 우유가 약간 남아 있는 것이 두 개 있었지만 상한 우유였다.

164

"저쪽에." 벽에 붙여놓은 긴 의자 위에 놓인 신선한 우유 통을 가리키며 잭이 말했다. 모친이 발작적으로 기침을 하기 시작해서 잭은 그녀의 어깨를 붙잡고 있었다. 암탉들이 긴 의자 위에서 채반에 놓인 생양배추를 쪼아 먹다가 내가 다가가자 푸드덕거리며 내려와 반대편의 계단 아래로 갔다. 우유는 신선하고 노르스름했는데, 먼지가 둥둥 떠 있었다.

"먼지가 앉았는데요." 내가 말했다.

"찬장에 면 보자기 있어." 잭이 손으로 가리키며 말했다. 난 퀴퀴한 냄새가 나고 누리끼리한 모슬린 보자기에 우유를 걸러 건넸고, 잭이 컵을 모친의 입에 대주었다.

"안 마셔." 모친이 말했다. 난 그 어깨를 잡고 마구 흔들고 싶었다. 그 난리를 치게 만들고는 이제 사탕을 달라고 했다.

"기침에는 사탕이지." 말하는 사이사이 숨을 꺽꺽거리며 그녀가 말했다. 잭이 벽난로 위 움푹한 곳에서 설탕을 입힌 빨아 먹는 기침약을 꺼내 먼지를 닦았다. 두 개를 모친의 입술 사이에 넣어주자 그녀는 아기처럼 쪽쪽 빨았다. 그러더니 내가 있는 쪽을 보며 가까이 오라는 손짓을 했다.

그녀 곁의 벽난로 선반 위에는 양초가 타고 있었다. 양초는 거의 다 탔지만 심지가 꺼지기 직전에 긴 불꽃을 쏘아 올리고 있었고, 나는 그녀의 얼굴을 아주 또렷이 볼 수 있었다. 양피지처럼 축 늘어진 누런 피부가 노쇠한 뼈를 덮었고, 손과 손목은 우려낸 닭

뼈처럼 가늘고 갈색이었다. 류머티즘 때문에 손마디는 구부러졌고 눈에 생기라고는 찾아볼 수 없어서, 난 그 모습을 바라보기가 끔찍했다. 내가 바라보고 있는 것은 죽음이었다.

"가봐야겠어요, 잭." 내가 불쑥 말했다. 숨이 막혔다.

"잠깐 기다려, 캐슬린." 잭이 말하고는 모친을 다시 찬찬히 의자에 기대게 했다. 그는 딱딱한 등받이에 뒤통수가 배기지 않도록 쿠션을 받쳐주었다. 하얀 머리칼이 갓난아기 머리칼처럼 가늘었다. 내가 자리를 뜰 때 그녀는 미소를 지었다.

다시 가게로 나오자 잭은 내게 라즈베리 청을 탄 주스를 주었고, 난 행복한 크리스마스를 보내라고 인사를 했다.

"편지 고마워요." 내가 말했다.

"숨은 의미를 다 이해했니?" 그가 그렇게 물으며 눈을 치뜨자 이마에 굵은 주름살이 생겼다.

"무슨 숨은 의미요?" 내가 미련하게 되물었다. 정말 미련하게.

"캐슬린." 잭이 숨을 크게 내쉬며 내 손을 붙잡고는 말했다. "캐슬린, 난 장래에 너와 결혼하고 싶다." 그 말에 마시던 붉은 주스가 내 목 안에서 얼어붙었다.

난 어찌어찌 겨우 빠져나왔다. 금방이라도 그가 갈라진 창백한 입술로 내 입술을 덮칠 기세라 나는 컵을 카운터에 내려놓고 말했다. "아버지가 밖에서 기다리세요, 잭. 당장 가봐야 해요." 난 그 곳을 달려 나왔고, 문이 닫히며 걸쇠가 딸각 걸리기 직전에 잭의 얼굴이 보였다. 행복한 미소가 어렴풋이 떠오른 그 얼굴은 전혀 달라 보였다. 성공했다고 여긴 모양이었다.

난 바깥 현관에서 망할 개에 걸려 넘어졌다. 개는 깨갱거리고는 내게 달려들 것처럼 몸을 돌렸지만 달려들지는 않았다.

"즐거운 크리스마스." 난 고마워서 그렇게 인사를 건넨 뒤 거리를 걸어 내려갔다. 차 한 대가 오르막을 달려 나를 향해 다가왔다. 전조등 때문에 눈이 부셔 아무것도 안 보였다. 차는 언덕 꼭대기에 이르러 속도를 줄였다. 젠틀먼 씨였다.

"어디 가세요?" 내가 물었다.

"그래, 기름 넣으려고 나왔지." 그가 말했다. 거짓말이었다. 난 옆자리에 앉았고, 그가 내 손을 덥혀주었다. 난 장갑을 외투 주머니에 넣었다.

"리머릭에 가서 저녁 먹을까?" 그가 물었다. 거절당할 것을 예상한 듯 자신 없는 말투였다.

"안 돼요. 카드놀이 하러 가야 해요. 가겠다고 약속했고, 아버지도 오신대요." 그는 한숨을 쉬었지만, 체념한 듯 다른 말은 하지 않았다. 바로 그때 그는 내가 떨고 있는 것을 눈치챘다.

"캐슬린, 왜 그러니?" 그가 물었다. 나는 잭과 신발을 다 태워버린 잭의 모친과 상해버린 우유와 더러운 잔 받침 위에서 꺼져가던 양초와 어디서나 풍기던 곰팡이 냄새에 관한 이야기를 힘들여 했다. 잭이 청혼했는데, 얼마나 멍청한 일인지 모른다고도 했다.

"희한하구나." 그가 빙그레 웃으며 말했다.

제발 그 이상의 감정을 내보여줘요, 젠틀먼 씨. 난 속으로 애원했다.

"가야겠구나." 그가 말하고는 제과점 골목에서 차를 돌렸다. 그는 내가 들려준 이야기를 이해하지 못했고 그래서 난 그와 함께 있으면서도 외로웠다.

그는 대문 앞에 나를 내려주고는 집에 가서 자야겠다고 말했다.

"이렇게 이른 시간에요?" 내가 물었다.

"그래, 간밤에 잠을 설쳤거든. 자다 깨다 했지."

"왜요?"

"왜인지는 알잖아." 그 목소리가 나를 부드럽게 애무했고, 내가 차에서 내려 문을 살짝 닫을 때 그의 눈은 거의 울고 있었다. 문이 덜 닫혀서 그가 다시 열고 제대로 세게 닫아야 했다.

현관에 들어서면서 뭔가 잘못되었음을 알았다. 몰리와 마사가 장식한 크리스마스트리가 현관 옷걸이 옆 빨간 나무통 안에 서 있었다. 여기저기 달린 고드름이 흔들거리고 뾰족한 녹색 잎 사이로 오렌지색 사탕 양초가 솟아 있는 트리는 예뻤다. 하지만 분명 뭔가 잘못되었다.

"캐슬린." 마사가 나를 방으로 불렀다.

"캐슬린, 네 아빠가 안 오셨어." 무슨 큰일이라도 난 투로 마사가 말했다.

168

"왜요?"뻔한 이유를 떠올리지 못하고 내가 물었다.

"가버렸단다, 캐슬린. 또 술 퍼마시러. 반 시간 전에 리머릭의 한 호텔에서 5파운드짜리 지폐를 마구 뿌리고 있었대." 난 마사 방의 의자 팔걸이에 걸터앉아 외투 단추를 만지작거렸다. 내 몸에서 행복이란 행복은 다 빠져나가는 것이 느껴졌다.

풍선을 불던 몰리가 내게 할 말이 있는 듯 잠깐 하던 일을 멈췄다.

"저녁에 너를 찾으러 여기 오셨었어. 제 아비는 보러 오지도 않으면서 잘난 인물이랑 드라이브나 다니다니 놀랍다고 그러시더라." 몰리가 차분하게 말했다. 젠틀먼 씨가 잘난 인물인 이유는 동네 술집에서 술 마시는 법이 없고, 멀리 더블린이나 외국에서 손님들이 그를 찾아왔기 때문이다. 손님들은 여름 동안 그의 집에 머물렀다. 한번은 뉴욕의 수석 재판관이 찾아와, 그 일이 지역신문에 실리기도 했다.

바바는 카드 한 벌을 손에 들고 한가로이 던졌다 받았다 했다. 예정대로 우리는 카드놀이를 했다. 다들 내게 다정했고, 바바는 카드놀이에 젬병인 내가 이기도록 봐줬다. 카드놀이가 끝난 뒤 몰리가 크리스마스트리를 가지고 들어와서 피아노 옆에 놓았다. 고드름 몇 개가 떨어져서 다시 달아야 했다.

그래서 여느 크리스마스와 마찬가지로 그해의 크리스마스도 기다리는 시간, 최악의 일을 기다리는 시간이었다. 바바네 집에 있어서 안전했을 뿐. 물론 난 내 생각 속에서는 항상 안전하지 않았다. 이런저런 생각을 하면 겁이 났기 때문이다. 그래서 매일 사람들을 찾아가면서도, 단 한 번도 우리 집을 보러는 올라가지 않았다. 데클런 말로는 창문마다 셔터가 내려져 있다고 했는데, 난 여우들이 빈 닭장에 들어갔을 때 기분이 어땠을지 궁금했다. 황소눈은 먹을 것을 찾아 자주 왔고, 처음 나를 보고 냄새를 맡았던 날엔 짖기도 하고 끙끙거리기도 했다.

크리스마스 전날 밤, 다들 나가고 없을 때 젠틀먼 씨가 찾아왔다. 몰리는 미리 자리를 잡아야 한다며 자정미사 두 시간 전에 나갔고, 브레넌 가족은 아직 장만하지 못한, 크리스마스 만찬에 쓸 물건들과 포도주를 사려고 리머릭에 갔다. 칠면조 속은 다 채워놓았고, 화려한 종이로 포장한 상자 여러 개가 트리 아래 놓여 있었다. 황갈색 카펫 위에 솔잎이 여기저기 떨어져서 그것들을 줍고 있는데 초인종이 울렸다. 젠틀먼 씨이리라 추측했다. 그는 들어와서 현관에서 내게 입을 맞춘 뒤 선물 꾸러미를 내밀었다. 레이스 모양의 금줄이 달린 작은 금시계였다.

"똑딱거려요." 내가 시계를 귀에 대어보며 말했다. 너무 작아서 장난감인 줄 알았던 것이다. 그가 다시 내게 키스하려는데 자동차 소리가 들렸다. 죄라도 지은 듯 그가 내게서 떨어졌다.

"오, 캐슬린, 우린 아주 조심해야 할 거야." 그가 말했다. 차 소리가 대문을 지나 멀어졌다.

"바바네가 아니에요." 나는 그렇게 말한 뒤, 아름다운 선물에 대한 감사 표시를 하려고 그에게 다가갔다.

"사랑해." 그가 속삭였다.

"사랑해요." 내가 말했다. 달리 표현할 방법이 있으면 좋겠다 싶었다. 좀 더 독특한 어떤 표현이.

그가 나를 안은 자세 때문에 목이 아팠지만 그래도 좋았다. 그때쯤엔 그의 피부에서 풍기는 향내와 나를 지켜주는 그 팔의 힘을 알았다.

"아주 조심해야 할 거야." 그가 다시 말했다.

"조심하고 있잖아요." 내가 대답했다. 겨우 이틀 못 보았을 뿐인데 그 시간이 평생처럼 느껴졌다.

"자주 만날 수는 없어. 그건 힘들어." 그가 말했다. 마지막 단어를 말할 때 그는 더듬거렸다. 그 말을 하기가 너무 싫었던 것이다. 난 고개를 가로저었다. 나무로 둘러싸인 하얀 집에 평생 외로이 갇혀 사는 그 키 크고 피부색 어두운 여자에게 나 역시 안쓰러운 마음을 가지고 있었다. 일요일에 성당 뒷줄에 무릎을 꿇고 앉은 모습이 슬쩍 보일 때 말고는 그녀를 본 사람이 아무도 없었다. 그녀는 항상 마지막 성가 전에 급히 성당을 나가 젠틀먼 씨의 차를 타고 가버렸다. 난 그녀의 강인함을 높이 사면서도, 어째서 멋지게 꾸미지 않는지 의아했다. 그녀는 늘 트위드 옷을 입고 굽 낮고 끈 달린 신발을 신고 남자 모자처럼 보이는 챙 넓은 모자를 쓰고 다녔다.

"편지 써도 돼요?" 내가 물었다. 그가 내 귀 뒤에 입을 맞췄는데, 거기 입을 맞추면 온몸에 전율이 흘렀다.

"안 돼." 그가 단호하게 말했다.

"다시 만날 수는 있어요?" 내가 물었다. 의도했던 것보다 비극적인 말투가 되었다.

"당연하지." 그가 성마르게 대답했다. 그가 짜증스러운 기색을 내비친 것이 처음이라 난 움찔했다. 그는 곧바로 미안하다고 했다.

"그럼, 당연하지, 우리 아가. 나중에, 네가 더블린에 가게 되면." 그는 내 머리칼을 쓰다듬었고, 먼 미래를 갈망하듯 시선은 저 멀리로 향했다.

그러더니 내 소매를 걷어 올리고는 시계를 채워주었다. 우리는 함께 안으로 들어갔고, 차가 들어오는 소리가 들려올 때까지 불가에 앉아 있었다. 난 그의 무릎에 앉았고, 그가 외투를 열어 외투 자락이 마룻바닥에 늘어졌다.

"이 시계 어디서 났다고 말하죠?" 내가 벌떡 일어나며 물었다. 집 앞 진입로로 차가 들어오고 있었다.

"아무 말도 하지 말아야지. 잘 보관해둬." 그가 말했다.

"어떻게 그래요, 그건 너무 잔인해요."

"캐슬린, 얼른 위층에 올라가서 잘 넣어두렴." 그가 말했다. 그는 시가에 불을 붙였고, 현관문이 열리는 소리가 들리자 예사로운 표정을 지으려 애썼다. 바바가 꾸러미를 한 아름 안고 뛰어 들어왔다.

"안녕, 바바. 크리스마스 잘 보내라고 인사하러 들렀단다." 그는 그렇게 거짓말을 하며, 바바가 품에 안은 꾸러미를 몇 개 받아서 현관 탁자 위에 놓았다.

난 시계를 도자기 비누 받침 속에 넣었다. 시계는 받침 밑바닥에 멋지게 똬리를 틀어 곧 잠이 들 것처럼 보였다. 나방 날개의 가루처럼 옅은 금색이었다.

내가 아래층으로 내려왔을 때 젠틀먼 씨는 브레넌 아저씨와 이야기를 나누고 있었다. 그는 그 이후로는 내내 나를 본체만체했다. 바바가 겨우살이 가지를 그의 머리 위로 들자 그는 바바에게 입을 맞췄다. 그리고 마사가 축음기로 '고요한 밤 거룩한 밤'을 틀었다. 그가 호랑가시나무 아래 차를 세우고 차창으로 눈송이가 내려앉던 그 저녁이 떠올랐다. 난 그와 눈을 마주치려 애썼지만, 그는 자리에서 일어날 때까지 내 시선을 피했다. 떠날 때 그의 눈빛은 슬펐다.

당연하게도 우리가 학교로 돌아갈 날이 찾아왔고, 우리는 다시 교복과 검은 면 스타킹을 꺼내 입었다.

"교복을 빨았어야 했는데. 온통 얼룩이 졌네." 내가 바바에게 말했다.

바바는 텃밭을 내다보며 울고 있었다. 1년 중 텃밭이 가장 생기

없는 때였다. 갈아엎은 축축한 흙은 황량해 보였고, 거기서 무언가 다시 자라나겠다 싶은 생각이 들 만하게 하는 것은 전혀 없었다. 한 귀퉁이에 수국이 있었는데, 시든 꽃이 마치 다 해진 대걸레처럼 보였다. 그 근처에는 쓰레기 더미가 있었다. 몰리가 방금 그 위에 빈 병과 크리스마스트리를 던지고 갔다. 바깥에는 비바람이 불고 있었고 하늘은 어두컴컴했다.

"도망가자." 바바가 말했다.

"언제? 지금?"

"지금이라니! 아니. 수녀원에서 도망치자."

"우릴 죽일 거야."

"못 찾게 해야지. 유랑 극단을 따라가서 배우가 되는 거야. 난 노래를 부르며 연기를 하고 넌 표를 받는 거지."

"나도 연기하고 싶어." 내가 방어적으로 말했다.

"좋아. 광고를 붙이자. '두 명의 아마추어 여성 배우. 한 사람은 노래를 잘 부름. 둘 다 중등교육을 받음.'"

"하지만 우린 여성이 아니잖아. 여자애들이지."

"성인으로 보일 수도 있어."

"안 될 텐데."

"아, 망할, 초 좀 치지 마. 그 감옥에서 5년을 지내야 한다면 난 자살할 거야."

"그 정도로 죽을 맛은 아니잖아." 난 바바의 기분을 띄워주려

했다.

"너한테는 그렇겠지. 조각상도 받고 수녀들한테 알랑거리고. 수녀들 드나들 때마다 벌떡 일어나서 망할 문을 여닫는 널 보면 어쨌든 정말 역겨워. 중풍에 걸려서 자기 손으로 문도 못 여닫는 것처럼 말야." 사실이었다. 난 수녀님들에게 알랑거렸고, 그걸 눈치챈 바바가 너무 싫었다.

"좋아, 그러면 **너나** 도망쳐." 내가 말했다.

"오, 안 돼." 바바가 내 손목을 잡으며 절박하게 말했다. "같이 가야지." 난 고개를 끄덕였다. 바바가 나를 필요로 한다니 기분이 좋았다.

그러다가 바바는 아래층에서 뭔가 가져올 것이 있다는 사실을 기억하곤 쌩하니 달려갔다.

"어디 가?"

"진료실에서 샘플 몇 개 슬쩍해 오려고."

난 교복을 입었다. 온통 구김이 가고 치마의 겹주름도 뭉개져 있었다. 바바는 새 탈지면 두루마리와 작은 샘플 연고 몇 개를 들고 돌아왔다. 난 바바가 침대에 던져놓은 연고 하나를 집어 들었다. 흰 라벨 위에 이름이 쓰여 있었고, 그 아래 **암소 젖 주입용**이라는 글이 적혀 있었다.

"이걸로 뭘 하려고?" 내가 물었다. 히키가 황갈색 암소의 젖을 짤 때, 젖을 붙잡고 자갈 깔린 바닥에 온통 지그재그로 우유를 뿌리던 일이 생각났다. 차를 마시라고 부르러 간 내게 장난치느라 그랬다.

"이건 뭘 하려고?" 내가 다시 물었다.

"성숙한 여자처럼 보이려고. 그걸 가슴에 바르면 가슴이 크게 부풀어 오를 거야. 소 젖에 쓰는 거라고 되어 있잖아." 바바가 말했다.

"털이 숭숭 날지도 몰라." 내가 말했다. 진심이었다. 난 상표명이 커다랗게 적힌 연고들은 믿지 않았다. 게다가 어쨌든 암소용 아닌가.

"넌 하여튼 제대로 된 반푼이라니까." 바바가 그렇게 빽 소리치더니 깔깔 웃었다.

"네 아버지한테 얘기해보면 어때?" 내가 넌지시 말했다. 난 정말 도망치고 싶은 마음이 없었다.

"아빠한테 말을 한다고! 아빠는 감정이라고는 없는 사람이야. 자신을 조절할 줄 알아야 한다고 말할걸. 언젠가 마사가 발에 궤양이 생겼다고 했더니, 그런 건 정신력으로 사라지게 할 수 있다고 했다고. 미쳤다니까." 바바가 말했다. 분노로 눈이 이글거렸다.

"그럼 달리 방법이 없네." 내가 풀이 죽어 말했다.

"언제든 퇴학은 당할 수 있지." 바바가 단어 하나하나 힘주어 말했다. 그러더니 그 일을 가능하게 할 여러 방법을 고안하기 시작했다.

12

바바가 틈틈이 그 방법을 고심하는 사이 3년이 흘렀다. 도시로 가기에는 아직 우리가 너무 어리다며 난 바바의 생각을 돌려놓았다. 그 3년 동안 우리에게 별로 특별한 일은 없었으니 그 기간은 간단히 얘기하고 넘어가려 한다.

시험을 보았고 바바는 통과하지 못했다. 신시아는 수녀원을 떠났다. 우리는 울면서 작별 인사를 했고, 평생 변치 않을 우정을 간직하기로 맹세했다. 하지만 몇 달 뒤 편지 왕래는 중단되었다. 누가 먼저 그만두었는지는 기억나지 않는다.

방학은 언제나 즐거웠다. 여름에는 젠틀먼 씨가 나를 자기 보트에 태우고 나갔다. 우리는 노를 저어 해변에서 멀리 떨어진 섬까지 가서 그의 휴대용 버너에 주전자를 얹고 차를 끓였다. 행복한 시간이었다. 그는 종종 내 손에 입을 맞추며 나를 '주근깨투성이 딸'이라고 불렀다.

"아저씨가 내 아빠예요?" 내가 애틋하게 물었다. 젠틀먼 씨와 그런 흉내 놀이를 하는 게 좋아서였다.

"그래, 내가 네 아빠야." 그가 내 팔 아래에서부터 죽 입을 맞추며 말했다. 나중에 내가 더블린에 가게 되면 그때는 아주 자상한 아빠가 되어주겠다고 약속했다. 마사와 바바를 비롯한 모두는 젠틀먼 씨가 나를 몰리 이모에게 데리고 간다고 알고 있었다. 한번은 실제로 이모를 찾아가기도 했다. 젠틀먼 씨가 들어가자 몰리 이모는 무척 들떠서 법석을 떨며 거실에서 고급 찻잔을 꺼내 왔다. 찻잔은 먼지투성이였고, 젠틀먼 씨가 차에 우유를 넣지 않는다고 말했는데도 이모는 계속 크림을 넣어주겠다고 했다. 크림은 일종의 사치품이라, 그게 특별한 대접이라고 생각했던 것이다.

그사이 바바는 수녀원에서 어떻게 도망칠 수 있을까 내내 고심했다. 침대에 누워 영화 잡지를 보며, 미국에 아는 사람이 있으면 영화에 출연할 수 있을 거라고 말했다.

기회는 3월에 왔다. 도망칠 기회 말이다. 수녀원 피정 기간이 왔고, 강연을 위해 더블린에서 오신 신부님은 하느님과 우리 영혼을 생각해야 하므로 묵언하라고 명했다.

피정 두 번째 날, 신부님은 오후 강연에서 제6계명을 다루겠다고 말했다. 그것은 가장 중요한 강연이자 아주 은밀한 강연이기도 했다. 신부님이 남자나 성관계 따위를 아주 노골적으로 다룰

예정이라, 마거릿 수녀님은 강연이 진행되는 동안 다른 수녀들이 예배당에 들어오는 걸 원하지 않았다. 수녀님들이 중앙 출입문으로 들어올 리는 없었지만, 위층의 성가대석으로는 몇몇이 들어올 수도 있었다. 이런 일을 방지하기 위해 마거릿 수녀님은 **출입 금지—강연 중**이라고 쓰인 경고문을 내게 주며 위층 출입문에 붙이라고 했다. 내 신발 밑창이 고무라 수녀원 계단에서 쿵쾅거리는 소리를 내지 않을 것 같다는 이유로 나를 고른 거였다. 난 떡갈나무 계단을 오르며 불안하기도 하고 설레기도 했다. 수녀님들 구역에 들어가보는 것은 처음이라 어느 문에 경고문을 붙여야 할지 몰랐다. 계단은 반들반들 잘 닦여 있었고, 한쪽 하얀색 벽에는 커다란 그림들이 걸려 있었다. 부활과 최후의 만찬이 그려진 그림들, 그리고 성모마리아와 아기 예수가 그려진 동그란 채색화. 난 적어도 수녀님들 거처를 볼 수 있기를 바랐다. 그러면 바바와 다른 아이들에게 말해줄 수 있을 테니까. 우리 모두 그곳이 어떻게 생겼는지 궁금해죽을 지경이었다. 어떤 고학년 선배는 수녀님들이 널빤지 위에서 잔다고 했고 또 다른 선배는 관 속에서 잔다고도 했다. 난 숨을 고르려 첫 번째 층계참에서 잠시 멈춘 뒤, 창틀 아래 둥글게 튀어나와 있는 흰 대리석 세례반에 손을 담갔다. 중국 도자기 화병에 꽂힌 공작고사리가 늘어져 있었는데, 얼마나 길게 자랐는지 층계참에 깔아놓은 색 옅은 인도 카펫에까지 닿았다.

천천히 다음 층계를 올랐더니 오른편으로 나무문이 하나 보였다. 이 문이 맞겠구나 싶었다. 새 압정 네 개로 문의 중앙 판자에 경고문을 단단히 붙인 뒤, 뒤로 물러서서 읽어보았다. 아주 또렷하게, 모두 고른 글자로 적혀 있었다. 왼쪽으로 좁고 긴 복도가 있고, 양편에 문이 늘어서 있었다. 거기가 수녀님들 거처이리라 추측은 했지만 다가가 안을 들여다볼 엄두는 나지 않았다. 난 급히 예배당으로 돌아왔다. 강연이 막 시작되려는 참이었다.

강연이 거의 끝나갈 무렵, 난 경고문을 떼려고 살그머니 자리에서 일어나 급히 수녀원 계단을 올라갔다. 마거릿 수녀님이 나를 기다리고 있었다. 화가 나서 씩씩대고 있었다.

"이걸 지금 재밌으라고 한 거니?" 그러면서 문을 열고 안을 가리켰는데, 그곳은 화장실이었다. 난 엉겁결에 웃음이 튀어나왔다.

"죄송합니다, 수녀님." 내가 말했다.

"넌 사악한 아이야." 수녀님의 눈은 나를 꿰뚫을 듯 매서웠고, 얼마나 노발대발했는지 입을 열 때마다 침방울이 튀어나와 내 얼굴에 튀었다.

"죄송합니다, 수녀님." 내가 다시 말했다. 수녀님들이 저녁 내내 화장실을 이용하지 못했나 싶었는데, 생각하면 할수록 더 우스웠다. 하지만 동시에 겁을 잔뜩 먹어 몸이 나뭇잎처럼 바들바들 떨렸다.

"넌 내 자매들을 모욕했고, 네 학교의 품격을 떨어뜨렸어." 수녀님이 말했다.

"실수였어요." 내가 얌전히 말했다.

"성체 앞에 세 시간 동안 서 있고, 그다음 수녀원장님께 사죄드려."

벌로 세 시간 동안 서 있다가 수녀원장님께 사죄드린 뒤, 손등으로 눈물을 닦으며 수녀원 계단을 내려오는데 바바가 나를 불렀다. 종이 한 장을 들고 있었는데, 거기에 이렇게 적혀 있었다. *퇴학당할 방안을 마침내 찾아냈어.*

그곳에서는 묵언 때문에 말을 할 수 없었으므로 딴 곳으로 가야 했다. 난 바바를 따라 학교 쪽으로 내려가서 뒤쪽 계단을 올라 화장실로 들어갔다.

그 안에 오래 있을 수 없다는 걸 잘 아는 바바가 곧바로 입을 열었다. "마치 우리 기도서에서 실수로 떨어진 것처럼 음란한 쪽지를 예배당에 놔두는 거야." 바바가 온몸을 떨며 그렇게 말했다.

"오, 세상에, 그런 일을 어떻게 해." 내가 말했다. 나 역시 덜덜 떨고 있었는데, 수녀원장님을 만나고 온 뒤라 그랬다. 그 장면이 여전히 생생했다. 노크를 한 뒤 냉랭하고 널찍한 응접실에 들어갔던 일. 원장님은 연단에 앉아 성무일도를 읽고 있었다. 안경을 코끝으로 내리면서, 사람을 꿰뚫어 보는 차갑고 푸른 시선으로 나를 응시했다.

"그러니까 네가 못된 미꾸라지구나." 그녀가 말했다. 조용한 말투였지만 비난하는 투가 아주 역력했다.

"죄송합니다. 수녀님." 내가 말했다. '원장님'이라고 말해야 했는데 겁을 먹어서 잘못 말했다.

"죄송합니다, 원장님." 내가 다시 말했다.

"정말이냐?" 그녀가 물었다. 그 질문은 냉랭한 방의 이 끝에서 저 끝까지 쨍 울렸고, 장식 가득한 높은 천장이 '정말이냐?'라고 묻고 벽난로 위 금시계도 똑딱거리며 '정말이냐?'라고 묻는 것 같았으며, 그 방의 모든 사물이 나를 비난하는 듯해서 난 완전히 겁에 질려버렸다. 안락함이라고는 손톱만큼도 없는 방이라, 저 두껍고 튼튼한 다리가 달린 거대한 둥근 탁자에서 누구든 차를 마신 적이 있을지 의심스러웠다. 난 원장님이 본론으로 들어가기를 기다렸지만, 더 이상 아무 말도 나오지 않아서 면담이 끝났음을 깨달았다. 수치감에 젖은 채 방을 나와 아주 가만히 문을 닫으려는데 원장님의 시선이 나를 따라오는 것이 보였다.

"못 해. 무슨 난리를 겪을지 생각해봐." 내가 원하는 것은 오로지 평화로움이었다.

"그래서 뭐라고 쓰려고?" 내가 물었다.

"이거야." 그러면서 바바가 내 귀에 대고 속삭였다. 바바 자신도 소리 내어 말하기 창피했던 것이다.

"오, 하느님." 바바가 해준 말이 그대로 내 입에서 튀어나올까 봐 난 손으로 입을 틀어막았다.

"'오, 하느님'은 없어. 사나흘 지옥일 거고, 그러면 끝이야. 해방

되는 거지."

"다들 우리를 죽이려 들 거야."

"그럴 일은 없어. 마사는 신경도 안 쓸 거고, 네 아빠는 아마 술독에 빠져 있을 거야. 우리 아빠는 자기가 알아서 할 테고."

바바가 주머니에서 펜과 예쁜 하늘색 성화를 꺼냈다. 뒤쪽으로 파란 망토를 활짝 펼친 성모마리아가 구름 사이로 나타나는 그림이었다.

"네가 써." 내가 말했다.

"우리 둘의 이름이 들어갈 거야." 바바가 무릎을 꿇고 앉으며 말했다. 그러더니 성화를 변기 위에 얹고 글자 하나하나를 대문자로 썼다. 그 당시에도 부끄러웠고, 지금도 생각하면 부끄럽다. 여기 옮길 만한 내용은 아니다. 어쨌든 우리는 각자 이름을 써넣었다.

눈을 질끈 감고 입 밖에 내지 않으려 했지만, 그 사악한 문장은 줄곧 귓속에서 울려댔다. 메리 수녀님은 내가 가장 좋아하는 수녀님이라 더 부끄러웠다. 우리가 적은 문장이 그 수녀님과 톰 신부님과 관련된 것이었기 때문이다.

토머스 신부님은 담당 사제였고 메리 수녀님은 제단을 차리고 미사 전례를 돕는 분이었다. 수녀님은 볼이 발그레한 예쁜 분이었고, 마치 누구도 지니지 못한 삶의 비밀을 지닌 듯 얼굴에서 미소가 사라지지 않았다. 우쭐대는 미소가 아니라 환희에 찬 미소였다. 바바가 글을 쓰는데 밖에서 누군가 문손잡이를 돌렸다. 급한 듯 두세 번 반복했다.

"수녀님인가 봐." 내가 숨을 죽이고 속삭였다. 얼굴이 달아오른 바바가 잠긴 문을 열고 나갔다. 밖에는 저학년 아이 하나가 서 있었다. 우리를 보자 가슴에 성호를 긋고는 급히 안으로 들어갔다. 무슨 생각을 했는지 알 수야 없지만, 다음 날 일이 터졌을 때 그 아이는 우리 둘이 화장실에서 함께 나왔다는 말을 만나는 모든 사람에게 하고 다녔다.

그날 저녁 내내 난 서재로 들어오는 마거릿 수녀님만 보면 다리가 후들거렸고, 내게 매정한 시선이 꽂히는 것이 느껴졌다.

그래서 난 수녀님을 피하려고 일찍 잠자리에 들었다. 피정 기간에는 10시 이전에 아무 때나 잠자리에 들 수 있었기 때문이다. 내가 기숙사 방에 올라갔을 때 아무도 없는 방 안은 죽은 듯 고요했다. 침대보를 걷어 접고 있는데 계단을 뛰어 올라오는 발소리가 들렸다.

"세상에, 캣, 어디 있어?" 바바가 소리쳐 불렀다.

"쉬, 쉬." 마거릿 수녀님이 기웃거릴 수도 있어서 난 조용히 하라고 했다.

"수녀님 지금 화가 나서 제정신이 아니야." 바바가 말했다. 바바는 눈에서 불꽃이 튀었고, 너무 흥분해서 말도 잘 못했다.

"발견했어?" 내가 물었다.

"발견했냐고? 학교 전체가 다 알아. 그 시무룩한 페기 다시가 아래층 오락실에서 그걸 마거릿 수녀님에게 건넸잖아. 수녀님은 그게 기도문인 줄 알고 큰 소리로 읽기 시작한 거야." 난 목부터 벌겋게 달아오르는 것이 느껴졌고 손바닥이 땀으로 축축해졌다.

"상상해봐." 바바가 말했다. "'톰 신부가 길쭉한 거시기를 쑥 넣었다.' 그걸 큰 소리로 읽었다고. 그게 무슨 뜻인지 깨닫고는 씩씩 거리며 오락실을 휘젓고 다닌 거야. 옷끈으로 아이들을 후려치면서 '어디 있어? 그 사탄의 자식들 어디 있냐고!' 이렇게 고래고래 소리를 지르더라니까." 바바는 한껏 즐기고 있었다.

"계속해봐." 내가 애원했다.

"한 손에 성화를 들고 닥치는 대로 이리저리 후려치며 다니는 통에 난 곧장 물품 보관실로 가서 벽장 안에 숨었지. 그때쯤엔 아이들도 다들 비명을 지르고 난리였어. 어린애들 절반은 거시기가 뭔지 몰랐지만. 결국 수녀님 정신이 혼미해져서 반장이 다른 수녀님을 불러와야 했고 함께 마거릿 수녀님을 부축해 갔어."

"이제 어떻게 해야 해?" 내가 물었다. 당장 달려 나가 이곳을 벗어날 수만 있다면.

"우리를 찾고 있어. 그러니까 제발 덜덜 떨거나 정신 줄 놓지 말라고. 그냥 어디서 들은 말로 장난친 거라고 해." 바바가 그렇게 다짐을 놓는데 그때 반장이 들어와 우리를 큰 소리로 불렀다.

우리가 지나가자 반장은 벽에 바짝 붙어 섰다. 이제 우리는 더

럽고 혐오스러운 존재가 되어 아무도 말을 걸지 않았다. 복도에서 아이들은 무슨 끔찍한 병에 걸린 사람 보듯 우리를 보았고, 시계와 이런저런 물건을 훔친 적이 있던 아이들까지 혐오스럽다는 듯 거만한 표정을 내보였다.

수녀원장님이 접견실에서 우리를 기다리고 있었다. 어깨에 숄을 걸친 원장님의 얼굴이 죽은 사람처럼 창백했다.

"당장 여기서 나가라고 하고 싶다." 원장님이 말했다. 내가 잘못했다고 말하려 하자, 나를 보며 이렇게 말했다.

"이렇게 가증스러운 마음을 가지고도 네가 어떻게 지금까지 눈에 띄지 않고 지냈는지 이해할 수가 없구나. 불쌍한 마거릿 수녀가 신앙생활을 해오면서 가장 끔찍한 충격을 받았다. 넌 오늘 오후에도 고약한 짓을 해놓고 또 극악한 짓을 하다니." 그 목소리는 떨렸고 침착한 태도는 온데간데없었다. 정말로 화가 난 것이다.

"해명할 수 있어요." 내가 원장님께 말했다.

"이미 부모님께 알렸다. 내일 이곳을 떠나라." 그녀가 말했다.

그날 우리는 병동의 다른 병실에서 따로 밤을 보냈다. 지금껏 살면서 그렇게 밤이 길었던 적이 없었고 다음 날 집에 간다는 생각만으로도 너무 무서웠다. 밤새도록 쥐 한 마리가 벽의 나무판을 긁어댔고, 난 다리를 끌어안은 채 목숨을 끊을 방법을 생각하며 뜬눈으로 밤을 새웠다.

우리는 다음 날 오후에 수녀원을 떠났다. 아무도 우리에게 작별 인사를 건네지 않았다.

"묵주기도 하자." 전세 자동차의 뒷자리에서 바바가 내게 말했다. 기사는 모르는 사람이었는데, 우리의 기도를 들으며, 우리가 기도와 앞날의 추측을 번갈아 하는 것을 들으며 기분 좋게 운전했을 것이 틀림없다. 그는 수녀원 마을에 사는 사람으로, 수녀원장이 고용한 거였다. 우리의 망신스러운 이야기는 우리보다 먼저 집에 도착해 있었다.

차에서 내릴 때 한 남자가 브레넌네 앞마당 잔디를 깎고 있었다. 그의 이름은 찰리였는데, 우리를 보고 고개를 끄덕였을 뿐 기계를 멈추지 않았다. 마치 기계가 그에게서 달아나는 것처럼 보였다. 맑고 쌀쌀한 날이었고, 철쭉 관목 아래에 크로커스가 피어 있었다. 연한 황갈색 크로커스. 바람이 꽃잎 속까지 파고들어 꽃잎 몇 장이 잔디 위에 떨어져 있었다. 일부러 던져놓은 주름 종이 같았다. 앵초도 있었는데, 단풍나무 뿌리 주위로 무리 지어 피어 있었다. 바람이 거세게 불면 집 위로 쓰러질까 봐 그들은 단풍나무를 잘라버렸다. 브레넌 아저씨는 그 뿌리 주위로 담쟁이덩굴을 심어서 흉한 갈색 그루터기를 덮었다. 그래서 지금은 앵초가, 발랄하고 자그마한 앵초가 담쟁이 사이로 솟아나 있었다. 앵초잎을 17년 동안 봐왔으면서도 그 잎사귀가 늙은이처럼 쪼글쪼글하고 털이 북슬북슬하다는 사실을 지금껏 몰랐다. 난 거기서 눈을 떼지 않았다. 무슨 일이 터지기 직전이면 난 늘 가슴이 너무 두근거리지 않도록 무엇이든 계속 바라보았다. 나무나 꽃이나 낡은 신발 같은 것들을.

"제발 좀 들어가." 바바가 말했다. 바바가 커다란 트렁크를 콘크리트 길 위로 끌며 내 뒤에서 걸어오다가 트렁크로 내 다리 뒤쪽을 쳐서 난 문을 두드렸다. 몰리가 문을 열었다. 약간 냉랭했다. 반갑게 맞아주지 말라는 말을 들었겠지.

브레넌 아저씨와 마사와 아버지가 거실에 있었다. 난 그 누구도 똑바로 바라보지 않았지만 마사가 불안해하는 것을 알았다. 그녀의 손에 들린 손수건이 바들바들 떨렸다.

"아주 잘했구나. 이 추잡한ㅡ" 아버지가 앞으로 나서며 입을 열었다. 나를 묘사할 아주 지독한 단어를 찾느라 고심하는 모양이었다. 아버지가 나를 때릴 것처럼 손을 쳐들었다.

"아버지를 증오해요." 내가 불쑥 사납게 내뱉었다.

"이 망할 것이 어디서 그따위 말을." 그러면서 아빠가 나를 호되게 후려쳤다. 난 쓰러지면서 도자기 그릇장 모서리에 머리를 박았고, 그릇장 속 잔들이 덜그럭거렸다. 맞은 볼이 욱신거렸다.

방 반대편에 있던 브레넌 아저씨가 달려와 소매를 걷어 올렸다.

"그 애를 놔둬요." 아저씨가 그렇게 말했지만 아버지는 다시 나를 후려치려 했다.

"그 애한테 손대지 말라고." 브레넌 아저씨가 아버지를 떼어내며 소리쳤다. 난 일어서서 슬금슬금 마사 쪽으로 다가갔다.

"내 딸이니까 내 맘대로 할 거요." 아버지가 위협했다. 아버지가 격분해서 의치를 으드득 가는 것이 보였다. 내게 다시 달려들려 했지만, 브레넌 아저씨가 아버지의 어깨를 붙잡고 문으로 끌고 갔다.

"이 집에서 당장 나가요." 그가 말했다.

"나한테 이러면 안 되지." 아버지가 항의했다.

"안 되긴 뭐가 안 돼!" 아저씨가 아버지의 갈색 모자를 집어 아버지 머리에 비스듬히 얹으며 말했다.

"내 분명히 말하는데, 절대 그냥 넘어가지 않을 거요." 아버지가 말했다. 하지만 브레넌 아저씨는 아버지를 밀어낸 뒤 문을 쾅 닫아버렸다. 현관에서 아버지가 악을 쓰며 욕하는 소리가 들렸다. 브레넌 아저씨가 안에서 문을 잠가버렸기 때문에 아버지는 주먹으로 문을 마구 두드렸다.

"집에 돌아가요, 브래디." 브레넌 아저씨가 말했고, 곧 아버지가 현관문을 열고 나가는 소리가 들렸다. 당연히 나는 울고 있었고, 마사와 바바는 너무 놀라 얼굴이 창백해졌다.

우리는 집에 돌아오기가 두려웠는데, 그 순간은 그렇게 지나갔다. 우리와 우리가 적은 그 끔찍한 문장 때문에 난리가 나는 대신 소동은 아버지와 브레넌 아저씨 사이에서 벌어졌다. 브레넌 아저씨가 아버지를 몹시 싫어했다는 것을, 언제나 그랬다는 사실을 난 그때 알았다.

"앉아라." 브레넌 아저씨가 바바와 내게 말했다. 우리는 소파에 앉아 애원하듯 마사 쪽을 보았다.

"여보, 차 좀 가져오는 게 어때?" 브레넌 아저씨가 말했고, 마사는 보일 듯 말 듯 미소를 지었다. 아저씨는 적어도 이성적인 사람이었다.

"안녕. 아직 인사도 못 했네." 마사가 내 의자 옆을 지나가며 말했다. 그녀는 바바의 머리를 다정하게 살짝 건드렸다.

"자, 이제 말해보렴." 마사가 나가자 브레넌 아저씨가 말했다.

"그곳이 너무 싫었어요, 정말 싫었어요. 우린 집이 좋아요." 내가 말했다. 바바는 방 안에 들어온 이후 한마디도 하지 않았다. 마치 기도라도 하듯이 두 손을 깍지 낀 채 고개를 숙이고 있었다. 도와주지 않기로 마음을 먹은 모양이었다.

"정말 죄송해요. 그곳이 너무 싫었을 뿐이에요." 내가 다시 말했고, 집이 좋다고 한 번 더 말했다. 아저씨가 혼자 희미한 미소를 지으며 고개를 절레절레 저었다. 안쓰러운 마음이 든 것 같았다. 타지에서 외로워서 그런 일을 했을 수도 있다는 사실이 그에게는 충분히 있을 법한 타당한 일로 느껴진 모양이었다.

"그런데 왜 내게 말하지 않았니?" 아저씨가 물었다. 내가 대답할 말을 생각하는 중에 전화벨이 울렸다. 산마을에서 암퇘지가 죽어간다는 연락이라 아저씨가 급히 가봐야 했으므로 우리는 마사와 남아 차를 마시고 이야기를 나누었다.

그날 저녁 내가 거실 소파에 앉아 있을 때 브레넌 아저씨가 집에 돌아왔다. 아저씨는 나와 이야기하려고 거실로 들어왔다. 어스름이 내리고 있었다. 식기장이 은빛으로 반짝였고, 방 안에는 히아신스 향기가 났다.

"데클런은 학교를 잘 다니고 있단다." 아저씨가 말했다. 무슨 생각에서 하는 말인지 난 정확히 알았다.

"죄송해요, 아저씨. 정말 죄송해요."

"알겠지만, 캐슬린, 참 안타깝구나. 넌 공부 잘하는 똑똑한 아이였잖아. 크게 될 수도 있었어. 어째서 너의 미래를 송두리째 망쳐버린 거니?" 아저씨가 내 손을 잡고 물었다.

"제게 묻지 마세요." 내가 말했다.

"이유는 나도 안다." 아저씨가 말했다. 목소리는 차분했고, 손은 부드럽고 따뜻했다. 상냥하고 좋은 사람이었다.

"불쌍한 캐슬린, 늘 바바한테 이용당하고."

"전 바바를 좋아해요, 아저씨. 바바는 무척 재미있고, 악의가 있어서 그러는 게 아니에요." 그 말은 진심이었다.

"아, 자식을 내 마음대로 고를 수 있다면." 아저씨가 서글프게 말했다. 난 울컥하며 목이 메었다. 아저씨가 내게 하려는 말이 뭔지 다 알았다. 내가 보기에 아저씨의 삶은 실망스러웠다. 밤늦게 차로 험한 길을 달려가고, 찬 바람이 숭숭 들어오는 헛간에 병들어 누운 동물을 진찰하러 랜턴 불에 의지해 들판을 건너갔던 그 수십 년 세월이 다 부질없었다. 브레넌 아저씨는 부인에게서도 자식에게서도 행복을 얻지 못했다. 아저씨가 엄마를 부인으로, 나를 딸로 삼았다면 더 좋았겠다는 생각이 들었다. 아저씨도 그런 생각을 하고 있는 것 같았다.

누군가 문을 가볍게 두드렸다. 아저씨가 "들어와요" 했다. 아버지였다. 우리가 거실에 있다고 마사가 알려준 모양이었다.

"안녕하쇼." 아버지가 아무 일 없었다는 듯 유쾌하게 인사를 던졌다. "어서 와요." 아저씨가 불을 켰다. 우리가 지난번 집에 왔을 때 이후로 전기가 들어오게 됐다. 다정한 램프 불빛이 벽난로 위에 그림자를 드리웠다. 도자기 갓을 씌운 흰 도자기 램프였다. 아이가 첫영성체 때 쓰는 베일처럼 순수하면서 매혹적이었다. 전기를 연결할 수 있게 브레넌 아저씨가 개조한 구식 석유램프였다.

"나 때문에 언짢아하지 않았으면 좋겠소. 내가 고함을 치거나 그럴 수는 있지만 3분이면 다 끝나니까." 아버지가 우리 둘을 향해 말했다. 브레넌 아저씨는 "오, 다 잊어버리자고요"라고 말했고 난 아무 말도 하지 않았다. 아버지는 자리에 앉더니 외투 주머니에서 2파운드를 꺼냈다.

"자." 아버지가 지폐를 내 무릎 위로 던졌다. 난 고맙다고 말한 뒤, 두 사람이 이야기를 나누는 동안 침울하게 앉아 있었다. 부자연스러운 대화였다. 양쪽 다 상대방을 좋아하지 않았다.

도자기 램프 뒤에 엽서가 한 장 있었다. 춤추는 여자가 그려져 있었다. 넓게 퍼진 빨간 치마에 퍼프소매를 단 흰 블라우스를 입은 스페인 댄서였다. 난 그쪽으로 가서 엽서를 집어 들여다보았다. 뒷면에 젠틀먼 씨의 글씨체로 '다들 잘 지내시길 바랍니다'라고 적혀 있었다. 외국 우표가 붙어 있었다. 난 방에서 뛰어나갔다.

"몰리, 몰리!" 내가 소리쳤다. 몰리는 위층에서 외출 준비를 하고 있었다. 남자 친구가 생겼던 것이다.

"올라와." 몰리가 대답했다. 난 위층으로 올라가 몰리의 방문을 열고 머리를 쑥 넣었다. 그녀는 김이 오르는 물이 담긴 대야에 발을 담그고 있었다.

"티눈이 심해서 걸을 수가 없어." 몰리가 말했다. 몰리의 방은 작고 바닥에는 장판이 깔려 있었다.

"몰리, 젠틀먼 씨 어디 있어?" 내가 물었다. 다른 말 끝에 무심히 물어보려 했지만, 마음이 급해 그럴 수가 없었다.

"따뜻한 햇볕을 쬐러 갔어." 몰리가 말했다. 심장이 멈추는 듯했다.

"왜?"

"젠틀먼 부인의 신경쇠약이 심해져서 지중해로 크루즈 여행을 갔어." 당혹스러움과 질투심과 죄책감이 한꺼번에 밀려들었다. 하지만 적어도 그가 우리의 망신스러운 일을 듣지 못하니 그건 다행이었다. 그는 그 나름대로 무척 예의가 바른 사람이라 우리의 행동을 알게 되면 충격을 받을 것이기 때문이었다.

13

　장학금이 아직 유효했으므로 난 원하면 다른 수녀원으로 갈 수도 있었다. 하지만 브레넌 아저씨는 바바를 더블린으로 보내 상경계 과정을 밟게 할 생각이었고, 그래서 나도 가겠다고 했다. 공무원 시험을 보겠다고 아버지에게 약속했지만, 당분간은 식료품점에서 일할 생각이었다.

　난 신문에 실린 광고를 보고 찾아가서 토머스 번스라는 사람의 상점 보조로 일하게 됐다. 잭 홀랜드는 내가 자기 가게에서 수습 과정을 거쳤다는 번지르르한 추천서를 써주었다. 온갖 형용사와 미사여구를 잔뜩 넣은 뒤, '작가이자 주류상 잭 홀랜드'라고 서명했다.

　"혹시라도 마음이 바뀌면, 캐슬린, 당연히……. 여성의 특권이니까." 갈색 서류봉투에 침을 바른 뒤 주먹으로 눌러 붙이면서 그가 말했다.

"고마워요, 잭. 생각해볼게요." 내가 말했다. 거짓말이었지만, 그 말에 그는 행복해했다. 그의 모친은 여전히 당장이라도 죽을 듯했고, 이제 지역 자원 간호사가 일주일에 두 번 와서 씻겨주었다. 잭은 금고 쪽으로 가서 나무 서랍을 열었다. 뻑뻑해서 반밖에 열리지 않았다. 그는 지폐를 넣어둔 안쪽으로 손을 쑥 집어넣더니 1파운드 지폐를 꺼내 조그만 네모 모양으로 접었다.

"잘 읽어봐라." 그것을 내 블라우스 안쪽으로 밀어 넣으며 그가 말했다. 뾰족한 귀퉁이가 살을 찔렀지만, 난 고마워서 그 답례로 그가 내 손을 서너 번 흔들고 내 머리를 쓰다듬도록 내버려두었다. 그는 머리 쓰다듬는 것이 서툴렀다.

난 가게 밖으로 나와 오브라이언 포목점에 들러서 블라우스와 점퍼스커트를 만들 옷감을 산 뒤 양장점으로 걸어갔다. 입에 옷 핀을 잔뜩 물고 흰 실을 옷 여기저기에 묻힌 재봉사가 문간에 나와서 들어오라고 말했다. 그녀는 막 점심을 먹을 참이었다. 창턱에 놓인 제라늄 화분 세 개가 막 꽃을 피우기 시작했다. 둘은 선명한 빨강이고 하나는 흰색이었다. 이파리에서 은은한 향내가 풍겨 부엌에서 온실 향이 났다.

"영양분이 되거든." 아침에 마신 차의 찻잎을 화분에 놓아주며 그녀가 말했다. 그러고는 찻주전자를 헹구고 다시 차를 끓였다.

"학기 중일 텐데 어떻게 학교에서 나왔어?" 알랑대는 목소리로 그녀가 물었다. 그녀는 혼자 살았고 온갖 마을 일을 떠들고 다녔다. 결혼도 안 한 처자가 곤란에 처하면 당사자보다도 먼저 알았다. 그녀는 신부님 집의 가정부와 함께 누구든, 무엇에 대해서든 가리지 않고 입방아를 찧었다.

"수녀원에 유행병이 돌아서요." 내가 말했다. 바바와 나는 그렇게 말하기로 입을 맞췄다. 부모님들도 우리가 퇴학당했다는 사실이 알려지기를 바라지 않았다.

"웬일이니. 심각한 건가? 그런데 산에 사는 존스네 아이는 집에 오지 않았으니 참 이상한 일이네."

"맞아요. 산에 사는 아이들은 이 유행병에 걸리지 않는대요." 내가 말했다. 그녀가 심술궂은 눈길로 날 보았다. 그녀 자신이 산에서 태어나 자랐고, 지금도 매달 둘째 일요일마다 자전거를 타고 아버지를 보러 갔다. 그녀는 과일 통조림과 우족 젤리* 단지가 든 천 가방을 자전거 뒤에 싣고 돌아오곤 했다.

"이거 먹어." 그녀가 상점에서 파는 스펀지케이크 한 조각과 차를 내게 건네며 그렇게 말했다. 그런 뒤 내 치수를 쟀다.

"너 배가 약간 나왔네." 그녀가 말했다. 날 놀리고 싶었던 거다. 난 엽서를 보여주며, 그 블라우스와 똑같은 것을 만들어달라고

---

* 송아지의 발을 끓여 우려낸 육수를 상온에서 굳혀 젤리의 형태로 만든 것으로, 설탕을 첨가해 디저트로 먹기도 했다.

했다. 그녀가 뒤에 적힌 글씨를 보았다.

"젠틀먼 씨 부부는 왜 그렇게 갑자기 떠나버렸나 몰라." 그녀가 말했다.

"그랬어요?" 나는 그렇게만 물었다. 그녀는 내 치수를 공책에 적었고, 난 곧바로 자리를 떴다. 날 배웅하지 않았는데, 그건 나 때문에 기분이 상했다는 뜻이었다. 내가 젠틀먼 씨 부부에 관해 뭐든 떠들기를 원했던 것이다. 그녀가 분한 마음에 내 옷을 망치지 않기만을 바랐다.

그날은 그 지역에서 자주 볼 수 있는, 화창하면서도 바람이 강한 날이었다. 강풍이 불었고 하늘에는 구름이 신나게 떠갔다. 바람이 불면서도 쾌청한 날이었고, 난 살아 있어서 행복했다. 맞바람을 뚫고 가야 해서 난 자전거를 끌고 언덕을 올라갔다. 자전거를 바바네 집 대문 안에 넣어두고는 걸어서 우리 집을 보러 갔다. 지금 그곳에는 프랑스 수녀들이 있었다. 대여섯 명 정도였고, 수련수녀들을 책임지는 원장이 한 사람 있었다. 리머릭에 있는 수녀원의 젊은 수녀들이 영성의 해를 보내기 위해 넓고 한적한 우리 농장에 온 것이다.

예전 출입구는 버려진 채 쐐기풀만 무성하게 자라 있었다. 수녀들이 콘크리트 기둥을 세워서 새로 출입구를 만들고 기둥 양옆으로 콘크리트 담을 둘러놓았다. 잡초가 무성하고 돌이 많고 수레바퀴 자국이 팬 길이었던 진입로는 타맥을 깔고 로드롤러로 밀어놓아 걷기에 편했다. 그들은 집 주변의 나무 몇 그루도 잘라냈고, 낡고 바랜 현관문도 온화한 연두색으로 새로 칠했다. 당연히 커튼도 달랐고 히키의 벌통도 사라졌다.

"원장님이 기다리고 있어요." 문을 열어준 자그마한 수녀님이 말했다.

그녀는 카펫이 깔린 복도를 조용히 걸어 내려갔다. 예전에 우리 거실이었던 방이 무척 생소했다. 처음 들어와보는 장소 같았다. 잡동사니 장식장이 있던 한구석에 책상이 놓여 있었고, 마호가니 벽난로 선반도 새로 들여놓았다.

"어서 와요." 원장님이 말했다. 프랑스인이었고, 내가 다닌 수녀원의 수녀님들보다는 훨씬 덜 엄격해 보였다. 그녀는 종을 울려서 자그마한 수녀를 부르더니, 다과를 내오라고 했다. 데친 아몬드로 장식한 수제 케이크 한 조각과 우유 한 잔이 내게 주어졌다. 원장님의 시선을 받으며 먹는 건 힘들었고, 난 씹는 소리가 크게 나지 않기만을 바랐다.

"그래서 앞으로 무엇을 할 생각이지?" 그녀가 물었다.

식료품점 점원이요. 이렇게 대답할까 하다가, 그 대신 이렇게 말했다. "아버지께서 아직 결정하지 못하셨어요." 그 말은 꽤 엉뚱하게 들렸다. 몰리의 말에 따르면 아버지의 술버릇을 고치는 데 원장님이 도움을 주셨다고 했다. 아버지가 아파 누워 있을 때 곰국을 가져다주고, 기도문이 실린 작은 책들도 주었다고. 원장님이 주머니에서 자그마한 파란색 메달을 꺼내 내게 건넸다. 난 그 날 밤 그것을 내 조끼에 핀으로 달았고, 그 이후로는 늘 달고 다녔다. 몇 달 뒤 젠틀먼 씨가 그것을 보고 껄껄 웃었다.

"주방 구경하겠니?" 그녀가 물었고, 난 그 뒤를 따라 주방으로 갔다. 벽을 따라 흰색 찬장이 들어섰고 나무 레인지 대신 무연탄 레인지가 놓여 있었다. 바깥 텃밭에는 젊은 수녀 예닐곱 명이 명상하듯 고개를 숙인 채 한 줄로 걸어가고 있었다. 황소눈이 널돌 위의 암탉을 쫓아버리는 소리가 들릴까 귀를 기울였지만, 당연히 이제는 쫓을 닭이 없었다. 우리 집을 다시 찾으니 내 마음은 예상보다 더 흔들렸고, 다 잊었다고 생각했던 것들이 마음의 표면으로 계속 떠올랐다. 히키가 쥐덫을 기막히게 만들어서 계단 아래 놓았던 일. 가을의 사과 잼 냄새, 그리고 천장에 매달린, 파리가 새카맣게 붙은 끈끈이. 훈연하려고 매달아놓은 베이컨. 창턱에 놓인, 노른자 얼룩이 있는 요리책. 이런 자잘한 모습들이 내 안으로 꾸역꾸역 들어와서, 진입로를 내려가면서 난 무척이나 슬퍼졌다.

길을 따라 내려가다가 아무래도 아버지를 보러 농막에 들러야 하지 않을까 하는 생각이 들었다. 걸쇠를 들어 올렸지만 문이 안에서 잠겨 있었다. 다행이다 싶어 안도하며 출입문을 나서려는데 "누구쇼?" 하는 소리가 뒤에서 들렸다.

아버지가 멜빵을 어깨 위로 올리면서 문을 열었다. 신발을 신지 않아 맨발이었다.

"오, 한 시간만 눈을 붙이려고 했지. 이놈의 두통 때문에 말이야."

"그럼 주무세요." 내가 말했다. 제발 그랬으면 했다.

"아냐, 아냐. 들어와라." 아버지가 내 뒤로 문을 닫았다. 작은 부엌엔 연기가 자욱했고, 창문 중간부터 내려오는 흰 레이스 커튼도 담뱃재 색깔이었다. 찻잎이 담긴 도자기 머그잔 세 개가 탁자에 놓여 있었다.

"차 한잔 마셔라." 아버지가 말했다.

"그러죠." 난 바닥에 놓인 양동이에서 물을 떠서 주전자에 부었는데, 아니나 다를까 물을 좀 흘리고 말았다. 누군가 나를 지켜볼 때면 내 행동은 항상 어설프다. 아버지는 앉아서 양말을 신었다. 발톱을 깎아야 할 것 같았다.

"어디 갔었니?" 아버지가 물었다.

"집에요." 그곳은 내게 언제나 집일 것이었다.

"누굴 만났어?"

난 다 말해주었다.

"수녀원장이 날 찾던?"

"아니요."

"우리 둘은 아주 좋은 친구가 되었지."

"집을 아주 잘 꾸며놓았던데요." 아버지가 죄책감을 느끼기를 바라며 내가 말했다.

"이 동네에서 가장 웅장한 집이지. 난 전혀 그립지가 않다." 그가 말했다. 난 호수 밑바닥에 누워 있을 엄마 생각이 났다. 엄마가 이 말을 들으면 얼마나 화를 낼지.

"여하튼 내게서 그 집을 빼앗아 간 거야." 그가 이마를 긁적거리며 말했다.

이야기가 그렇게 되는군. 내가 생각했다.

"어떻게 빼앗겼는데요?" 내가 되바라지게 물었다.

"글쎄, 빼앗긴 건 맞지. 작은할아버지가 내게 그 집을 물려줬을 때 다들 내가 그 집을 오래 차지하지 못할 거라고들 했잖아. 그래서 집을 빼앗으려고 기를 쓴 거야."

그러니까 이제는 이야기가 그렇게 되었군. 모르는 사람들이나 여름에 잠깐 묵어가는 사람들에게 아버지는 이마를 긁적이고는 저 큰 집을 가리키며 자기 집인데 빼앗겼다고 말할 테지. 엄마 생각이 났고, 비통하게 고개를 젓는 엄마의 모습이 눈앞에 떠올랐다. 아버지와 함께 있으면 늘 엄마 생각이 났다.

주전자 물이 끓으며 주둥이에서 물이 넘쳤다. 난 찻주전자가 어디 있나 주위를 둘러보았다.

"찻주전자는 어디 있어요?"

"오, 그냥 찻잔에 부어도 된다. 그래도 맛은 좋아." 그러면서 도자기 머그잔의 찻잎을 비우라고 했다. 아버지가 각 잔에 찻잎을 얼마나 넣어야 하는지 알려줬고, 난 찻잎을 넣고 끓인 물을 부은 뒤 석탄 위에 얹어 차를 우렸다. 아버지 잔에는 우유와 설탕을 넣었지만, 바닥의 찻잎이 다 떠오를까 봐 저을 수가 없었다. 내 차는 이탄 끓인 물처럼 보였다.

"내가 차 하나는 끝내주게 끓였네." 아버지가 말했다. 내가 끓였죠. 난 속으로 생각했다.

"괜찮네요." 내가 말했다. 난 왜 이렇게 우물쭈물하는 걸까? 도무지 아버지를 다정하게 대할 수가 없었다.

"이 동네에서 가장 훌륭한 차야. 작년에 코너네 딸들이 버섯을 따러 내려왔다가 소나기를 만나서 여기서 비를 피할 때 내가 차를 끓여주었지. 지금까지 이런 차는 마셔보지 못했다고 하더라." 난 미소를 지으며 상냥한 모습을 보이려 애썼다.

"황소눈은 어디 있어요?"

"죽었다. 독약을 먹었어." 머지않아 내 과거 삶에서 좋았던 것들은 남김없이 사라질 것 같았다.

"어쩌다 독약을 먹었어요?"

"여우를 잡겠다고 저 아래 스트리크닌을 놓았는데 그걸 먹었단다."

"그럼 항의라도 하셨어야죠." 화가 치밀어 내가 말했다.

"항의라니! 내가 항의할 사람이냐? 난 살면서 누구도 괴롭힌 적이 없는 사람이야." 난 할 말을 찾아 필사적으로 머릿속을 뒤졌다. 빨리.

"히키 소식은요?" 내가 물었다. 크리스마스가 두 번 지나도록 그에게서 아무 소식도 듣지 못했다. 메이지는 히키가 약혼을 했다고 말했는데, 그다음에 결혼을 했는지 안 했는지 듣지 못했다.

"그 녀석 말이냐? 난 그 녀석을 믿은 적이 없어. 다들 그러듯이 나를 깔아뭉개면서 신나게 즐겼지." 난 찻잔 바닥에 뭉쳐 있는 찻잎을 들여다보며 내 미래를 내다보려 했다. 다음 주면 이 모든 것에서 벗어나 더블린에 있으리라 생각하며, 로맨스를 찾았다. 아버지가 초조한 듯 기침을 했다. 뭔가 중요한 이야기를 꺼내려는 것이다. 내 몸이 떨리기 시작했다.

"네게 하고 싶은 말이 있는데, 잘난 체하지 말고 들었으면 좋겠구나." 아버지가 찬장에 놓인 의치를 집어 끼웠다. 그러면 기분도 나아지고 좀 우쭐해지나?

"더블린에서 얌전하게 행동해야 한다. 품위 있게 살아. 신앙에 충실하고 이 아비에게 편지를 써라. 지금 네 모습이 전혀 탐탁지 않아. 전혀."

나도 마찬가지예요, 딱 내가 하고 싶은 말이네요. 생각은 그랬지만 입 밖에 내지는 않았다. 또 맞을까 봐 무서웠고, 연기 자욱한 이 부엌에서 빨리 나갈 수 있기만을 바랐다. 망할 담배 연기에 눈까지 따가웠고 기침이 났다.

"조심할게요." 내가 말했다. 시간이 얼마나 되었나 보려고 시계를 찾아 주변을 둘러보았다. 똑딱거리는 소리는 들리는데 보이지가 않았다. 시계는 벽난로 선반 위에 엎어져 있었다. 난 시계를 들어 시각을 확인하고는, 5시 반이 차 마시는 시간이라 죄송하지만 이제 가봐야겠다고 했다.

"길 건너까지 바래다주마." 아버지가 그렇게 말하며 장화를 신었다. 바깥으로 나오니 괜찮았다. 주변에 사람이 많아서 그렇게 무섭지 않았다.

집 안에 들어가니 몰리가 현관 복도에 왁스를 발라 광을 내고 있었다. 집 안이 조용했다.

"마사는 어디 있어?"

"성당에 갔을걸." 몰리가 말했다.

"성당?" 마사는 종교와 기도, 가슴을 치며 고해하는 사람들을 늘 비웃곤 했는데.

"그럼, 요즘엔 매일 가는걸. 미사는 물론이고 안 하는 게 없지."

"언제부터?"

"아이들 첫영성체 때부터. 영성체 옷 본다고 갔다가 성당에서 갑자기 울음을 터뜨렸잖아. 그다음부턴 기도를 시작했고, 곧 미사에도 참석하기 시작했어."

"신기하네." 언젠가 종교는 바보들을 위한 마약이라고 했던 마사의 말을 떠올리며 내가 말했다.

"사람이 나이가 들면 변하기 마련이지." 노파처럼 고개를 설레설레 저으며 몰리가 말했다.

"어떻게 변하는데?"

"아, 물러지지. 젊은 시절에는 뭔가를 굳게 지키려고 하는데, 살다 보면 물러지는 거야."

"남자 친구랑 결혼할 거야, 몰리?" 내가 물었다. 몰리가 좀 이상했다. 평소답지 않았다. 명랑하기보다 슬기로워 보였다.

"그럴 것 같아."

"그 사람을 사랑해?"

"결혼하고 10년 지나면 말해줄게."

"몰리! 어쩜 그렇게 지각 있어?" 몰리는 내게 살아가는 법을 가르쳐줄 수 있을 것 같았다. 그렇게 지각 있는 몰리를 보자 나 자신이 부끄러웠다. 몰리는 힘들게 살아가면서도 전혀 자기 연민에 빠지지 않았고, 나처럼 신세 한탄도 하지 않았다.

"그럴 수밖에 없었지. 내가 아홉 살 때 엄마가 돌아가셔서 어린 동생 둘을 내가 키워야 했으니까."

"사고로 돌아가시지 않았어?" 몰리의 어머니가 불에 타 죽었다는 그런 끔찍한 이야기를 들은 적이 있었다.

"맞아. 불에 타서 돌아가셨지." 몰리가 말했다.

"어쩌다가?" 해서는 안 될 질문이었지만 묻고 말았다.

"6시가 다 되었는데 아직 감자는 안 익었고 집안 남자들이 돌아오고 있었어. 길 아래쪽에서 수레가 굴러오는 소리가 들렸거든. '이런, 불을 올려야겠다.' 엄마가 그러면서 불에 등유를 부었는데, 불길이 얼굴 쪽으로 확 솟으면서 2초 만에 엄마가 불길에

휩싸였어. 내가 우유 한 통을 들이부었지만 소용이 없었지." 몰리
는 이런 이야기를 하면서 울지도 않았고 감정이 북받치지도 않았
다. 그렇게 담대한 몰리가 부러웠다.

"차 끓이자." 무릎을 꿇고 앉았던 몰리가 일어나며 말했다.

"오늘 차를 더 마시면 아마 목구멍까지 올라올 거야." 난 그렇
게 말하면서도 몰리와 함께 주방으로 내려가 차를 끓였다. 곧 마
사가 들어왔다. 나중에 브레넌 아저씨가 돌아오자 마사는 아저씨
의 머리를 감겨주려 함께 2층으로 올라갔다. 두 사람이 화장실에
서 웃고 떠드는 소리가 들렸고, 그 앞을 지나가면서 보니 마사가
양손으로 수건을 잡고 아저씨의 짧고 검은 머리칼을 빠르게 비벼
대고 있었다. 욕조에 걸터앉은 아저씨는 머리를 마사의 배에 묻
고는 두 팔로 마사의 엉덩이를 감싸안고 있었다. 그렇게 다정한
두 사람의 모습을 보니 무척 기뻤다.

두 사람은 행복해질지도 몰라. 나는 그렇게 생각했고, 그렇게
되기를 바랐다. 부부가 서로 안고 있는 모습을 보니 왠지 창피하
기도 했지만. 아빠와 엄마는 한 번도 그런 적이 없었기 때문이다.

방에 들어가자마자 난 소리를 꽥 질렀다. 바바가 얼굴에 하얀
색 진흙을 덕지덕지 바르고 침대 위에 널브러져 있었다.

"악!" 내가 비명을 내지르자 무슨 일인가 싶어 몰리가 뛰어 올
라왔다.

"하여튼 넌 구제 불능 반푼이야." 바바가 말했다. "더블린에 가

기 전에 프랑스식 진흙 팩을 하는 거라고. 들어본 적 없어?" 그렇게 묻는 바바의 말투가 어색했는데, 입가에 진흙을 발라 입을 제대로 움직일 수 없어서였다.

"없어." 내가 퉁명스럽게 말했다. 그런 식으로 바보 취급당하는 게 싫었다.

"제대로 된 반문이라니까." 바바는 그렇게 말하며 침대에서 몸을 일으킨 뒤, 젖은 스펀지와 물그릇이 놓인 화장대로 손을 뻗었다.

"네 부모님 사이가 아주 좋아지셨네." 내가 바바에게 속삭였다.

"그러니까. 엄마가 정신 차리지 않으면 애가 생기든지 뭔 일이 날 거야."

"그럼 싫어?" 내가 물었다.

"끔찍해. 당연히 싫지. 온 동네 웃음거리가 될 거라고. 노먼 스펄딩이 뭐라고 하겠어?" 노먼 스펄딩은 은행 지점장 아들로, 바바가 만나는 애였다. 더블린으로 떠날 때까지 며칠 동안만. 바바는 어차피 고향 마을의 남자아이들은 다 어린애라 아무 쓸모가 없다고 말했다. 나도 방학 동안 몇 명 만난 적은 있지만, 데이트 시간이 따분했고 상대가 내 손을 잡으면 역겨웠다. 젠틀먼 씨에게 달려가고 싶은 마음뿐이었다. 어린 남자아이들보다 그가 훨씬 멋있었다.

그 주 내내 우리는 더블린으로 떠날 준비를 했다.

떠나기 전날, 몇몇 사람에게 작별 인사도 하고 꼬리표도 살 겸 읍내로 나갔다.

시장 건물에 돼지 장이 서 있었다. 상점 바깥에 붉은색 이탄 바구니가 실린 수레들이 서 있었고, 지푸라기를 깐 바구니 안에서 분홍색 새끼 돼지들이 꽥꽥거리고 있었다. 돼지들은 거기서 빠져나가려고 꿀꿀거리며 바구니 구멍으로 코를 내밀었다.

그날도 세찬 바람이 부는 험한 날씨였다. 거리에 먼지와 지푸라기와 종잇조각들이 바람에 휘날렸다. 시골 장마다 가득한 기분 좋은 냄새들도 바람에 실려 왔다. 방금 생긴 동물 똥 냄새, 동물들의 훈훈한 냄새, 낡은 옷 냄새와 담배 냄새 같은.

바람이 농부들의 두꺼운 외투 속을 파고 들어가 펄럭거려서, 다들 마치 폭풍우를 맞으며 서 있는 듯한 모습이었다. 가격을 두고 언쟁을 벌이고, 손바닥에 침을 퉤 뱉고 다시 언쟁을 이어가는 모습은 사나워 보였다.

잭 홀랜드의 가게에서 두 남자가 나왔다. 그들이 잠깐 문을 잡고 선 사이 시끌벅적한 소리와 담배 연기도 따라 나왔고, 그 소란과 술 냄새를 맡고 다른 남자들이 서둘러 안으로 들어갔다. 산에서 온 아이들이 주변에 서서 당나귀를 돌보며 아버지를 기다리고 있었다. 그 애들은 몸에 비해 너무 큰 옷을 입고 얼빠진 표정을 하고 있었다. 커다란 눈으로 무엇이든 빼놓지 않고 주시했는데, 녹색 펌프에서 물을 받아 가려고 집에서 양동이를 들고 나와 길을 건너는 여자들을 눈으로 좇았다. 산 아이들은 지저분한 마을 여자들을 놀라서 쳐다보았고, 마을 여자들은 마을 사람들이 가난한 산마을 사람들에게 보이는 경멸감을 내보이며 아이들을 쳐다보았다.

빌리 투이가 작은 시장 건물 밖에서 커다란 저울로 돼지 무게를 달고 있었다. 돼지들은 벗어나려고 꽥꽥거리며 난리였다. 시커먼 먹구름이 몰려오며 사위가 컴컴해졌다. 다들 비가 오겠다고 말했다.

난 꼬리표를 산 뒤 잭에게 작별 인사를 했다. 가게에 손님이 가득해서, 날 따로 불러내 속삭거릴 짬이 없었다. 다행히.

이 오래된 마을을 떠나는 게 아쉽지 않았다. 지쳐빠지고 늙은, 바스러지고 무너져가는 죽은 마을이었다. 가게들은 칠을 새로 해야 했고, 위층 창턱의 제라늄은 내가 어렸을 때보다 그 수가 줄어들었다.

그 이후 시간은 순식간에 지나갔다. 우리는 또다시 작별 인사를 했고 마사는 울었다. **우리는** 늘 어딘가로 가는데 자기 삶은 정체되어 있다는 기분이 드는 모양이었다. 삶이 마사를 지나쳐 갔고, 그렇게 그녀를 속였다. 그녀는 겨우 마흔 살이었는데.

우리는 **금연**이라고 적힌 삼등석 칸에 자리를 잡았고 기차는 칙칙폭폭 더블린을 향해 나아갔다.

"세상에, 담배 피울 수 있는 칸은 어디야?" 바바가 물었다. 브레넌 아저씨가 우리를 기차에 태워줬는데, 우리는 각자 손가방에 담배 한 팩씩을 가지고 있다는 사실은 알리지 않았다.

"찾아보자." 내가 말했다. 우리는 키득거리면서, 낯선 승객들에게 '어쩌라고' 식의 표정을 보이면서 통로를 따라 걸어갔다. 내 생각에 우리가 대도시에 도전적으로 맞서는 들뜬 시골 소녀들의 삶을 시작한 것이 바로 그 순간이었던 것 같다. 우리를 본 사람들은 마치 우리가 발가벗고 있다는 사실을 막 알아차리기라도 한 듯 시선을 돌렸다. 하지만 우리는 개의치 않았다. 우리는 젊었고, 우리 생각에는 예뻤으니까.

바바는 작고 마른 몸을 가졌고, 남자아이처럼 짧은 머리에 유혹하는 듯한 곱슬머리가 이마 위로 내려와 있었다. 앙증맞은 모습이라, 남자라면 두 팔로 반짝 안아서 들고 갈 수도 있었다. 하지만 난 어리둥절한 표정에 키가 크고 행동이 어설펐고, 적갈색 머리칼은 덥수룩했다.

"셰리나 사과주나 뭐라도 마시자." 바바가 몸을 휙 돌려 나를 마주 보며 말했다. 가무잡잡한 피부 때문에, 미소 짓는 바바를 보면 나는 견과류나 적갈색 사과 같은 가을의 사물들이 떠올랐다.

"너 참 예쁘다." 내가 말했다.

"넌 아주 멋져." 답례로 바바가 말했다.

"넌 그림 같아." 내가 말했다.

"넌 리타 헤이워스* 같아." 바바가 말했다. "내가 종종 하는 생각이 뭔지 알아?"

___

* 미국의 배우이자 댄서.

"뭔데?"

"네가 화장실을 못 쓰게 했던 그날, 수녀님들이 종일 어떻게 했을까 하는 생각."

수녀원 이야기에 콧속에서 희미한 양배추 냄새가 느껴졌다. 학교 구석구석 스며 있던 그 냄새.

"참느라고 얼마나 힘들었겠어." 바바가 그렇게 말하고는, 망아지가 울듯 마구 깔깔거렸다.

기차가 급하게 방향을 트는 바람에 우리는 근처 좌석으로 쓰러졌다. 바바는 깔깔 웃고 있어서 내가 맞은편 남자에게 미소를 지었다. 하지만 그는 졸고 있어서 보지 못했다. 우리는 자리에서 일어나, 칙칙한 벨벳을 씌운 좌석 사이 통로를 따라 걸어갔다. 곧 바에 다다랐다.

"셰리 두 잔이요." 바텐더의 얼굴에 대고 담배 연기를 뿜으며 바바가 말했다.

"어떤 종류로?" 그가 물었다. 그는 친절했고 담배 연기도 개의치 않았다.

"아무거나." 그가 술을 두 잔 따라서 카운터에 놓았다. 셰리를 마시고 내가 또 사과주를 샀다. 높은 의자에 앉아 흔들거리다 보니 우리는 약간 취기가 올랐고, 차창 밖으로 쏜살같이 지나가는 들판 위로 비가 내리는 풍경을 내다보았다. 하지만 약간 취했으므로 눈에 들어오는 것이 많지 않았고, 빗방울은 우리 몸에 닿지 않았다.

14

우리는 6시가 되기 전에 더블린에 도착했다. 날이 아직 환했다. 가방을 들고 플랫폼을 가로지르다가 잠깐 멈춰 서서 사람들이 지나가길 기다렸다. 살면서 그렇게 많은 사람을 본 건 처음이었다.

바바가 택시를 불러 세워, 우리가 살 집의 주소를 알려줬다. 우리 트렁크에 달린 꼬리표에 주소가 적혀 있었다. 신문에 난 광고를 보고 구한 집으로, 집주인은 외국인이었다.

"세상에, 캣, 이런 게 사는 거잖아." 바바가 뒷자리에 편안히 자리를 잡고 손거울을 꺼내 들여다보며 말했다. 앞머리 몇 가닥을 이마로 내렸는데, 한쪽 눈썹 위로 떨어지는 모습이 보기 좋았다.

그날 택시를 타고 달렸던 거리에서 기억나는 것은 아무것도 없다. 모든 거리가 너무 낯설었다. 6시가 되자 어느 성당에선가 종이 울렸고, 시내 곳곳의 성당에서 울리는 다른 음의 다른 종소리들이 그 뒤를 따랐다. 서로 다른 종소리가 섞여들며 신선한 봄날 저녁과 조화를 이루었고, 그 소리에서 특별한 위안이 느껴졌다. 난 벌써 이곳이 좋아졌다.

가는 길에 성당 하나를 지나쳤는데, 오후에 내린 비로 검은 돌이 여전히 젖어 있었다. 도로에는 물기가 없었는데도. 상점 진열창의 옷을 하도 열심히 쳐다봤더니 어지러웠다.

"세상에, 저기 진열창에 걸린 화려한 드레스 좀 봐. 저기, 기사님." 바바가 몸을 앞으로 숙이며 소리쳤다.

택시 기사가 돌아보지도 않은 채 앞좌석과 뒷좌석 사이의 여닫이 창문을 열었다.

"뭐라고 했남?" 그의 말에는 코크주*(州) 사람들 특유의 노래하는 듯한 억양이 있었다.

"코크주 출신이에요?" 바바가 킬킬거리며 물었다. 기사는 못 들은 척하며 창문을 닫아버렸다. 곧 차를 왼쪽으로 꺾어 대로를 따라 내려가니 목적지에 도착했다. 우리는 택시에서 내려 반씩 돈을 냈다. 팁을 줘야 한다는 사실은 전혀 몰랐다. 택시 기사가 우리 트렁크를 대문 근처 보도에 놓아주었다. 철책에 오토바이 한 대가 기대어 있었고, 철책 안에는 작은 사각형 모양의 깎은 잔디 사이로 좁은 콘크리트 길이 이어졌다. 잔디와 길 사이에 양편으로

---

* 아일랜드 남부의 주.

길쭉한 화단이 있었고 누르스름한 스노드롭 몇 송이가 축축한 진흙 속에서 시들어가고 있었다. 2층짜리 붉은 벽돌집으로, 아래층에 내닫이창이 있었다.

바바가 크롬 쇠고리로 문을 되바라지게 두드리면서 동시에 초인종도 울렸다.

"오, 바바, 성마르게 그러지 마."

"물러터진 겁쟁이 같은 소리 집어치워." 바바가 내게 한쪽 눈을 찡긋하며 말했다. 이마로 내린 몇 가닥 머리칼이 난봉꾼처럼 보였다. 신발 흙긁개 옆에 우유병들이 있었다. 누군가 현관으로 나오는 소리가 들렸다.

문이 열리면서 알이 두꺼운 안경을 쓴 여자가 우리를 맞았다. 갈색 니트 드레스를 입고 털이 북슬북슬한 회색 뜨개 스타킹을 신고 있었다.

"아, 어서 와요." 그녀가 그렇게 말하며 위층을 향해 소리쳤다. "구스타프, 하숙생 왔어."

현관 옷걸이에 흰색 비옷과 색색의 우산이 있었는데, 그걸 보니 모리아티 선생님이 로마에서 보내준 엽서가 떠올랐다. 우리는 외투를 벗었다.

집주인은 작달막했고, 몸피는 식당 문간에 꽉 들어찰 만큼 컸다. 엉덩이는 산처럼 불룩 솟아, 유머 엽서에 등장하는 여자의 엉덩이 같았다. 우리는 그 뒤를 따라 식당으로 들어갔다.

호두나무 가구들이 잔뜩 놓인 작은 방이었다. 한구석에 피아노가 있고 피아노 옆에는 액자를 올려놓은 식기장이 있었고, 그 맞은편으로는 도자기 그릇장이 있었다. 유리잔, 찻잔, 머그잔 그리고 온갖 기념품이 빽빽이 들어차 있었다. 중년의 대머리 남자가 식탁에 앉아 삶은 달걀을 먹고 있었는데, 한 손에 달걀을, 다른 손으로 숟가락을 들고 파먹고 있었다. 먹으면 안 되는 걸 먹는 사람처럼 달걀을 무릎에 얹고 있는 모습이 무척 우스웠다. 그는 외국인 억양으로 우리에게 인사를 건네고는 다시 차를 마셨다. 잘생긴 편은 아니었다. 미간이 너무 좁아서 왠지 신뢰하기 힘든 인상이었다.

우리는 식탁에 앉았다. 둥근 식탁에는 가장자리에 술이 달린 녹색 벨벳 식탁보가 깔려 있었고, 한가운데 놓인 화병에는 색색의 영원히 시들지 않는 아네모네가 꽂혀 있었다.

그 방의 어떤 면모 때문에 엄마와 예전 우리 집이 떠올랐다. 벨벳 식탁보나 물건이 잔뜩 들어찬 그릇장 때문일 수도 있고, 특정한 시기의 가구 때문일 수도 있었다.

집주인이 익힌 햄과 버터 바른 빵을 담은 작은 접시 두 개와 잼이 담긴 작은 그릇을 가지고 들어왔다.

"구스타프!" 집주인이 식당에 들어오면서 다시 소리쳐 불렀다. 난 그녀가 약간 무서웠다. 말투가 사납고 강압적이었다.

"아주 맛있어. 내가 직접 만든 수제 잼이지." 그녀가 화려한 숟가락을 잼에 집어넣으며 말했다.

우리는 걸신들린 듯 순식간에 먹어치웠고, 빵 접시를 다 비우고는 서로 마주 본 뒤 맞은편의 대머리 남자를 바라보았다. 그는 식사를 끝내고 외국 신문을 읽고 있었다.

"요아나." 그가 부르자 집주인이 꽃무늬 앞치마에 손을 닦으며 들어왔다. 남자가 외국어로 뭐라고 말했다. 아마 빵을 더 가져오라는 말인 것 같았다.

"*마인 고트* 세상에나! 시골 아가씨들이 식욕이 엄청나구먼." 여자가 허공으로 두 손을 들어 올리며 말했다. 살집이 있고, 일을 많이 해서 거칠어진 손이었다. 결혼반지와 영원반지를 끼고 있었다. 불쌍한 구스타프.

여자가 나가고 남자는 다시 신문을 읽었다.

바바와 나는 남자가 영어를 알아듣지 못할 거라고 확신했다. 그래서 빵을 기다리는 동안 바바는 잠깐 마임을 했다. 내게 몸을 숙여 인사하며 떨리는 목소리로 간청했다. "오, 성스러운 여인이시여, 내게 포도주를 건네주시겠습니까?" 난 바바에게 식초병을 건넸다.

"찻주전자 덮개를 머리에 써봐." 바바가 그렇게 말하고는 나를 '최고 부인'으로 명명했다. 그러더니 목소리를 다르게 해서 이렇게 애원했다. "오, 최고 부인이시여, 내게 크림을 건네주시겠습니까?" 난 우유 단지를 건네주었다. 그러자 바바는 신문 뒤에 가려진 남자를 돌아보더니 이렇게 말했다. "이봐요, 대머리 설사 양반, 내게 버터를 건네주겠습니까?" 그러곤 우리가 소리 없이 웃고 있는데, 신문 뒤에서 손이 쑥 나오더니 빈 버터 그릇을 바바 쪽으로 천천히 밀었다. 우리는 웃음을 터뜨렸고, 그의 손이 떨리는 것을 보았다. 남자도 웃고 있었던 것이다. 시작이 좋았다.

요아나가 빵 두 조각과 작은 조각 케이크를 가지고 들어왔다. 두 가지 색의 케이크로, 반은 노란색, 반은 초콜릿색이었다. 엄마는 그걸 마블케이크라고 불렀는데 요아나는 다른 이름으로 불렀다. 기가 막히게 잘라서, 각 조각은 한입에 들어갈 양밖에 되지 않았다. 건너편 남자는 두 조각을 받았다. 바바는 빨리 먹으라며 식탁 아래에서 나를 발로 찼다. 바바의 양 볼이 불룩했다.

구스타프가 들어왔고 우리는 자리에서 일어나 그와 악수했다. 얼굴이 창백하고 눈은 교활해 보이는 자그마한 남자였는데, 그는 미안해하며 빙그레 웃었다. 손이 하얗고 섬세해 보였다.

"아니에요, 숙녀분들, 그냥 앉아 있어요." 그가 공손하게, 지나치게 공손하게 말했다. 난 요아나가 더 마음에 들었다. 숙녀분들이라는 말에 신이 난 바바는 특유의 달콤한 미소를 지어 보였다.

"저녁 내내 면도를 하다니. 새 셔츠는 왜 꺼내 입었어?" 그의 셔츠와 조끼 위쪽을 주의 깊게 바라보며 요아나가 물었다. 그는 동네 술집에 갈 거라고 대답했다.

"잠깐 놀다 올게, 요아나." 그가 말했다.

"*마인 고트!* 털 뽑아야 하는 닭이 두 마리나 있는데, 안 도와주는 거야?" 그의 얼굴에서는 한시도 미소가 사라지지 않았다.

"멋져, 멋진 숙녀분들이야." 그가 우리를 가리키며 말했고, 바바는 속눈썹이 팔락이도록 눈을 마구 깜박거렸다.

"아, 그래, 그렇지. 먹어, 어서 먹어." 요아나가 우리 존재를 깨닫고는 불쑥 말했다. 하지만 이미 싹 먹어치워서 먹을 게 없었다.

내가 접시를 한곳에 쌓으며 식탁 정리를 시작하자 바바가 내 귀에 대고 속삭였다. "맙소사, 이런 일은 일단 하기 시작하면 밤낮으로 계속해야 할 거야. 부엌데기가 되는 거라고." 난 바바의 충고에 따라 그 애와 함께 침실로 올라갔다. 구스타프가 우리 트렁크를 침실에 가져다 놓았다.

거리가 내다보이는 작은 방이었다. 바닥에는 밤색 장판이 깔려 있었고, 천장에 매달린 전구에는 구슬 장식이 달린 갓을 씌웠다.

난 도시가 어떻게 생겼는지 보고 도시 공기 냄새도 맡아보려고 열린 창문 쪽으로 갔다. 아래쪽에서 아이들이 사방치기 놀이를 하고 있었다. 한 남자아이가 하모니카를 입에 대고 마음 내키는 대로 불었다. 위쪽의 나를 발견하고는 다들 올려다보았다. 제일 큰 애가 내게 몇 시냐고 물었다. 난 담배를 피우고 있었고 못 들은 체했다. "저기요, 몇 시냐고요. 물이 어는 온도는 0도잖아요, 그럼 끌어안는 온도는 몇 도게요?"

화장대 앞에 앉은 바바가 웃는 소리가 들렸다. 내게 제발 안으

218

로 들어오라고, 안 그러면 쫓겨나겠다고 했다. 아주 재밌는 녀석이라며 친해져야겠다고도 했다.

빈 옷장이 있었지만 깜빡하고 옷걸이를 가져오지 않아서 옷을 걸 수가 없었다. 그래서 방 한구석에 있는 커다란 소파에 옷을 걸쳐놓았다.

아래쪽 대문에서 오토바이 시동 거는 소리가 나더니, 굉음과 함께 대로를 달려 사라졌다. 구스타프가 가버린 것이다.

옆방에서 한 남자가 바이올린을 연주하기 시작했다.

"맙소사." 바바는 그 말만 하고는 손으로 귀를 막았다. 그렇게 귀를 막고 욕을 하며 방 안을 돌아다니는데 요아나가 문을 두드린 뒤 들어왔다.

"헤르만인데, 연습을 해." 바바가 엄지손가락으로 옆방을 가리키자 요아나가 빙그레 웃으며 말했다. "재능 뛰어난 음악가. 음악 좋아해?" 그러자 바바는 음악 정말 좋아한다고, 그래서 웬 남자의 바이올린 연주를 들으려고 더블린까지 이 먼 길을 왔다고 대답했다.

"오, 좋아. 잘됐네. 아주 좋아." 그에 바바는 요아나가 제정신이 아니라는 손동작을 내게 해 보였다. 난 여전히 짐을 푸는 중이었고, 요아나가 다가와 내 옷들을 들여다보았다. 아버지가 부자냐고 내게 묻자 바바가 나서서 백만장자라고 대답했다.

"백만장자?" 두꺼운 안경알 뒤의 눈동자가 휘둥그레지는 게 보였다.

"그럼 하숙비를 너무 싸게 받는 거네?" 요아나가 활짝 웃으며 말했다. 그 웃는 모습은 볼썽사나웠다. 둔하고 멍청해서 상대가 질색하게 만드는 미소였다. 어쩌면 안경 때문일지도 몰랐다.

"아니, 너무 고가지." 바바가 말했다.

"고가? 달링? 클라인? 무슨 말인지 모르겠어."*

"아니, 값이 비싸다고." 내가 머리를 리본으로 잡아 묶으며 말했다. 거울을 보기 전이었지만 내 얼굴이 예뻐 보이기를 바랐다.

"행복해?" 우리가 떠날까 봐 갑자기 걱정이 되어 문득 불안해진 요아나가 물었다.

"행복해." 내가 대표로 말했고, 요아나가 활짝 웃었다. 난 그녀가 좋았다.

"선물 줄게." 그녀가 말하고는 방을 나갔고 우리는 놀라서 서로 마주 보았다.

요아나는 노르스름한 액체가 담긴 병과 엄지손가락만 한 크기의 잔 두 개를 가지고 돌아왔다. 고향에서라면 약사가 약의 양을 재는 용도로 가지고 있을 법한 잔이었다. 요아나가 걸쭉한 노란색 액체를 두 개의 잔에 따랐다.

---

*   바바가 값이 비싸다는 표현으로 dear라는 단어를 사용해서 뜻을 이해하지 못한 것이다.

"너희 건강을 위해. 자!" 그녀가 말했다. 우리는 그것을 입술에 대보았다.

"좋아?" 우리가 맛을 보기도 전에 그녀가 물었다.

"좋아." 나는 거짓으로 대답했다. 달걀 맛과 함께 독한 술맛이 느껴졌다.

"내 거." 그녀가 튼튼한 가슴에 손을 갖다 대며 말했다. 딱히 유방이라 할 만한 것은 없었다. 떡 벌어진 탄탄한 가슴팍일 뿐.

"대륙에서 우리는 직접 만들어. 파티든 뭐든 각자 직접 만들지."

"신이여, 우리를 대륙에서 보호하소서." 바바가 내게 아일랜드어로 말하며 미소를 지었고, 그러자 양 볼에 보조개가 나타났다.

난 방이 아늑해 보이도록 영양 크림과 '파리의 저녁' 향수를 탁자 위에 놓았드랬는데, 요아나가 다가와서는 감탄했다. 그녀는 크림 뚜껑을 열어 냄새를 맡았다. 향수 냄새도 맡아봤다.

"좋네." 탁한 파란색 향수병을 여전히 코에 댄 채로 그녀가 말했다.

"좀 뿌려봐." 술에 대한 답례를 해야 할 것 같아 내가 말했다.

"비싸? 비싼 거야?"

"몇 파운드 하지." 술잔에 얼굴을 박고 히죽거리며 바바가 말했다. 요아나를 놀리려고 그러는 것을 알 수 있었다.

"몇 파운드라니. *마인 고트!*" 요아나는 금속으로 된 마개를 다시 돌려 닫고는 재빨리 병을 내려놓았다. 혹시 깨뜨리면 어쩌나 싶어서.

"내일 조금만 뿌려볼게. 내일 일요일이라. 너희 가톨릭 신자야?"

"응. 당신도?" 바바가 물었다.

"응. 하지만 우리 대륙은 너희 아일랜드처럼 엄격하진 않아." 그러면서 별 관심은 없다는 듯 어깨를 으쓱해 보였다. 니트 드레스는 밑단이 고르지 못해서 양옆이 늘어져 있었다. 요아나가 방을 나갔고, 계단을 내려가는 소리가 들렸다.

"캣, 우리 뭐 할까?" 바바가 침대에 대자로 누워 물었다.

"글쎄. 고해성사하러 갈까?" 토요일 저녁이면 보통 고해성사를 했기에 그렇게 말했다.

"고해성사라니. 맙소사, 그렇게 따분한 소리 하지 마. 시내에 가자. 와, 천국이잖아?" 바바는 발을 허공으로 한 번 차더니 셔닐 침대보 아래 놓인 베개를 끌어안았다.

"가진 건 다 걸쳐봐. 춤추러 갈 거니까." 바바가 말했다.

"벌써부터?"

"세상에, 벌써부터라니! 빨리 가야지, 그 감옥에 3000년은 갇혀 있었는데."

"길도 모르잖아." 난 춤에 별로 흥미가 없었다. 전에 춤추다가 남자아이 발가락을 밟은 적도 있고, 방향을 바꾸는 것도 잘 못했다. 바바는 환상적으로 춤을 잘 추어서, 볼이 발갛게 달아오르고 머리가 사방팔방으로 휘날릴 때까지 한없이 돌고 또 돌았다.

"내려가서 살찐 엉덩짝 부인에게 네 우아한 영어로 말해봐."

"그런 안 좋은 말을." 난 애석한 표정을 보이며 말했다. 젠틀먼 씨가 가장 좋아하는 표정이었다.

"맙소사, 그 사람 얼간이잖아, 안 그래? 그 늙은 엉덩짝이 금방이라도 툭 떨어질 것만 같다고. 일부러 붙여놓은 것 같다니까."

"쉬, 쉬." 내가 말했다. 옆방에서 바이올린 소리가 멈췄으므로 그에게 우리 말소리가 들릴까 겁이 났다.

"내려가서 물어봐. 쉬쉬거리는 건 그만두고."

요아나는 주전자를 들고 죽은 로드아일랜드레드종 닭에 김이 펄펄 나는 물을 붓고 있었다. 닭이 흠뻑 젖자 그녀는 털을 뽑기 시작했다. 난 부엌에 서서 그 모습을 바라보고 있었는데, 라디오에서 춤곡이 흘러나오고 있어서 그녀는 내가 들어오는 소리를 듣지 못했다.

죽은 닭을 보자 집에서 먹던 일요일 저녁 식사가 떠올랐다. 토요일 아침이면 히키가 닭 목을 비튼 뒤 뒷문 바깥에 놓아두었다. 닭은 죽은 뒤에도 움직일 것처럼 한참을 꿈틀거렸다. 황소눈은 닭이 살아 있는 줄 알고 닭을 향해 짖으며 쫓아버리려 했다.

"마인 고트! 놀라 자빠지는 줄 알았네." 한 손에 닭을 들고 몸을 돌리던 그녀가 내뱉었다. 난 정말 미안하다고 사과한 뒤, 시내로

가는 길을 물었다. 그녀가 길을 알려주었지만 워낙 설명이 뒤죽
박죽이라 가다가 사람들에게 다시 물어야 할 것 같았다.

위층에 올라가니 바바는 화장실에 있었다. 바바가 없는 방은
텅 비고 생기가 없었다. 바깥의 대로에는 어둠이 깔렸다. 아이들
은 집으로 돌아갔고 거리는 쓸쓸했다. 바람에 날린 아이 손수건
하나가 하숙집 철책의 뾰족한 끝에 걸려 있었다. 너른 평지인 도
시를 가로질러 집들이 사방팔방 뻗어갔고, 교회 첨탑이나 10층,
20층짜리 아파트가 그 사이사이에 자리 잡았다. 저 멀리로는 구
름을 꼭대기에 얹은 산이 흐릿한 갈색 형체로 보였다. 사실 산까
지는 아니고 언덕이었다. 완만하고 인상적인 언덕들.

그곳을 내다보고 있자니 춥고 어두운 밤에 새끼 양들이 태어났
던 일이나 양 목장 주인들이 느릿느릿 언덕을 걸어 내려가던 일
이 생각났다. 그다음에는 양치기들이 개와 함께 불 앞에 늘어져
서는, 다시 들판에 나가 살을 에는 바람과 맞서기에 앞서 한 시간
정도 눈을 붙이던 일이 생각났다. 우리 농장은 산에 있지 않고 산
에서 7~8킬로미터 떨어져 있었다. 한번은 히키가 나를 자전거 가
로대에 태워 산으로 데리고 갔다. 히키는 내 엉덩이가 아프지 않
도록 가로대에 쿠션을 놓고 나를 앉혔다. 양치기 개를 구하러 간
것이었다. 새끼 양이 태어나는 초봄이라 바람을 맞고 선 새끼 양
들의 애절한 울음소리가 들려왔다. 우리는 원하던 양치기 개를
찾았다. 지푸라기 깔린 상자 속에 잠들어 있던, 한 손에 들어올 만

큼 자그마한 바둑이. 그 강아지가 커서 황소눈이 되었다.

"나랑 왈츠 추러 가겠소, 마틸다. 왈츠를 추러, 마틸다." 바바가 뒤에서 노래를 부르며, 왈츠를 추자고 나를 끌어당겼다.

"대체 뭔 생각에 그렇게 빠져 있는 거야?" 바바는 물었지만 내 대답을 기다리진 않았다.

"기막히게 좋은 생각이 떠올랐어. 이름을 바꿔야겠어. 바버라로. '바우브라' 이렇게 발음하는 거야. 끝내주지 않아? 넌 그 망할 가게에서 일해야 하니 유감이지 뭐야. 우리 스타일 구기겠어." 바바가 생각에 잠겨 말했다.

"왜?"

"아니, 촌놈이란 촌놈은 다 망할 식료품점에 있으니까. 누가 물어보면 넌 대학생이라고 하자."

"하지만 누가 물어본다고?"

"남자들이지. 우리 주변에 바글바글할 테니까. 그리고 단단히 말해두는데, 내가 찜한 남자 건드렸다간 가만 안 둘 줄 알아."

"안 그럴게." 난 그렇게 말하면서, 내 블라우스의 넓은 소맷자락에 감탄하며 빙그레 웃었다. 젠틀먼 씨가 그 소매를 알아보려나, 그와 부인은 언제 돌아오려나 궁금했다.

"네 담배, 네 담배." 내가 바바에게 말했다. 바바가 담배를 침대 협탁 위에 놓아두어서 가장자리에 탄 자국이 생겼다. 나무 타는 냄새도 났다.

"*마인 고트!* 무슨 짓이야?" 요아나가 노크도 없이 벌컥 문을 열고 들어왔다.

"제일 좋은 협탁인데, 내 협탁." 요아나가 달려가 탄 자국을 들여다보며 말했다. 난 겁에 질려 얼굴이 새빨개졌다.

"아가씨들, 여기서는 금연이야." 그녀가 말했다. 담배를 벽난로에 던져 넣는 그녀 눈에 눈물이 어렸다.

"재떨이가 필요해." 바바가 말하고는 작은 대나무 협탁을 쳐다보다가 무릎을 꿇고 그 아래를 들여다봤다.

"어차피 쓸모도 없어. 온통 벌레 먹었네." 바바가 요아나에게 말했다.

"무슨 소리야?" 금방이라도 폭발할 것처럼 거친 숨을 몰아쉬며 요아나가 물었다.

"나무좀이 슬었다고." 바바가 그렇게 말하자, 요아나가 펄쩍 뛰면서 그럴 리가 없다고 했다. 하지만 결국 바바가 이겼고 요아나는 협탁을 방에서 빼내 마당의 헛간으로 옮겼다.

"아가씨들, 제발 비싼 침대보 위에 눕지 마. 대륙에서 온 100퍼센트 셔닐 천이라고." 요아나가 애원하듯 말했고, 난 조심하겠다고 약속했다.

"이제 우리 방에 협탁이 없잖아." 요아나가 방을 나간 뒤 내가 바바에게 말했다.

"그래서 뭐?" 바바가 옷을 벗으며 물었다.

"진짜 좀먹었어?" 내가 물었다.

"내가 어떻게 알아?" 데오드란트를 겨드랑이에 뿌리며 바바가 말했다. 바바의 목은 내 목만큼 희지 않았고, 그래서 난 기분이 좋았다.

우리는 재빨리 외출 준비를 끝낸 뒤 네온사인이 휘황한 더블린의 환상의 나라로 갔다. 여름날 목초지보다 더 마음에 들었다. 불빛들과 얼굴들과 오가는 차들과 어디론가 급히 향하는 사람들의 엄청난 활력. 오렌지색 실크 옷을 입은 검은 낯빛의 여자가 곁을 스쳐 갔다.

"맙소사, 여기서는 속옷만 입고 다니네." 바바가 말했다. 그 여자의 어두운색 눈은 아주 커다랬고, 눈 아래 시커먼 그늘이 있었다. 사무치는 무언가를 찾아 밤과 군중 사이를 헤매는 듯했다. 그녀의 눈 밑 그늘과 고양이를 닮은 깎은 듯한 얼굴의 아름다움에 버금가는 무언가를.

"저 여자 아름답지 않아?" 내가 바바에게 물었다.

"땅속에서 파낸 것 같아." 바바는 그렇게 말하면서, 아이스크림집 유리창을 들여다보려고 길을 건넜다.

수위가 문을 연 채로 붙잡고 있었으므로 안으로 들어가지 않을 수 없었다.

우리는 커다란 아이스크림 두 개를 샀다. 얇은 초콜릿 조각으로 전체를 장식하고 복숭아와 생크림을 곁들인 아이스크림이었다. 우리 테이블 가까이에 놓인 금속 상자에서 노래가 흘러나왔다. 바바는 노랫가락에 맞춰 발로 바닥을 두드리고 어깨를 흔들었다. 나중에는 직접 기계에 동전을 넣고 같은 노래를 다시 틀었다.

"세상에, 드디어 사는 것 같다." 바바가 말했다. 그 애는 다른 테이블에 괜찮은 남자아이들이 있나 둘러보았다.

"좋네." 내가 말했다. 진심이었다. 바로 이런 곳에서 살고 싶었음을 이제 깨달았다. 나는 언제까지나 군중과 불빛과 소음을 갈망하며 들썽댈 것이다. 아연도금한 닭장 지붕 위로 퍼붓는 쓸쓸한 빗소리나, 한밤중에 나무 아래에서 송아지를 낳느라 어미 소가 내뱉는 신음 같은 슬픈 소리들에서 벗어났다.

"춤추러 갈래?" 바바가 물었다. 난 발이 좀 아팠고, 바바에게 그렇게 말했다. 우리는 집으로 돌아갔다. 집 근처 가게에서 감자칩 한 봉지를 사서 걸어가며 먹었다. 머리 위 가로등은 섬뜩한 녹색이었다.

"맙소사, 너 폐병 환자 같아." 바바가 감자칩을 내게 건네며 말했다.

"너도 그래." 내가 말했다. 그러면서 우리는 예전에 배운 시 한 수를 생각해냈다. 우리는 큰 소리로 낭송했다.

그들이 문스터베일에서 그녀를 데려왔네,

그 깨끗하고 훈훈한 공기에서,
파란 눈에 황금색 머리칼을 지닌
오먼드 울린의 딸을.
그녀를 도시로 데려왔고
그녀는 천천히 시들어갔네,
파란 눈과 황금색 머리칼에게
폐병은 자비를 보이지 않으니까.

지나가는 사람들이 쳐다봤지만 젊은 우리는 신경 쓰지 않았다. 바바는 빈 감자칩 봉지를 입으로 불어 빵빵하게 만들었다. 그러곤 주먹으로 때리자 봉지가 요란한 소리와 함께 터졌다.

"이 도시를 다 날려버릴 거야." 바바가 말했는데, 더블린에 도착한 첫날 밤, 그 말은 진심이었다.

15

월요일 아침, 침실에 햇빛이 들어오도록 먼지 낀 크레톤 커튼을 걷으니 맑고 화창한 봄날이었다. 처음보다 잘 알게 되자 침실은 허름해 보였다. 장판은 닳아서 얇아졌고, 요아나는 오렌지 상자를 가져와 옆으로 세워서는 우리 침대 사이에 놓았다. 커튼과 어울리는 기다란 크레톤 천으로 덮었지만, 무엇으로 덮든 결국 오렌지 상자일 뿐이었다.

"아침 식사." 요아나가 문을 요란하게 두드리며 외쳤다. 바바는 아직 자고 있었다. 간밤에 늦게까지 춤추며 노느라 잠자리에 늦게 들었으니 대학 첫날 수업은 빼먹을 거라고 말했다. 방은 지저분했다. 바닥 여기저기 옷이 흩어져 있었고 화장대 위는 벌써 파우더 가루로 한 겹 덮여 있었다. 지저분한 방을 보니 좋았다. 우리는 이제 독립한 어른이라는 뜻이니까.

아래층에 내려가니 대머리 하숙생 헤르만이 다진 생고기 스테이크를 먹고 있었다.

"남자에게 좋아." 그가 빙그레 웃으며 말하고는 자기가 얼마나 건강한지 보여주려는 듯 가슴을 툭툭 쳐 보였다. 그는 아침저녁으로 운동을 했고, 그가 방 안에서 수를 세면서 팔다리를 허공으로 내지를 때 바바와 나는 문밖에서 그 소리를 들었다.

"달걀은 안 먹을래." 요아나가 달걀을 가지고 들어왔을 때 내가 말했다. 바바의 말에 따르면 도시의 달걀은 다 상해서, 위쪽을 잘라내면 십중팔구 안에 죽은 병아리가 있을 거라고 했다. 그래서 난 바바의 충고를 받아들여 모든 달걀을 향한 혐오감을 키웠다. 오래전 히키가 나를 위해 삶아주었던, 갈색 영계가 낳은 달걀에 대해서도 그랬다.

난 얼른 식사를 마치고 9시 직전에 집을 나섰다. 구스타프가 내게 행운을 빌어주고 문간까지 배웅했다.

"구스타프, 이리 와서 토스트 좀 봐." 요아나가 소리쳤고, 구스타프는 손을 흔들고는 아주 조용히 문을 닫았다.

식료품점은 걸어서 5분 거리였다. 보도를 따라 나무들이 서 있었고, 날은 온화했다. 가늘고 우아한 검은 자작나무 가지 끝에서 새순이 돋아나고 있었다. 새순은 연두색, 나뭇가지는 검은색이었다. 가느다란 나뭇가지가 바람에 흔들렸다. 굴뚝 위에 앉은 비둘기도 있었고, 경사진 잿빛 지붕 위를 자신감 있게 걸어 다니는 비둘기도 있었다. 오가는 차에도 신경 쓰지 않는 되바라진 비둘기들이었다. 어찌나 편안하고 기분 좋게 똥을 찍찍 싸대는지, 지켜보자니 재미있었다. 지금까지 비둘기를 그렇게 가까이서 본 적이 없었다.

내가 일할 가게는 쇼핑센터 내, 포목점과 약국 사이에 있었다.

톰 번스—식료품이라는 이름이 문 위에 적혀 있었고, 유리창에는 **수제 햄 전문**이라는 문구를 페인트로 삐뚤빼뚤 적어놓았다. 창가에 값비싼 비스킷 깡통들이 있었고, '크런치' 초콜릿 바를 먹는 여자애들의 포스터가 붙어 있었다. 건강한 치아를 지닌 멋진 여자애들.

난 긴장한 채 안으로 들어갔다. 갈색 콧수염을 기른 건장한 남자가 계산대 뒤에 서 있었다. 커다란 자루에서 설탕을 퍼서 종이 봉투에 넣고는 무게를 달고 있었다.

"새로 일하게 된 점원인데요." 내가 말했다.

"오, 어서 와요." 그가 그렇게 말하며 나와 악수했다. 난 그를 따라 가게 뒤편으로 들어갔다. 바닥에 종이 상자가 마구 흩어져 있었고 무척 지저분했다. 한 여자가 높은 스툴에 앉아 커다란 거래 원장의 계산서를 옮겨 적고 있었는데, 남자가 자기 부인이라고 소개했다. 그녀는 흰색 작업 가운을 입고 있었다.

"아, 잘 왔어요." 부인이 스툴을 빙 돌려 나를 마주 보며 말했다.

"참 어여쁘잖아요?" 부인이 남편에게 말했다. "5월의 꽃만큼이나 환영해요. 머리칼도 참 매력적이네." 그녀가 내 머리칼을 쓰다 듬었고, 난 감사하다고 했다. 가게 안에서 누군가 성마르게 동전으로 유리 계산대를 두드려서 번스 씨가 나갔다.

"빈 상자 있어요?" 이렇게 묻는 어린 목소리가 들렸다. 문을 나가는 가벼운 발소리가 들리는 걸 보니 번스 씨가 고개를 저었음이 틀림없었다.

번스 부인이 내게 미소를 지어 보였다. 창백하고 둥근 얼굴에, 눈은 나른한 연갈색이었다. 뚱뚱하고(요아나처럼 우스꽝스럽게 뚱뚱하지는 않았지만) 게을러 보였다.

"작업 가운은 가져왔니?" 그런 이야기를 못 들었다고 내가 말하자 그녀가 말했다. "오, 저런, 남편이 미리 얘기했어야 했는데. 얼마나 잘 까먹는지, 손님한테 돈 받는 것도 까먹는다니까."

난 그것 참 안됐다고 말하며 공감하는 표정을 지어 보이려 했다.

"저기, 두 집 건너에 포목상이 있거든. 잠깐 나가서 하나 사 오면 좋겠구나. 도일 부인에게 내가 보냈다고 말하고."

"지금 가진 돈이 없는데요." 내가 말했다. 전날 밤에 춤추러 가서 10실링을 다 써버렸기 때문이다. (입장료로 5실링, 외투를 맡기는 데 1실링이 들었고, 춤추다가 넘어진 뒤로 아무도 나와 춤을 추겠다고 나서지 않았으므로 탄산음료를 세 잔 마셨다. 난 반댄스를 추다가 넘어졌다. 상대의 신발에 걸려 넘어졌을 것이다. 여하튼 난 넘어졌고, 넘어지면서 플레어스커트가 휙 올라가 스타킹 가터 등이 다 드러났다. 바바는 모르는 사람인 양 고개를 돌렸고, 내 상대는 연주대 쪽으로 슬그머니 도망쳤다. 끔찍한 순간이었다. 난 일어나서 치마를 쓸어내리고는 위층으로 올라갔다. 그리고 발코니에 앉아서 내내 탄산음료만 마셨다. 아무렇지도 않은 척, 어차피 춤에 관심 없었던 척하려고 무진장 애를 썼다. 아래층에서 바바는 연분홍 불빛 아래에서 이리저리 날아다녔고, 천장에 매달려 그 나름의 음악에 맞춰 흔들리는 꽈배기 색종이 아래에서 남녀 수백 명이 볼을 맞대고 무도회장을 오르내리며 춤을 추고 있었다. 왈츠를 춘다는 것은 잊는다는 것이었고, 난 젠틀먼 씨가 어디에선가 불쑥 나타나서 이 기이하면서도 달콤한 긴긴밤 내내 나를 이끌어주었으면, 내 허리에 팔을 감고 내 귀에 대고 이런저런 말을 속삭여주었으면 하고 바랐다. 음악이 그쳐 여자들이 다시 자리로 돌아가고, 다음 음악이 시작되어 누군가 춤을 추자고 청하기를 기다릴 때도.)

"그러면 토요일에 주급 받을 때까지 기다리는 게 낫겠네." 번스 부인이 심술맞게 말했다. 가뜩이나 얇은 입술을 말아 넣어 입술이 없는 것처럼 보였다. 언짢았던 것이다.

번스 씨가 내게 차와 설탕 봉지 무게를 재라고 했고, 그다음에는 베이컨을 200그램씩 재라고 했다.

"톰, 난 이제 올라가서 침대 정리를 하고 햄을 불에 얹어놓을게요." 그의 부인은 그렇게 말하고 나간 뒤 오전 내내 모습을 보이지 않았다. 번스 씨는 선반에 콩 통조림과 렐리시병을 채웠고, 그러는 동안 내내 내게 말을 했다. 자기는 시골 사람이고 시골을 얼마나 좋아하는지 모른다고도 했고, 오래전 일요일마다 골웨이에서 헐링을 했을 때의 이야기도 했다. 까마득한 옛날이겠지. 내가 속으로 생각했다.

"매년 시골에 가. 작년에도 가서 이탄 걷는 일을 도왔다고." 그가 말했다. 바로 그때, 암갈색 이탄 방죽에서 덩어리를 떠내려고 히키가 삽을 꽂고 발을 얹던 순간의 장화가 눈앞에 떠올랐다. 삽을 이탄 방죽에 꽂으면 물이 찍 뿜어져 나와 늪지에 고인 시커먼 물웅덩이로 흘러 들어갔다. 늪지의 물웅덩이와 그곳에 핀 수련, 히키가 주전자 물을 끓이느라 모닥불을 피웠던 거무죽죽한 자리, 내 발목을 스치던 히스, 갈색과 자주색의 얼룩덜룩한 땅에 불쑥 솟아 있던 거대한 석회석 산마루도 떠올랐다. 히키가 이탄을 떠내거나 몇 개씩 모아 세우는 동안 나는 종종 석회석을 하나씩 밟으며 이리저리 돌아다니다 소택지까지 가곤 했다. 소택지 가장자리엔 부들이 띠를 이루어 자랐고, 특정한 때가 되면 부들 끝에 부드러운 갈색 머리가 달렸다. 그리고 다른 때는 수련잎 위로 꽃이 모습을 드러냈다. 접시처럼 평평한 녹색 잎 위로 꽃이 흔들거렸다. 남자들은 이탄을 캐느라 너무 바빴으므로, 누구도 그 예쁜 꽃을 보지 못했다. 골풀은 쓸쓸했다. 그 사이로 바람이 쏴 하고 지나갈 때면 물떼새 울음 같은 소리가 들렸고, 물떼새 소리는 빌리 투이가 저녁때 연주하는 일런 파이프 소리 같았다. 소택지의 가장 자리에는 포플러가 빙 둘러서서 바깥세상이 들어오지 못하게 막았다. 내가 고향을 벗어나서 가고 싶었던 세상. 그런데 이제 그 세상에 들어서자, 무엇보다 내 머리에 떠오르는 것이 바로 늪지의 그 풍경들과 시골 사람들 얼굴이었다.

"어머나, 죄송해요." 내가 말했다. 내가 백일몽에 빠져 있는 사이 설탕 자루가 쓰러져 설탕이 바닥으로 쏟아지고 있었다. 나무 바닥이 더러워 설탕을 다시 담을 수는 없었다. 번스 씨가 부엌에 가서 비와 쓰레받기를 가져오라고 했다.

부엌에서 번스 부인이 차를 마시고 있었다. 탁자 위에는 고급 비스킷 통이 뚜껑이 열린 채 놓여 있었다. 석탄 레인지 위에 얹힌 커다란 검은 냄비 안에서 햄이 부글부글 끓었다. 사과와 정향을 넣어 맛있는 냄새가 풍겼다.

"쓰레받기 가지러 왔어요." 내가 말했다.

"레인지 옆에 있어. 청소하는 거니?" 번스 부인의 눈이 반짝했다.

"아니요. 설탕을 엎질렀어요." 굳이 알릴 필요는 없었지만, 그날 밤 잠자리에서 남편에게 나에 대해 물으면 그가 말할지도 모르겠다 싶어 사실대로 말했다.

"아니, 저런, 얼마나?" 여자의 얼굴 표정이 변하며 다시 입술이 사라졌다.

"아주 조금이에요." 내가 달래듯 말했다.

"앞으로 조심해야 할 거야. 우리는 무엇이든 낭비하는 법이 없단다. 자, 앞으로 조심할 거지?" 낭비하는 법이 없다면서 그녀는 비스킷을 한껏 먹고 있었다.

"그럴게요." 내가 말했다. 난 그녀의 쇠기름처럼 허연 얼굴이 아니라 노란색 저지 드레스의 첫 단추를 보고 있었다. 값비싼 드레스였지만 얼룩투성이였다. 연필을 귀 뒤에 꽂고 있어서 흰머리가 있는 검은 머리칼 사이로 연필심이 보였다. 그녀는 쉰 살가량 되어 보였다.

오전 늦게 가사도우미가 왔다. 번스 씨가 내게 인사를 시켰다. 이름이 조였다. 자그마하고 야윈 여자로, 검은 외투와 바래서 녹색으로 변해가는 검은 모자를 쓰고 있었다. 그녀는 현관 복도 쪽으로 사라졌는데 기침 소리가 들렸다. 기침이 심했다. 나중에 내게 말해준 바로는 담배를 많이 피워서 그렇다고 했다.

11시에 배달 사환이 왔다.

"월리, 넌 또 늦었구나." 번스 씨가 벽에 걸린 철도 시계를 올려다보면서 말했다.

"어머니가 편찮으세요." 월리는 어머니를 어무이라고 발음했다.

그 애는 가슴팍 주머니에 머리빗과 하모니카를 꽂고 있었고, 비를 찾아 들더니 느릿느릿 바닥을 쓸기 시작했다. 거기까지가 이 집안의 식솔이었다. 날렵한 검은 고양이도 있었는데, 난 그 고양이가 무서웠다. 쥐가 많아서 밤에 고양이를 가게에 넣어두고

237

문을 잠근다고 번스 씨가 말했다. 11시 반이 되자 그는 차를 마시러 안으로 들어갔다.

"안녕." 윌리가 나를 향해 한쪽 눈을 살짝 찡긋하며 말했다. 우리는 친구가 되었다.

"일어났어?" 윌리가 물었다.

"누가?"

"번스 부인."

"아, 그럼, 한참 전에."

"무시무시한 할망구인데, 너무 겁먹진 말아." (윌리는 '급먹진' 하고 발음했다.)

"우리에게도 차를 주나?" 내가 목소리를 낮춰 물었다. 난 비스킷을 생각하고 있었다. 어떤 걸 먼저 고를지, 혹시 두 번 권할지.

"차라니, 어림도 없지." (으림도 읎지.) 손님이 들어와 콘플레이크 큰 상자를 찾았고, 윌리가 대신 내려주었다. 높은 선반 위에 있어서 사다리를 놓고 올라가야 했다. 사다리는 위태로워 보였고 윌리가 올라가는 것만 봐도 현기증이 났다.

정향이나 빅스 크림, 건포도, 즉석 수프 그리고 내가 놓칠 수 있는 자잘한 물건들을 어디에 보관하는지 윌리가 알려주었다. 난 차와 설탕과 버터처럼 빤한 물건들의 가격을 엽서에 적었다. 오전 시간은 굼뜨게 흘러갔고 마침내 삼종기도 종이 울렸다. 윌리는 기도를 하면서 웃었다. 그러고는 미인 사진을 주머니에서 꺼내며 말했다. "너 닮았어, 미스 브래디." 윌리는 나보다 너덧 살 어렸으므로 난 그 말에 신경 쓰지 않았다.

"출출하니?" 번스 부인이 가게로 나오며 물었다. 난 그렇다고 대답했는데, 사실 번스 씨가 차를 마시러 간 사이 윌리와 나는 도넛 두 개와 보리 사탕을 먹었더랬다. 그 값은 금전등록기에 넣었다. 금전등록기는 정교한 금속 통으로, 서랍을 열 때마다 땡 소리가 날카롭게 울렸다. 그래서 몰래 열 수가 없었다. 앞면에는 번호가 쓰인 작은 단추들이 있어서, 넣는 액수에 따라 번호를 눌러야 했다.

설탕을 나누어 재느라고 손이 끈적거려서, 난 위층에 올라가 손을 씻어도 되냐고 물었다. 위층이 궁금해죽을 지경이었다. 침실 문이 반쯤 열려 있었다. 카펫이 깔린 바닥 일부와, 푹신하고 보드라운 분홍 이불들이 뭉쳐 있는, 정돈되지 않은 침대가 들여다보였다. 침대 옆, 고리버들 탁자 위에 초콜릿 상자와 〈필드앤드스트림〉이라는 잡지가 놓여 있었다.

화장실은 지저분했다. 수건이 바닥에 뒹굴고 있었고 세면기 선반 위에 탤컴파우더 통 두 개가 열린 채 놓여 있었다. 난 세수를 한 뒤 라벤더 향 탤컴파우더를 넉넉히 발랐다.

아래층 현관에서 외투를 입는데, 번스 부인이 가사도우미 조가 차려놓은 두 사람분의 점심을 살펴보는 모습이 눈에 들어왔다. 각 접시에 닭고기와 감자 샐러드가 담겨 있었다. 번스 부인이 이쪽 접시에 담긴 닭 가슴살을 집어 다른 접시에 놓고, 그 접시의 닭 다리를 다시 저쪽으로 옮겼다. 그러더니 식탁에 앉아 더 희고 보드라운 고기가 담긴 접시를 놓고 먹기 시작했다. 난 인기척을 내려고 헛기침을 했다.

"번스 씨에게 문 잠그고 들어와서 식사하라고 전해줘. 그 인간 엄청나게 배고플 텐데." 그녀가 말했다. 그 인간이라. 난 속으로 되뇌며, 부인이 저렇게 밥그릇에 손대는 걸 그는 과연 알까 궁금했다.

"알겠어요. 이만 가볼게요."

"잘 가." 입에 음식을 잔뜩 문 채 그녀가 말했다.

난 번스 부부에 대해 그리고 그들이 함께하는 삶에 대해 생각하며 집으로 돌아왔다. 부인은 탕파 세 개를 가지고 침대에 누워 초콜릿을 먹을 테고, 그동안 남편은 옆으로 누워 〈필드앤드스트림〉을 읽을 테고, 아래층의 날렵한 고양이는 어둠 속에서 겁에 질린 쥐를 잡아먹겠지.

16

한 달 뒤면 부활절이었다. 길모퉁이 꽃집 창가에 백합이 놓이고 성당 성상들에 보라색 천이 덮였다. 성금요일에는 모든 가게가 문을 닫았고 모든 곳이 슬픔에 잠겼다. 보라색 슬픔. 죽음으로 인한 슬픔. 바바는 우리가 죽은 거나 다름없다고 말했고, 그래서 우리는 침실을 청소하고 일찍 잠자리에 들었다. 나는 책 읽기를 좋아했지만, 바바는 내가 책 읽는 걸 참지 못했다. 방 안을 서성이며 내게 질문을 퍼붓다가, 내 어깨 너머로 좀 읽어본 뒤 결국 '다 쓰레기'라고 하곤 했다.

부활절 토요일 저녁에 주급을 받고 고해성사를 하러 갔다. 그다음에는 도일 부인의 포목점으로 가서 스타킹 한 켤레와 브래지어 하나와 흰 레이스 손수건을 샀다. 손수건은 절대 사용하지 않을 것이었다. 차마 쓸 수가 없었다. 햇빛에 비춰 보면 얼마나 얇고 섬세한지 마치 거미줄 같았다. 난 엄마의 은팔찌에 손수건을 감아서 손목 위에 레이스 장식을 유혹하듯 늘어뜨릴 여름을 고대했다. 젠틀먼 씨와 보트를 타고 나가면 손수건은 바람에 날려 흰 레이스 새처럼 푸른 물 위로 날아가겠지. 그러면 젠틀먼 씨는 내 팔을 토닥이며 '새로 하나 사줄게'라고 말하겠지. 마사가 편지에 적기로는 그가 다시 돌아왔고 햇빛을 흠뻑 받은 베리처럼 그을렸다고 했지만, 아직 그로부터 아무 소식도 받지 못했다.

내가 산 브래지어는 싸구려였다. 바바는 브래지어는 한 번만 빨아도 탄성이 없어진다고 했고, 그래서 우리는 싼 브래지어를 사서 더러워질 때까지 입기로 했다. 더러워진 것들은 쓰레기통에 버렸는데, 나중에 보니 요아나가 그걸 다시 꺼내서 빨았다.

"맙소사, 그걸 우리에게 되팔 거야." 바바는 그렇게 장담하며 내게 6펜스를 걸었다. 하지만 요아나는 그러지 않았다. 그저 직물장에 넣어두고 나중에 쓸 일이 있을 거라고만 했다. 우리는 그녀가 자기 몸에 맞도록 양옆에 천을 덧대어 크게 만들 거라고 생각했다. 하지만 그러지도 않았다. 그다음에 청소하는 여자가 오자, 돈 대신 그 브래지어를 주었다. 수선하고 덧대고, 요아나는 검소함 그 자체였다. 낡아서 색이 바래고 줄어든 카디건을 풀어서, 그실로 구스타프의 잠자리용 털양말을 짰다. 요아나는 뜨개질거리를 소파 쿠션 아래에 넣어두었는데, 어느 날 헤르만이 술에 취해 그걸 건드렸다. 바늘에서 빠진 코가 작은 갈색 딱정벌레들처럼

242

줄줄이 기어 나와 쿠션 위에 떨어졌다.

"*마인 고트!*" 요아나가 불같이 화를 냈다. 혈압이 치솟으며 갑자기 어지러운지 휘청거렸다. 우리는 그녀를 응접실 소파로 옮겼다. (아, 얼마나 무겁고 꼴사나웠는지.) 응접실은 전혀 사용하지 않는 방이었다. 바닥에 놓인 양동이에는 삭힌 달걀이 들어 있었고, 창턱 아래 긴 의자 위에는 사과가 있었다. 일부는 물러서 향긋한 사과주 냄새가 방 안에 감돌았다. 헤르만이 브랜디를 한 숟가락 먹이자 그녀는 정신을 차리고는 다시 불같이 화를 냈다.

"호화로운 방이네." 바바가 요아나에게 말했다. 바바는 벽난로 선반에 놓인 자기(磁器) 요정에게 말을 걸려고 그쪽으로 갔다. 요아나가 요정 볼에 연지를 바르고 손톱에 매니큐어를 칠해놓았다. 막대 사탕 요정이었다.

"브래지어 입어볼래요, 브래디 양?" 상점 점원이 물었다. 첫영성체의 가냘픈 목소리. 묵주를 찬 파리하고 순수한 손이 하늘하늘하고 죄 많은 검은 의류를 손가락 사이에 걸어 내밀었고, 그 손가락은 부끄러워하고 있었다.

"아니에요. 그냥 치수를 재주세요." 내가 말했다. 점원이 작업복 주머니에서 줄자를 꺼냈다. 내가 팔을 들어 올렸고 그녀가 줄자로 내 치수를 쟀다.

검은 속옷은 바바의 생각이었다. 자주 세탁하지 않아도 될 뿐 아니라, 혹시 거리에서 사고를 당하거나 차 뒷좌석에서 남자들이 우리 옷을 벗기려 들면 유용할 거라고 말했다. 바바는 그런 쪽으로 별별 생각을 다 했다. 난 검은색 스타킹도 샀다. 검은 스타킹이 '문학적'이라는 말을 어디선가 읽었는데, 난 더블린에 온 뒤로 시를 한두 편 쓰기도 했다. 그 시를 바바에게 읽어주었더니 바바는 추모 카드에 적는 시와 다를 바 없다고 말했다.

"브래디 양, 잘 가요. 행복한 부활절 보내요." 첫영성체 목소리가 내게 말했고, 난 똑같은 인사를 건넸다.

집 안에 들어가니 다들 차를 마시고 있었다. 요아나조차 햇볕에 그을린 듯 보이도록 팔에 화장품을 바르고 손목에는 장식이 달려 짤랑거리는 팔찌를 차고 식탁에 앉아 있었다. 찻잔을 들어올릴 때마다 칵테일 잔의 얼음처럼 팔찌 장식들이 잔에 부딪혔다. 시원한, 얼음처럼 차가운, 설탕을 탄 칵테일. 내가 좋아하는 것이었다. 바바는 부자 남자를 하나 알았고 그가 어느 날 저녁 우리에게 칵테일을 사주었다.

식탁 위에 속을 채운 토마토와 소시지 롤과 심넬 케이크*가 차려져 있었다.

"맛있어?" 내가 파삭파삭한 빵 한 조각을 입에 넣어 미처 다 씹기도 전에 요아나가 물었다. 난 고개를 끄덕였다. 요아나는 요리 도사라, 작은 노란색 만두가 든 수프나 사과 슈트루델**이나 발효

---

* 잉글랜드와 아일랜드에서 사순절과 부활절 때 먹는 과일 케이크.

양배추처럼 생전 처음 보는 음식으로 우리를 놀라게 했다. 다만 먹을 때마다 옆에 붙어 서서 간절한 표정으로 "맛있어?"라고 묻는 일만 안 했으면 싶었다.

"웃긴 이야기 해, 내가 해?" 헤르만이 구스타프에게 물었다. 그는 이미 포도주를 한 잔 마셨고, 그는 포도주만 마시면 웃긴 이야기를 하려 들었다.

구스타프가 고개를 저었다. 구스타프는 창백하고 섬세했다. 실업자처럼 보였는데, 일을 하지 않으니 그렇게 보이는 것이 맞는 일이었다. 그는 피부병인지 뭔지에 시달렸다. 난 내가 구스타프를 좋아하는지 아닌지 도대체 알 수가 없었다. 작고 파란 눈 뒤의 교활함이 마음에 들지 않았고, 너무 괜찮은 사람이라 의심스럽다는 생각이 종종 들었다.

"하라고 해." 요아나가 말했다. 요아나는 웃긴 이야기를 듣는 걸 좋아했다.

"아냐, 극장 가야지. 우리 극장에서 좋은 시간 보내잖아." 구스타프가 말했다. 그러자 바바가 크게 웃음을 터뜨리며 앞쪽 다리 두 개가 들리도록 의자를 뒤로 젖혔다.

"극장에 주스 없어." 요아나가 말했고, 그에 바바는 너무 웃다가 콜록거리기까지 하는 바람에 의자와 함께 뒤로 넘어갈 뻔했다.

**   층층의 페이스트리 속을 사과로 채워 구운 오스트리아 디저트.

바바는 요즘 들어 기침을 많이 해서, 난 뭐라도 해보라고 말했다.

'주스 없다'라는 것은 영화가 돈 낭비라는 뜻의 요아나식 표현이었다.

"같이 가, 요아나." 황갈색 맨살이 드러난 그녀의 팔을 팔꿈치로 살짝 찌르며 구스타프가 말했다. 그는 재킷은 의자 등받이에 걸쳐놓고, 셔츠 소매는 걷어 올린 채였다. 훈훈한 저녁이었고, 창문으로 햇빛이 들어와 식탁 위 살구 잼을 비췄다.

"알겠어, 구스타프." 요아나가 말하면서 미소를 지었다. 두 사람이 빈에서 연애할 때 분명 그런 미소를 보였을 것이다. 요아나가 식탁을 치우기 시작했고, 자신의 좋은, 제일 좋은 도자기를 조심하라고 우리에게 일렀다.

"숙녀분들은 나랑 나이트클럽 가?" 헤르만이 농담조로 물었다.

"숙녀분들은 데이트하러 가." 바바가 말했다. 그러면서 그 말이 사실임을 내게 알려주려고 턱을 가슴 쪽으로 당겼다. 바바는 머리를 새로 해서, 구불거리는 부드럽고 검은 머리칼이 정수리 위에 깃털처럼 놓여 있었다. 난 속이 부글거렸다. 내 긴 머리는 되는대로 늘어져 부스스했으니까.

"케이크 더 먹을래?" 요아나가 물었다. 하지만 심넬 케이크는 마시멜로 깡통에 담은 뒤였다.

"응." 난 여전히 배가 고팠다.

"마인 고트! 너 너무 뚱뚱해졌어." 그녀가 손짓으로 크고 뚱뚱한 여자의 모습을 그려 보이며 말했다. 그러고는 질척한 스펀지 케이크 한 조각을 들고 들어왔는데, 트라이플을 만들려고 챙겨놓은 것이지 싶었다. 나는 그걸 먹었다.

난 위층에 올라가 옷을 다 벗고 옷장 거울에 내 몸을 비춰 보았다. 정말 살이 붙고 있었다. 몸을 옆으로 돌린 뒤 고개를 돌려 엉덩이를 보았다. 양장점 창문턱에 놓인 제라늄 꽃잎들처럼 하얗고 동그랬다.

"루베네스크*가 무슨 뜻이야?" 내가 바바에게 물었다. 화장대에 앉아 손톱에 매니큐어를 칠하고 있던 바바가 고개를 돌려 나를 보았다.

"맙소사, 커튼 좀 쳐. 사람들이 널 섹스광으로 알겠다." 난 재빨리 몸을 숙였고 바바가 창가로 가서 커튼을 쳤다. 매니큐어가 뭉개지지 않도록 엄지와 검지로 커튼 끝을 조심스럽게 잡았다. 바바의 손톱은 방금 커튼을 쳐서 가린 하늘처럼 연분홍색이었다.

난 무게를 가늠할 셈으로 가슴을 두 손에 받쳐 들고 다시 바바에게 물었다. "바바, 루베네스크가 무슨 뜻이야?"

"몰라. 아마 섹시하다는 뜻일걸. 왜?"

"손님 한 분이 나한테 그렇게 말했어."

---

* 루벤스의 화풍이라는 뜻으로, 특히 그의 그림에 나오는 여성들처럼 풍만하다는 뜻으로 쓰인다.

"오, 오늘 데이트에서 너 **딱 그래야** 할걸." 바바가 말했다.

"누구랑 하는데?"

"부자 아저씨 둘. 내 상대는 사탕 공장 사장이고 네 상대는 스타킹 공장 사장이야. 공짜 스타킹을 얻을 수 있는 거지. 만세! 네 허벅지 둘레가 어떻게 되지?" 바바는 매니큐어가 빨리 마르라고 손가락을 피아노 치듯 움직였다.

"좋은 사람들이야?" 내가 머뭇거리며 물었다. 바바가 찾아낸 친구들과 형편없는 시간을 보낸 것이 벌써 두 번이었다. 수업이 끝난 저녁이면 바바는 다른 여자아이들과 호텔 라운지에서 커피를 마셨다. 더블린은 작고 사교적인 도시였으므로 늘 그 아이들 중 누구라도 사귀는 사람이 있었고, 그렇게 해서 바바는 여러 사람을 알게 되었다.

"끝내주지. 둘 다 나이가 여든쯤 되고 내 상대는 자기가 가진 것 전부에 이름 머리글자를 새겼어. 넥타이핀, 커프스단추, 손수건, 자동차 쿠션 할 것 없이. 모조리 다. 차에 애완 표범을 싣고 다녀."

"그럼 난 못 가." 내가 불안해져서 말했다.

"맙소사, 왜?"

"고양잇과 동물 무서워."

"이봐, 캐슬린, 제발 그 멍청한 소리 좀 그만둘래? 우린 열여덟 살이고 사는 게 지겨워죽겠잖아." 바바가 담배에 불을 붙이더니 격렬하게 연기를 뿜어댔다. 그러곤 말을 이었다. "사는 것처럼 살고 싶지 않아? 진도 마시고, 큰 자동차 앞좌석에 여럿이 꾸겨 탄 채 달려서 웅장한 호텔에 가고. 우리가 원하는 건 여기저기 다니는 거잖아. 이 축축한 쓰레기장에 처박혀 있는 게 아니라." 습기 때문에 벽난로 위쪽 벽지에 생긴 얼룩을 바바가 가리켰다. 끼어들려 했지만 바바가 다시 말을 이었다. "여기서는 밤마다 요아나를 위해 나방이나 잡고, 옷장 뒤에서 나방이 나올 때마다 미친 듯이 펄쩍펄쩍 뛰고, 틈새마다 DDT를 뿌려대고, 옆방 미치광이가 켜는 바이올린 소리나 듣고 있잖아." 그러면서 바바가 오른손으로 왼쪽 손목을 그었다. 그리고 진이 빠져 침대에 주저앉았다. 바바 생전 이렇게 긴 연설을 한 적이 없었다.

"옳소! 옳소!" 내가 박수를 쳤다. 바바가 내 얼굴에 대고 담배 연기를 뿜었다.

"하지만 우리가 원하는 건 젊은 남자잖아. 로맨스, 사랑, 그런 거." 내가 풀이 죽어 말했다. 난 비 내리는 밤, 머리는 마구 헝클어진 채 기적 같은 입맞춤을 바라며 입술을 내밀고 가로등 아래 선 내 모습을 상상했다. 입맞춤. 그 이상은 말고. 내 상상은 거기서 더 나가지는 못했다. 두려웠다. 엄마는 격랑의 세월 내내 지나치게 고통스러울 정도로 그 점을 증명했다. 하지만 입맞춤은 아름다웠다. 그의 입맞춤은. 입술에, 눈꺼풀에 그리고 치렁치렁한 내 머리칼을 들고 목에 하던 입맞춤.

"젊은 남자들은 망할 돈이 없잖아. 어쨌든 우리가 만나는 녀석

들은 말이야. 머릿기름 냄새나 풍기고. 바람 쐰다고 더블린에 있
는 산에 올라가거나, 퀴퀴한 모텔에서 퀴퀴한 차나 마시지. 차를
마신 다음엔 산에 놀러 가서 축축한 손으로 네 치마 아래를 더듬
거리거나. 아니, 됐거든요. 평생 쐴 망할 바람은 다 쐬었다고. 우
린 살고 싶은 거야." 바바가 허공으로 양팔을 뻗었다. 저돌적이고
대담한 동작이었다. 바바는 외출 준비를 시작했다.

우리는 씻은 뒤 탤컴파우더를 온몸에 뿌렸다.

"내 것 좀 써." 바바가 말했지만 난 오히려 내 걸 쓰라고 고집했
다. "아냐, 바바. 네가 내 거 써." 우리는 기쁘고 행복할 때면 서로
나누었지만, 삶이 조용하고 아무 데도 가지 않을 때면 자린고비
처럼 각자의 것을 숨겼다. "내 파우더에 손대기만 해봐." 바바는
이런 말을 했고, 내가 "귀신이 방을 들락거리나, 도대체 누가 내
향수를 건드린 거야" 그러면 바바는 못 들은 척했다. 그럴 때는 서
로 옷을 빌려주는 법이 없었고, 상대가 새 옷을 사면 괜히 불안해
했다.

어느 날 아침, 바바가 가게로 전화를 걸어 내게 이렇게 말한 적
이 있다. "너 만나면 내가 가만 안 둘 줄 알아."

"왜?" 전화는 가게 안에 있었고, 번스 부인이 불편한 기색으로
내 곁에 서 있었다.

"너 내 브래지어 했어?"

"아니." 내가 말했다.

"네가 아니면 누구야. 발이 있어 걸어간 것도 아니고. 방 안을 다 뒤졌는데도 없다고."

"너 지금 어딘데?"

"학교 밖 공중전화 부스인데 나갈 수도 없어."

"왜?"

"가슴을 덜렁거리면서 망할 온 학교를 돌아다니고 있으니까."

난 번스 부인 얼굴에 대고 크게 웃음을 터뜨리고는 전화를 내려 놓았다.

"오, 얘야, 네가 인기가 많은 건 잘 알지만, 아침에는 전화하지 말라고 친구들에게 일러라. 주문 전화가 올 수도 있으니까." 번스 부인이 말했다.

그날 밤 바바는 침대보 속에 파묻힌 브래지어를 발견했다. 바바는 저녁 전에 침대 정리를 하는 법이 없었다.

우리는 재빨리 준비를 마쳤다. 난 반지에 올이 걸리지 않도록 검은 스타킹을 아주 조심스럽게 신고는 솔기가 제자리에 있는지 뒤를 살폈다. 매혹적이었다. 솔기가 아니라 스타킹이 말이다. 바바는 '골웨이만(灣)'을 흥얼거리면서 파란 트위드 드레스 허리에 새 금색 체인을 묶었다.

난 여전히 녹색 점퍼스커트와 흰 블라우스를 입었다. 춤추러 갈 때마다 입고 향수를 뿌려서 옷에서는 향수에 찌든 냄새가 났다. 새 옷이 있었으면 했다.

"이거 지겨워." 내가 내 옷을 가리키며 말했다. "난 안 갈래."

그러자 바바는 불안해져서 내게 긴 목걸이를 빌려주었다. 난 그 목걸이를 숨이 막히도록 칭칭 감았다. 목걸이 색이 내 피부색과 잘 어울렸다. 청록색이었고, 유리구슬을 엮은 것이었다.

"오늘은 내 눈이 녹색으로 보이네." 내가 거울을 보며 말했다. 젖은 이끼처럼 특이한 녹색, 광채가 나는 밝은 녹색이었다.

"명심해, 난 바우브라인 거야. 멍청하게 바바 어쩌고 하지 말라고." 바바가 내게 경고했다. 내가 눈에 대해 한 말은 무시했다. 질투가 났던 거다. 난 바바보다 큰 눈을 가졌고, 아기처럼 흰자위에 미묘한 푸른빛이 돌았다.

집을 나서는데 집에 아무도 없어서 우리는 현관 불을 끄고 문단속을 했다. 누군가 옆옆집 가스계량기를 망가뜨렸다면서 요아나는 우리에게 문단속을 잘하라고 당부했다.

우리는 팔짱을 끼고 발 맞춰 걸었다. 큰길 위쪽에 버스 정류장이 있었지만 우리는 다음 정류장까지 걸어갔다. 다음 정류장에서 타면 넬슨 기념비까지 1페니가 더 쌌다. 그날 밤엔 돈이 충분했지만 우리는 평소처럼 걸어갔다.

"나 뭐 마실까?" 내가 물었다. 그러자 내 머릿속 안쪽 어딘가에서 나를 꾸짖는 엄마의 목소리가 들리고 나를 향해 손가락을 흔드는 엄마의 모습도 보였다. 엄마 눈에 눈물이 고여 있었다. 나무라는 눈물.

"진." 바바가 말했다. 바바는 말할 때 목소리가 컸다. 도무지 소곤거리질 못해서, 길에서 사람들은 음탕한 여자 보듯이 우리를 쳐다보았다.

"귀걸이 때문에 귀가 아파." 내가 말했다.

"그럼 잠깐 빼고 있어." 여전히 큰 목소리였다.

"하지만 거기 거울이 있을까?" 내가 물었다. 그곳에 들어갈 때는 귀걸이를 끼고 들어가고 싶었다. 길고 현란한 귀걸이라서, 난 고개를 흔들어 귀걸이가 달랑거리게 하고 작고 파란 유리구슬이 빛을 받아 반짝이게 만드는 걸 즐겼다.

"그럼 물품 보관실에 먼저 들어가면 되지." 바바가 말했다. 귀걸이를 빼자 귓불의 통증이 더 심해졌다. 몇 분 동안은 너무 고통스러웠다.

우리는 내가 일하는 가게 앞을 지나갔다. 블라인드가 내려져 있었지만 안에서 불빛이 새어 나왔다. 블라인드가 창문 너비에 딱 맞지 않아 양쪽으로 남는 공간이 있었고, 그 좁은 틈으로 안쪽의 빛이 보였다.

"저 안에서 지금 무슨 일이 벌어지고 있는지 알아맞혀 봐." 바바가 말했다. 바바는 가게 주인 부부에 대해 다 알았고, 항상 내게 질문을 퍼부어댔다. 그들이 뭘 먹었는지, 빨랫줄에 어떤 잠옷이 걸려 있는지, 부인이 "여보, 나 올라가서 침대 정리할게"라고 하면 남편은 뭐라고 대답하는지.

"초콜릿을 먹으면서 오늘 매상을 계산하고 있겠지." 내가 말했다. 오래전 젠틀먼 씨가 내게 주었던 리큐어 초콜릿의 맛이 입안에 감돌았다.

"아니야. 고해성사하러 가기 전에 네가 200그램씩 달아놓은 베이컨에서 얇은 조각을 잘라내고 있을걸." 바바가 그렇게 말하며 좁은 틈으로 안을 들여다보려고 그쪽으로 다가갔다. 그때 저 멀리 버스가 보여 우리는 30~40미터 떨어진 버스 정류장으로 달음질쳐 갔다.

"아주 예쁘게들 꾸몄구나." 버스 차장이 말했다. 차장은 그날 밤 버스비를 받지 않았다. 하루건너 한 번 저녁마다 시내를 오가서 우리와 안면이 있었다. 우리는 그에게 부활절 인사를 건넸다.

17

호텔 로비는 환하게 불이 밝혀져 있었고 한구석에 야자수를 심은 커다란 화분이 놓여 있었다.

우리는 물품 보관실로 먼저 들어갔고 난 귀걸이를 다시 찼다. 손을 씻고 온풍 건조기에 손을 말렸는데, 그게 무척 재미나서 우리는 손을 또 씻고 또 말렸다. 그런 다음 우린 밖으로 나왔고, 난 바바를 따라 로비를 가로질러 라운지로 들어갔다. 테이블에 앉아 있는 사람들이 많았다. 술을 마시고 이야기를 나누고 서로 희롱을 하는 사람들. 은은한 분홍색 불빛 아래 다들 매끈하고 차분해 보였다. 잭 홀랜드의 술집에서 술을 마시던 사람들과는 전혀 다른 얼굴들이었다. 술을 마시며 사람들을 구경하고 여자들이 차고 있는 장신구를 감탄하며 바라보러 우리끼리 간 것이었다면 좋았을 텐데.

바바가 까치발을 하고 서서 구석의 테이블을 향해 발랄하게 손을 흔들었다. 난 하이힐을 신어 약간 불안한 걸음으로 바바를 따라 그쪽으로 갔다.

중년 남자 두 사람이 일어섰고 바바가 나를 소개했다. 누가 내 상대인지 알 수 없었지만, 화려한 불빛 아래에서도 어느 쪽이나 매력이라고는 찾아볼 수 없었다. 이미 술을 몇 잔 마셨는지, 테이블 위에 빈 잔들이 놓여 있었다.

"너도 대학교 다닌다고 들었는데." 흰머리가 있는 남자가 내게 말했다. 검은 머리 남자는 바바에게 아주 멋지다며 칭찬을 늘어놓고 있었으니, 그가 레지널드이고 내게 말을 건 남자가 해리이리라 짐작했다.

"네." 내가 대답했다. 천장에 걸린 샹들리에가 내 머리 위로 떨어지기라도 할 것처럼 난 의자 끝에 걸터앉아 있었다. 멋진 샹들리에였고, 방 중앙의 커다란 샹들리에보다 훨씬 더 멋졌다.

"전공이 뭐지?"

"영문학이요." 내가 재빨리 말했다.

"오, 정말 흥미롭네. 영문학이라면 내가 또 일가견이 있거든. 사실 셰익스피어 소네트에 대한 가설도 하나 있지."

바로 그때 종업원이 주문을 받으러 왔다.

"핑크 진." 바바가 레지널드 들으라고 어린애 목소리로 말했다.

"같은 걸로요." 내가 종업원에게 말했다. 그는 유리로 된 테이블

을 닦고 빈 잔을 치웠다. 그가 음료수를 가지고 돌아왔을 때, 처음
에는 두 사람 다 돈을 내겠단 말을 안 하더니 그다음엔 동시에 돈
을 내겠다고 했다. 결국 해리가 값을 치르고 2실링을 팁으로 놓았
다. 핑크 진은 이름만큼 맛이 좋지는 않았고, 난 오렌지 주스를 주
문해도 되겠냐고 물었다. 오렌지 맛이 진의 쓴맛을 없애주었다.

셰익스피어 소네트라면 딱 한 편 외우는 것이 고작이라 난 그
이야기는 하고 싶지 않았다. 그래서 레지널드에게 물었다. "일을
열심히 하세요?"

"일이라니! 난 사탕 만드는 사람이야. 그러니까 삶을 달콤하게
하지. 하하하."

다들 웃었다. 그가 저 말을 얼마나 많이 했을까, 지금쯤이면 얼
마나 닳고 닳은 말일까 싶었다.

"웃어, 캐슬린, 제발 웃으라고." 바바가 이렇게 말해서 난 웃어
보려 했지만, 잘 안 되었다.

그러자 바바가 둘이서 잠깐 얘기를 나누고 오겠다고 했고, 우
리는 투숙객 화장실로 이어지는 카펫 깔린 층계참으로 나갔다.

"내 부탁 좀 들어줄래?" 바바가 말했다. 바바는 심각하게 내 얼
굴을 올려다봤다. 내가 바바보다 키가 훨씬 컸다.

"그래." 내가 말했다. 이젠 바바가 두렵지 않았지만, 누군가 내
게 불쾌한 말을 꺼내려 할 때면 느껴지는 역겨운 기분이 밀려들
었다.

"제임스 조이스의《더블린 사람들》읽었냐고 물어보는 짓 좀 그만둬줄래? 저 사람들은 관심 없다고. 하룻밤 즐기려고 나온 거잖아. 그냥 양껏 먹고 마셔, 제임스 조이스 자랑은 본인이 알아서 하라고 하고."

"이미 죽은 사람이야."

"그럼 대체 뭐가 걱정인데?"

"걱정 안 해. 그냥 내가 좋아하는 사람일 뿐이지."

"오, 캐슬린! 정신 좀 차리지 그래?"

"너무 싫다고. 저 뚱뚱이 해리가 날 건드리기라도 하면 비명 지를 거야."

"그럴 일 없어, 캐슬린. 우린 함께 뭉쳐야 해. 저녁 식사를 생각해봐. 민트 소스를 곁들인 양고기를 먹을 거라고. 민트 소스 말이야, 캐슬린, 너 좋아하는." 바바는 내 기분을 맞춰주겠다고 마음만 먹으면 내게 아주 상냥했다. 난 바바에게 먼저 들어가라고 한 뒤, 위층으로 올라가 잠시 거울 앞에 앉아 있었다. 그저 그들에게서 벗어나 있기 위해서.

그리고 아래층에서 신나게 즐기는 사람들을 생각했다. 특히 돈 많고 신비롭고 멋진 여자들을 생각했다. 여자는 돈만 많으면 신비로워지기 쉬웠다. 그러자 왜 그랬는지 나도 알 수 없지만, 토요일 밤마다 깨끗한 잠옷과 깨끗한 손수건을 받았던 너덧 살 때를 문득 떠올렸다.

아래층으로 내려오니 다들 자리를 뜨려는 참이었다. 저녁을 먹으러 교외 호텔로 간다고 했다.

바바는 레지널드와 함께 뒷좌석에 앉았다. 두 사람은 내내 속닥거리고 키득거렸다. 난 괜히 돌아봤다가 서로 부둥켜안은 모습이라도 보게 될까 봐 가만히 있었다.

"그럼 셰익스피어 소네트로 다시 돌아가볼까." 해리가 말했다. 슈거로프산 기슭의 호텔로 올라가는 중에도 그는 여전히 주절주절 떠들고 있었다. 소나무로 둘러싸인 호텔은 조지 왕조풍의 흰색 건물이었다. 앞마당에 수선화가 가득 피어 있었다. 지금까지 본 어떤 수선화보다도 훨씬 어여쁘고 행복해 보이는 수선화였다.

"꽃을 한 송이 꺾어야겠어요, 청년들." 바바가 대리석 조각이 박힌 길을 뾰족한 굽으로 위태롭게 걸어가다가 말했다. "청년들!" 어떻게 그렇게 얼토당토않은 말을 할 수가 있지? 바바는 약간 취했다. 난 그 남자들과 혼자 남겨지는 것이 싫어서 바바를 따라가려 했는데, 조금 멀어지자 두 남자가 뒤에서 나를 이리저리 뜯어보는 것이 느껴졌다. 그러자 다리가 후들거려 한 걸음도 더 떼어놓을 수가 없었다.

"내 거 끝내주지." 해리가 그렇게 말하는 것이 들렸다. 바바가 수선화 꽃잎에 둥근 코를 박고 돌아왔을 때 내 눈에는 눈물이 고여 있었다.

"맙소사, 내가 앞으로 너를 데리고 나오나 봐라." 바바가 중얼거렸다.

"내가 절대 안 나와." 나도 나직하게 말했다.

저녁 식사 전에 우리는 셰리를 마셨다. 남자들은 바에서 다트 놀이를 했고, 해리는 그 동네 남자들에게 술을 한 잔씩 돌렸다. 그들이 흑맥주가 든 잔을 들어 올리며 행복한 부활절 보내시라고 덕담을 할 때 그가 얼마나 우쭐하는지 알 수 있었다.

바바가 약속한 대로 우리는 민트 소스를 곁들인 양고기를 먹었다. 삶은 감자와 통조림 완두콩도 있었다. 레지널드는 감자 세 개를 한 번에 집으며 종업원에게 더블 위스키를 주문했다.

"먹어치워, 레지." 해리가 빈정거림이 섞인 말투로 말했다. 해리는 우리에게 줄 적포도주를 주문했다. 맛은 썼지만, 색깔이 예뻐서 용서가 됐다. 저녁 해를 향해 잔을 들고, 잔을 통해 벽돌 벽난로와 벽을 따라 달아놓은 구리 팬들을 바라보는 것만으로도 좋았다.

"넌 정말 근사해." 해리가 말했다.

"난 당신이 너무 싫어." 난 그 말을 속으로 삼키고 대신 이렇게 말했다. "정말 근사한 식사예요."

"예술적인 면이 있단 말이지." 그가 자기 잔으로 내 잔을 톡 치면서 말했다. "그거 알아? 나도 예술적인 면이 있어. 한때 취미 생활을 한 적이 있는데, 뭐였는지 알아?"

"몰라요." 도대체 내가 어떻게 알겠어?

"의자를 만들었어. 성냥갑으로 아름다운 헤플화이트 양식 의자를 만들었지. 예술적인 의자들이었어. 너도 좋아했을 텐데. 너는 예술적인 면이 있으니까. 자, 너의 예술성에 건배하자." 그들은 다 함께 마셨고, 레지가 "브라보"라고 말했다.

"행복해?" 바바가 그렇게 물었고, 난 바바에게 도끼눈을 떴다.

"있지, 난 널 이해해." 해리가 의자를 내 쪽으로 가까이 붙이며 말했다. 난 그가 불편했다. 경멸감이 드는 건 차치하고라도, 그는 누군가 완두콩을 알아서 건네주지 않으면 발끈할 사람처럼 보였다. 난 잔뜩 취할 때까지 마시고, 마시고, 또 마시겠다고 작정했다.

"감자 더 가져다주겠어요?" 여자가 후식이 담긴 쟁반을 들고 들어오자 레지널드가 물었다. 그는 테이블에 팔꿈치를 괴고 손으로 머리를 받치고 있었다. 감자가 왔을 때 그는 곯아떨어진 뒤였으므로 종업원은 감자를 다시 가져갔고, 감자 껍질이 산더미처럼 쌓인 그의 요리 접시와 빵 접시도 가지고 나갔다.

"일어나서 트라이플 먹어요." 바바가 그를 흔들었고, 돼지 눈을 닮은 작고 둥근 그의 눈이 아래쪽에 놓인 트라이플 접시에 꽂혔다.

"그럼, 그럼." 그는 아무리 먹어도 질리지 않는 듯 순식간에 먹어치웠다. 해리는 아주 신중하게 먹었다. 우리는 아이리시 커피를 마셨는데, 너무 진하고 크림 맛이 강해서 마시고 나자 난 속이 메스꺼웠다. 레지널드가 밥값을 내고는 지폐 한 장을 종업원의 앞치마 주머니에 찔러 넣었다.

10시가 막 지나 차를 몰고 돌아가는데, 반대 방향에서 차들이 줄지어 몰려왔다.

"좀 바짝 다가와 앉을래?" 역정을 내듯 해리가 말했다. 비싼 저녁을 먹었으면 그 값은 치러야 한다는 듯이. 난 순순히 그 말에 따랐다. 이제 최악은 지났고 우리의 작은 방으로 돌아갈 일만 남았다고 생각했다.

"더 가까이." 그 말투를 들으면 개에게 하는 말인가 싶을 정도였다.

"길이 너무 막히지 않아요?" 내가 말하고는, 운전을 정말 잘하신다고 덧붙였다. 내가 원하는 것은 집에 무사히 돌아가는 것뿐이었다. 가면서 우리는 서너 번 죽을 고비를 넘겼다. 레지널드는 코를 골기 시작했고 바바는 내 좌석 등받이에 팔꿈치를 얹고 떠들기 시작했다. 자기가 처녀라는 둥 실없는 말을 늘어놓았다. 무척 취해 있었다.

"이게 뭐죠?" 내가 물었다. 튜더 양식의 커다랗고 외딴 주택 가까이에서 그가 속도를 줄였다.

"집이지." 해리가 말했다. 문 두 개짜리 대문이 열려 있었고, 그는 흰색 차고 문 안으로 아슬아슬하게 차를 집어넣었다. 우리는 차에서 내렸다.

철책 근처에 벚꽃이 피어 있었고, 잘 손질된 잔디는 매끈했다.

"내 옆에 붙어 있어." 계단을 올라가며 내가 바바에게 속삭였다.

"제발 조용히 해." 바바가 말했다. 바바는 신발을 벗고 스타킹 신은 발로 계단을 올랐다. 레지널드가 바바를 안아 들고 현관까지 갔다. 해리가 불을 켰고, 우리는 그를 따라 응접실로 들어갔다. 천장이 높은 커다란 방으로, 비싼 가구가 가득했다. 돈 냄새가 났다.

우리는 외투를 벗어서 소파 위에 놓았다. 해리가 버튼을 누르자 마호가니 장식장이 열리며 온갖 병이 모습을 드러냈다.

"뭐로 할까?" 그가 물었다.

"다들 스카치 온더록스로 하지." 레지널드가 그렇게 말하자 바바는 기쁨에 겨워 애교를 떨었다. 난 아무 말도 하지 않았다. 난 그들에게서 등을 돌린 채 벽난로 위의 초상화를 들여다보고 있었다. 말의 이마를 쓰다듬는 여자의 초상화였다. 부인이지 싶었다.

"내 아내야." 해리가 내게 커다란 술잔을 내밀며 말했다.

"베티는 잘 지내나?" 레지널드가 물었다. 대놓고 아내 이야기를 하기로 작정한 듯이.

"잘 지내. 골프 선수권대회에 참가하러 서부에 갔지." 그가 재킷을 벗으며 말했다. 재킷 안에 단추가 달린 옅은 황갈색 카디건을 입고 있었는데, 그는 밑단을 엉덩이 위로 끌어 내리더니 내 앞에서 뻐기듯 걸었다. 그의 몸은 뚱뚱하고 허영심으로 가득하고 멍청했다.

"돌아와줘, 베티." 떡갈나무 액자에 담긴 말상의 매력 없는 여인에게 내가 간청했다. 해리가 커튼을 걷었다. 지금껏 본 적 없는

263

호화로운 커튼이었다. 진자주색 벨벳 커튼으로, 밑단의 부드럽고 풍성한 주름이 바닥에 닿아 있었다. 위쪽으로는 같은 재질의 커튼레일 덮개가 물결을 이루며 커튼 위로 드리워 있었고, 그 가장자리에는 빨간색과 흰색 술이 달려 있었다. 엄마가 아주 좋아했을 것이다.

"앉지." 그가 말했고, 난 두툼한 쿠션이 깔린 소파에 털썩 앉았다. 그가 내 곁에 앉아 내 머리를 쓰다듬기 시작했다.

"행복해?" 그가 물었다. 레지널드와 바바는 피아노에 앉아 듀엣으로 연주를 하고 있었다. 피아노 의자는 두 사람이 나란히 앉을 수 있을 만큼 길었다.

"차를 마시면 좋겠어요." 내가 말했다. 계속 움직일 수만 있다면 뭐든.

"차?" 야만인들이나 마시는 음료라는 투로 그가 되물었다.

"이리 와, 캣, 차 끓이자." 바바가 그렇게 말하며 피아노 의자에서 일어나더니 곱슬머리가 제자리에 있도록 손으로 자기 머리를 토닥거렸다. 해리는 우리를 주방까지 안내한 후 부루퉁한 태도로 술을 마시러 돌아갔다.

"세상에, 뭐라도 슬쩍할까?" 커다란 흰색 냉장고 문을 열며 바바가 말했다. 문이 열리자 냉장고 안에 불이 들어왔고, 우리는 혹시 먹다 남은 닭이라도 없나 기대하며 안을 들여다봤다. 금속 선반 위에는 아무것도 없었다. 얼음이 든 쟁반이 금속 통 안에 있을 뿐이었다.

"실컷 봐." 내게 안이 다 보이도록 뒤로 물러나며 바바가 말했다.

우리는 차를 끓여서 쟁반에 얹어 응접실로 돌아갔다. 우유는 없었지만, 홍차만이라도 없는 것보다는 나았다.

"해리, 바버라에게 네 그림 보여줘도 돼?" 레지널드가 물었고 해리는 "물론"이라고 답했다. 레지널드는 바바의 손을 잡고 함께 방을 나갔다. 난 하품을 하면서, 나가는 바바의 등 뒤에 너무 오래 있지 말라고 말했다.

"마침내." 해리가 그렇게 말하며 술잔을 황동 탁자 위에 올려놓고 단호한 표정으로 내게 다가왔다. 난 다리를 꼰 채로 두 손을 포개 얌전하게 무릎 위에 얹고 있었다. 무심한 표정으로 그를 올려다보았지만 사실 바들바들 떨고 있었다. 그가 소파에 앉더니 내입술에 격렬하게 키스했다.

"자, 자." 꼬인 내 다리를 풀어내려 애쓰며 그가 말했다. 뒤쪽의 불빛이 그의 얼굴을 비추어 미소가 기이해 보였다.

"싫어요, 우리 얘기해요." 내가 아무렇지 않은 척하려 애를 쓰며 말했다.

"동화 들려줄게." 그가 말했다.

"좋아요. 들려줘요. 재미있겠네요." 내가 미소를 보이며 술 한 잔을 더 받았다. 이야기, 내가 붙들어야 하는 것은 그것이었다. 이야기를 하고, 하고, 또 해야 했다. 그러면 다 괜찮을 테고, 난 어떻게든 집에 돌아가 추수감사절에 9일기도를 할 것이었다.

"준비됐어?" 그가 물었다. 난 고개를 끄덕이고 다시 다리를 꼬았다. 그가 내 손을 잡았다. 난 평화로운 분위기를 위해 꾹 참았다.

그가 이야기를 시작했다. "옛날 옛적에 수탉 한 마리와 여우 한 마리와 야옹이 한 마리가 있었는데, 멀리 떨어진 섬에서 다 함께 살고 있었어……."

이야기는 금방 끝났다. 완전히 이해하지는 못했지만, 이중적인 의미를 지닌 음란한 이야기이고 그가 더럽고 소름 끼치는, 멍청한 남자라는 것은 알 수 있었다.

난 자리에서 벌떡 일어나 신경질적으로 말했다. "집에 갈래요."

"이런 쌀쌀한 년이 있나, 쌀쌀맞은 년." 그가 술을 벌컥벌컥 들이켰다.

"당신은 비열하고 소름 끼쳐." 난 자제력을 잃고 흥분하기 시작했다.

"그럼 도대체 여기 왜 따라온 거야?" 내가 문으로 가서 바바를 부르자 그가 물었다. 바바는 허리에 금빛 체인을 묶으며 내려왔다.

"집에 갈래. 레지널드는 어디 있어?" 내가 정신없이 말했다.

"곯아떨어졌어." 바바가 말했다. 바바는 현관 탁자에서 신발을 집어 들고 외투를 가지러 응접실로 들어갔다.

바바는 해리에게 집에 데려다줄 수 있냐고 물었고, 그는 재킷을 입고는 앙심에 찬 듯 열쇠 꾸러미를 마구 휘두르며 나왔다.

바깥으로 나와 달빛에 환히 빛나는 잔디를 보니 마음이 놓였다. 잔디와 달빛은 품위가 있었다. 아름다운 사람들만 만나면 삶은 참 아름다운데. 삶은 아름답고 밝은 미래로 가득한데. 믿을 수 없을 만큼 아름다운 분수 발치에 옅은 파란색 꽃이 가득 피어 있는 여름날의 정원을 볼 때 느껴지는 밝은 미래. 그리고 허공으로 퍼져나가던 옅은 은색 물줄기는 가만히 떨어져 바싹 마른 파란 꽃잎을 적셨다.

난 뒷자리에 앉았다. 그는 차를 빠르게 몰았고, 난 그가 우리를 죽이겠구나 싶었다.

우리 집 골목 어귀에 다다랐을 때 바바는 골목이 좁아 큰 차는 돌리기 힘들 테니 여기서 내리겠다고 말했다.

"잘 자, 바버라. 넌 참 좋은 애야. 내가 도울 일이 있으면 언제든 전화하렴." 그는 바바에게 그렇게 말하고 내게는 잘 자라는 인사만 했다.

우리는 빠른 걸음으로 골목을 걸어갔다. 쌀쌀해서 정원도 얼어붙은 듯했다. 달빛과 별빛과 가로등 불빛으로 길은 훤했고, 어느 집이나 창문에 커튼이 내려져 있었다. 한 창문에서 불빛이 새어나왔고 그쪽에서 아기 울음소리가 들려왔다.

"자, 이 정도는 챙겼어야지." 바바가 드레스 안쪽 어딘가에서 객실용 수건과 토마토 두 개와 닭과 햄 스프레드 한 병을 꺼내며 말했다.

"도대체 그걸 다 어떻게 챙겼어?"

"레지널드랑 나갔을 때. 곯아떨어졌기에 온 집 안을 뒤지고 다녔지. 이 소스는 주방 수납장에 있었어." 바바가 내게 토마토 하나를 건넸다. 난 외투 소맷자락에 토마토를 쓱 닦은 뒤 한 입 베어물었다. 즙이 많고 달콤해서 살 것 같았다. 술을 많이 마셔서 목이 탔던 것이다.

"무슨 일이 있었던 거야?" 바바가 물었다.

"무슨 일이 있었냐고! 그 인간은 총살돼야 해." 내가 말했다.

"미친 사람처럼 꽤나 난리네. 따귀를 한 대 갈겨주지 그랬어?"

"**너는** 레지널드 따귀 때렸어?"

"아니. 우린 정식으로 사귀잖아. 난 레지널드 좋아해."

"그 사람 결혼했어?" 내가 물었다.

"결혼했으면 우리가 정식으로 사귀겠니?" 바바가 쏘아붙였다.

"결혼한 것처럼 보여서." 내가 말했다. 하지만 상관없었다. 이제 기분이 좋아졌다. 다 끝났고, 새벽 1시에 우리는 가로수 아래를 걷고 있었다. 내일은 일요일이니 늦잠을 잘 수 있었다. 난 춤을 조금 추었다. 무척 행복했고 토마토는 맛이 좋았고 삶은 이제 막 시작되려는 참이었으니까.

길 위쪽에 작은 검은색 차 한 대가 서 있었다. 우리 집이나 옆집 대문 앞인 듯했다. 가까이 다가가자 차창이 내려가는 게 보였고, 그 앞에 섰을 때 안에 탄 사람이 그라는 것을 알았다. 그가 빙그레 웃으며 인도 쪽 차창으로 몸을 기울여 차 문을 열었다. 난 그 앞으로 나아갔다.

"오, 젠틀먼 씨." 바바가 놀라서 말했다.

"안녕하세요." 내가 말했다. 그는 무척 피곤해 보였지만 우리를 보자 기뻐했다. 눈을 보면 그가 기쁜 것을 알 수 있었다. 들뜬 기색이었으니까.

"이런 시간에 귀가라니 충격적인걸." 그가 말했다. 나를 바라보고 있었다.

"충격적이긴." 바바가 그렇게 말하며 대문 안으로 들어갔다. 들어가며 붙잡지 않아서 문이 꽝 하고 닫혔다.

"열쇠 문 앞에 놔둬." 내가 소리쳤다. 난 차에 탔고 우리는 가까이 붙어 앉았다. 우리 무릎 사이의 변속레버가 걸리적거렸으므로 우리는 내려서 뒷좌석으로 옮겼다. 내게 입을 맞추는 그의 얼굴이 차가웠다.

"술 마셨구나." 그가 말했다.

"네. 외로워서요." 내가 말했다.

"나도. 술을 마셨다는 게 아니라 외로웠단다." 그러면서 그는 다시 내게 입을 맞췄다. 그의 입술은 칵테일 잔의 얼음처럼, 황홀하게 차가웠다.

"다 얘기해주렴." 그가 말했다. 하지만 내가 말을 꺼내기에 앞서, 그가 내 말을 듣기에 앞서 우리는 한참 동안 꼭 껴안고 있었다. 키스하는 동안 한 번 살짝 눈을 떠 그의 얼굴을 훔쳐보았다. 가로등이 차 바로 위에서 내리비추고 있었다. 그는 눈을 꼭 감고 있었고 볼 위로 속눈썹이 가늘게 떨렸는데, 깎은 듯한 창백한 그 얼굴은 나이 많은, 아주 나이 많은 남자의 얼굴이었다. 난 다시 눈을 감고 오직 그의 입술과 차가운 손, 그리고 조끼와 풀 먹인 흰 셔츠 아래에서 두근거리는 그의 따뜻한 심장만 생각했다. 바로 그때 난 외투를 벗어 내 블라우스를 보여줘야 한다는 것을 기억했다. 그가 내 춤복의 소매를 밀어 올리고는 손목에서부터 팔꿈치까지 연이어 가볍게 입을 맞췄다.

"어디라도 갈까?" 그가 물었다.

"어디요?"

"차 몰고 바다 보러 가자."

우리는 앞좌석으로 옮겼고 그가 차를 출발시켰다.

"집 앞에서 오래 기다렸어요?" 내가 물었다.

"자정부터 기다렸어. 집주인에게 네가 언제 돌아올지 물어봤거든."

"스페인에서 내게 엽서 한 장 안 보냈잖아요." 내가 말했다.

"그랬지." 그가 사무적인 말투로 말했다. "하지만 네 생각을 많이 했어."

그가 내 손을 잡았다. 섬세하면서도 격정적으로 움켜쥐었다. 그가 내게 키스했을 때 내 몸은 빗줄기가 되었다. 부드러운. 넘실대는. 고분고분 받아들이는.

바다를 바라보며 앉아 있는 것도 좋았지만, 나는 어딘가 다른 곳에 있는 우리를 상상했다. 숲속 작은 시내 옆에, 함께, 친밀하게. 비밀스러운 장소, 양치식물에 둘러싸인 초록의 장소에.

"퇴학당했다고?" 그가 물었다.

"네, 못된 말을 적었거든요." 내가 말했다. 마사가 있는 그대로 다 전했을까 싶어 얼굴이 달아올랐다.

"재밌는 꼬마 아가씨라니까." 그가 그렇게 말하며 빙그레 웃었다. 재밌는 꼬마 아가씨라고 불러서 처음엔 화가 났지만, 곧 그것이 다정한 말이라는 걸 알았다. 그 이후엔 모든 것이 다정함과 황홀감으로 물들었다.

그렇게 해서 난 더블린만 위로 밝아오는 여명을 보게 되었다. 차가운 여명이었고, 그 아래 바다는 황량한 잿빛이었다. 우리는 그곳에서 이야기를 나누고 담배를 피우고 서로를 끌어안으며 몇 시간을 보냈다. 항구 건너편의 녹색 불빛을 보며 감탄하고, 어슴푸레한 빛 속에서 서로를 가만히 바라보고 다정한 말을 건넸다. 그러다가 문득 여명이 밝아왔다. 녹색 등이 한순간에 꺼지면서 흰 갈매기 한 마리가 하늘 높이 날아올랐다.

"하루 종일 달빛이 비치면 좋겠어요?" 내가 물었다.

"아니, 난 아침과 낮의 태양 빛이 좋아." 졸음이 묻어나는 둔탁하고 동떨어진 목소리였다. 그는 다시 내게서 멀어졌다.

그는 풀로 반쯤 덮인 모래언덕 쪽으로 차를 후진시키고는, 솜씨 좋게 재빨리 차를 돌렸다. 우리는 부드러운 모래 위를 달렸다. 밀물이 들어오고 있었고, 바큇자국은 바닷물에 다 쓸려 갈 테니 나중에 다시 와도 그 흔적은 결코 찾을 수 없음을 알았다. 우리는 어색하게 침묵을 지켰다. 젠틀먼 씨와는 늘 그런 식이었다. 만사가 완벽해지는 순간, 그는 완벽함을 참을 수 없다는 듯이 멀어졌다.

그가 나를 하숙집 대문 앞에 내려주었다. 들어가서 함께 아침을 먹자고 할 수 있다면 얼마나 좋을까. 하지만 난 요아나가 무서웠다.

"우린 친구인가요?" 내가 불안하게 물었다.

"친구지." 그가 그렇게 대답하곤 빙그레 웃었다. 우리는 수요일에 보기로 했다.

"지금 집으로 가는 거예요?" 내가 물었다.

"그래." 그는 슬프고 추워 보였고, 난 그렇게 말해주고 싶었다.

"내 생각 해." 떠나면서 그가 말했다.

안으로 들어가니 요아나가 소시지 요리를 하고 있었고, 나를 보고는 성호를 그었다. 난 아침을 먹고 바로 침대에 누웠다. 처음으로 미사를 빼먹은 일요일이었다.

18

이후 몇 주 동안 바바와 나는 차츰 소원해졌다. 난 젠틀먼 씨가 시간이 날 때마다 그와 만났고, 바바는 매일 밤 레지널드를 만났다. 바바는 저녁에 수업이 끝난 뒤에도 아예 집에 돌아오지 않았고 아침에 나갈 때 가장 좋은 외투를 입고 나갔다.

"엉망이네." 수면 부족으로 창백해진 우리 얼굴과 니코틴으로 누리끼리해진 우리 손가락을 보고 아침 식탁에서 요아나가 말했다.

"시끄러워." 바바가 말했다. 바바는 기침이 점점 심해지고 점점 야위어갔다.

사흘 후 바바가 내게 말하길, 여섯 달 동안 요양원에 들어가 있어야 한다고 했다. 레지널드가 데리고 가서 엑스레이를 찍었는데 결핵 진단을 받았다고.

"오, 바바." 난 식탁에서 일어나 바바 곁으로 가서 바바를 감싸 안았다. 우리는 왜 소원해졌을까? 지난 몇 주 동안 왜 그렇게 서로에게 비밀스럽고 쌀쌀하게 굴었을까? 난 내 뺨을 바바의 뺨 가까이 가져갔다.

"맙소사, 하지 마. 내 주변에 결핵균이 둥둥 떠다닐 거라고." 바바가 그렇게 말해서 난 웃었다. 지금 바바의 얼굴은 창백했고 소년 같은 생기는 사라졌다. 지난 몇 주 동안 나이가 들고 더 현명해진 것처럼 보였다. 레지널드 때문일까? 병에 걸려서일까? 바바는 짐을 쌌다.

"내 옷 몇 벌 두고 가는데, 신나서 매일 꺼내 입지 마." 바바가 여름 드레스 두 벌을 다시 옷걸이에 걸며 말했다.

나중에 레지널드의 차가 대문 앞에서 경적을 울렸고, 난 바바에게 준비 다 되었냐고 소리쳤다.

난 바바가 현관에서 트위드 외투를 입는 것을 도왔다. 한쪽 소매의 안감이 다 찢어져 있었지만, 마침내 팔을 집어넣었다. 양 볼에 짙은 홍조가 어린 왜소하고 야윈 바바가 잠시 서 있었다. 파란 눈에 눈물이 차오르기 시작하자 바바는 울지 않으려고 아랫입술을 깨물었다. 그러곤 분홍빛 립스틱을 바른 뒤 현관 거울에 비친 자기 모습을 향해 담대하게 미소 지어 보였다.

레지널드가 들어올 경우에 대비해 요아나는 앞치마를 벗었다.

"자주 찾아갈게." 내가 바바에게 말했다. 바바가 들어가는 요양원은 위클로에 있었고, 버스 요금 때문에 일주일에 한 번 이상 찾아갈 수 없다는 것은 나 자신도 알았다. 브레넌 아저씨는 요양원 비용으로 일주일에 3파운드씩 내기로 했다.

"날 보러 오면 너구리 잡듯이 담배를 피워. 그래야 그곳의 망할 세균에 감염되지 않을 테니." 바바가 말했다. 얼굴엔 여전히 미소가 있었다.

구스타프와 요아나가 작별 인사를 했다. 레지널드가 가방을 들고나왔고, 차에 탄 바바에게 담요를 둘러주었다. 그가 바바에게 정성을 다했기에 난 그가 좋아졌다.

나는 차를 향해 손을 흔들었고, 바바도 손을 흔들었다. 차창 너머 가늘고 흰 손가락이 우리 우정에 작별을 고하고 있었다. 바바는 가버렸다. 절대 예전으로 돌아갈 수 없을 것이다. 설사 우리가 애를 쓴다 해도.

요아나는 위층으로 올라가 소독약을 여기저기 뿌렸고, 이불 빨래를 한 지 몇 달밖에 안 되었는데 또 빨아야겠다며 투덜댔다. 그 투덜대는 투를 들으면 마치 바바가 일부러 결핵에 걸리기라도 한 듯했다.

침실은 깔끔했지만 황량했다. 바바의 화장품이며 레지널드가 선물한 큰 향수병이며 그런 것들이 다 사라진 화장대는 텅 비어 있었다. 바바가 쪽지와 함께 푸른색 목걸이를 내 침대에 놓아두었다. 이런 말이 적혀 있었다. *함께해온 좋은 시간들을 기억하며*

캐슬린에게. 넌 제대로 된 반푼이야. 그에 난 울음이 터졌다. 학교에서 함께 집으로 걸어오던 그 많은 저녁 시간과 바바가 개를 풀어 나를 쫓게 했던 일들, 지워지지 않는 연필로 내 팔에 음란한 글을 적었던 일들이 떠올랐다.

요아나에게 부탁할 일이 있어서 난 안절부절못하며 손톱을 물어뜯었다.

"요아나, 오늘 밤에 응접실에서 친구 좀 만나도 될까?"

"*마인 고트,* 너 때문에 이 집 평판이 나빠져. 옆집 부인들이, 무슨 여자애들이 그렇게 늦은 시간에 다녀요, 그런다고."

"부자 친구야." 내가 말했다. 그러면 요아나 생각이 바뀌리라는 것을 알았다. 돈 많은 남자가 집 안에 들어오면 식탁보 아래 5파운드 지폐를 놓아둔다거나 구스타프에게 줄 요량으로 깜박하고 챙기지 않은 척 일부러 외투를 두고 가리라는 것이 요아나의 생각이었다. 그녀는 그렇게 단순했다. 부자 친구라는 말에 그 아둔한 파란 눈에 기대감에 들뜬 표정이 어리는 것이 보였다. 결국 요아나는 허락했고, 난 외출 준비를 시작했다.

커튼을 친 뒤 낡은 옷을 벗고 외출 준비를 하는 저녁 시간은 내가 여자라서 감사한 마음이 드는 유일한 시간이다. 시시각각 설레는 마음이 커져간다. 불빛 아래에서 머리를 빗으면 내 머리칼 색은 햇빛을 받은 가을날의 잎 같다. 검은색 아이섀도를 바른 내 눈은 어찌나 신비로운 분위기를 풍기는지, 나조차 놀란다. 난 여자인 것이 끔찍이 싫다. 허영심 많고 얄팍하고 피상적인 존재라서. 여자는 사랑한다는 말을 들으면, 친구들에게 자랑할 수 있게 글로 적어달라고 할 것이다. 그래도 그 특정한 저녁 시간이면 난 행복하다. 세상에 관대해지고, 벽지가 끝이 분홍빛으로 물든 하얀 장미 꽃잎인 양 어루만진다. 오래되어 닳은 내 신발을 집어 들면 그것은 어떤 남자가 내 방문 밖에 놓아둔 은색 꽃이 된다. 난 거울에 비친 내 얼굴에 입을 맞추고는, 행복에 들뜨고 마음이 바쁘고 적당히 정신이 나간 상태로 방에서 뛰어나갔다.

난 약속 시간에 늦었고 젠틀먼 씨는 언짢아했다. 그는 내게 연한 자주색과 짙은 자주색이 섞인 난초꽃 한 송이를 건넸고 난 그것을 카디건에 핀으로 꽂았다.

우리는 그래프턴 스트리트의 식당으로 갔고, 좁은 계단을 올라 어둡고 우중충한 작은 방으로 들어갔다. 벽지에 빨간색과 흰색 줄무늬가 있었고 벽난로 위에는 검은색과 갈색을 사용한 초상화가 놓여 있었다. 두꺼운 금빛 액자 안에 들어 있었는데, 초상화 속 인물은 레이스 장식이 달린 검은 면 모자를 쓰고 있어서 남자인지 여자인지 분간이 되지 않았다. 우리는 창가에 앉았다. 창문은 반쯤 열려 있었다. 나일론 커튼이 바람에 펄럭이며 식탁보를 가볍게 스치고 우리 얼굴에 부채질을 했다. 여느 때처럼 우리는 수줍게 앉아 있었다. 커튼은 여름날 구름처럼 하얗고 몽실몽실했고, 그는 새 페이즐리 넥타이를 매고 있었다.

"넥타이 멋지네요." 내가 뻣뻣하게 말했다.

"마음에 드니?" 그가 물었다. 첫 음료가 나올 때까지는 힘든 시간이었다. 음료가 나오자 딱딱하던 그가 누그러지며 내게 미소를 지어 보였다. 그러자 식탁 위의 포도주병 안에 빨간 초가 타고 있는 그 방이 매혹적으로 변했다. 그가 냅킨을 집으려고 몸을 숙였을 때 내 눈에 들어온, 창백해 보이던 그의 높은 광대뼈를 난 절대 잊지 못할 것이다. 그는 내 무릎을 잠깐 어루만지더니 그 특유의 강렬하고 고통에 찬 가라앉은 표정으로 나를 보았다.

"배가 고프네." 그가 말했다.

"저도 배고파요." 내가 말했다. 내가 오는 길에 상점에서 빵 두 개를 사 먹었다는 사실을 그는 알지 못했다. 난 상점의 빵을 좋아했다. 특히 설탕을 입힌 빵을.

"온갖 것에 배가 고파." 그가 스푼으로 멜론을 뜨면서 말했다. 그를 보면 멜론이 떠올랐다. 시원하고 차갑고 핏기가 없으면서 원기를 북돋우는. 커다란 리넨 식탁보 아래에서 그가 발목으로 내 발목을 감쌌고, 그러자 그날 저녁이 완벽해지기 시작했다. 촛농이 식탁보 위로 떨어졌다.

우리는 11시가 넘어 하숙집으로 갔다. 내가 들어오라고 하자 그는 기뻐했다. 난 하숙집 현관과, 계단의 싸구려 카펫이 부끄러웠다. 응접실에 들어서자 퀴퀴한 곰팡내가 났다. 그는 소파에 앉았고 난 탁자를 사이에 두고 맞은편에 놓인 등받이 높은 의자에 앉았다. 포도주를 마셔서 기분이 좋아진 나는 내가 사는 이야기를 들려주고, 무도회장에서 넘어져 그날 밤 내내 위층에서 탄산수만 마신 일도 들려주었다. 그는 재미있게 들었지만 호탕하게 웃지는 않았다. 늘 초연하고 매혹적인 미소를 보일 뿐. 난 술을 많이 마셔서 어지러웠다. 하지만 내 자아의 아주 작은 부분은 정신이 멀쩡한 채로 행복한 내 모습을 바라보았고 내 입에서 나오는 행복하고 실없는 말들을 들었다.

"이쪽으로 가까이 오렴." 그가 말했고, 난 그쪽으로 가서 가만히 옆에 앉았다. 그가 떨고 있는 것이 느껴졌다.

"행복하니?" 손가락으로 윤곽선을 따라 내 얼굴을 어루만지며 그가 물었다.

"네."

"더 행복해질 거야."

"어떻게요?"

"이제 우리가 함께할 거니까. 너와 내가 사랑을 나눌 거니까." 그가 속삭이듯 나지막이 말하면서 거듭 창문으로 불안한 시선을 돌렸다. 누군가 뒷마당에서 들여다볼 수도 있다는 듯. 그 방에는 커튼이 없었기에 나는 창문으로 가서 블라인드를 내렸다. 다시 돌아와 자리에 앉을 때 내 얼굴은 붉어져 있었다.

"괜찮겠어?" 그가 물었다.

"언제요? 지금요?" 난 카디건의 앞자락을 움켜쥐면서 그를 심각하게 바라보았다. 내가 질겁한 것 같다고 그가 말했다. 질겁한 건 아니었다. 그저 초조했고, 어떤 면에선 서글펐다. 곧 순결을 잃을 테니까.

"사랑스러운 것." 그가 말했다. 그는 한 손으로 나를 감싸 머리를 자기 어깨에 기대게 했고, 그러자 내 볼이 그의 목에 닿았다. 내 눈물 몇 방울이 또르르 떨어져 그의 셔츠 칼라 속으로 흘러 들어갔을 것이다. 그가 다른 쪽 손으로 내 무릎을 어루만졌다. 난 흥분했고 달아올랐고 격해졌다.

"프랑스어 아니?" 그가 물었다.

"아니요, 학교에서는 라틴어를 배웠어요." 내가 말했다. 이런 순간에 학교 이야기를 꺼내다니. 그렇게 유치한 날 죽이고 싶을 정도였다.

"음, 프랑스어에 이런 단어가 있어. 그러니까…… 어떤…… 분위기라는 뜻을 가진 단어야. 우리는 알맞은 분위기의 장소로 가서 거기 몇 주간 있을 거야."

"어디로요?" 렐리시병에 케첩이 묻어 있고 체크무늬 식탁보에 그레이비 얼룩이 군데군데 있는, 아일랜드 중심지에 널린 값싼 호텔을 떠올리며 난 질겁했다. 게다가 밖에는 비도 내리겠지. 하지만 그가 그보다는 조심스러운 사람이라는 사실은 나 자신도 알았을 것이다. 늘 그랬으니까. 함께 주차장으로 걸어가는 모습이 남의 눈에 띌까 봐 식사할 식당 바로 앞에 차를 세울 정도로.

"빈으로." 그가 그렇게 말했고 내 마음이 허공에서 공중제비를 몇 번 넘었다.

"근사한 곳이에요?"

"아주 근사하지."

"거기서 뭘 해요?"

"맛있는 음식도 먹고 산책도 하고. 저녁에는 산속에 자리한 곳에서 포도주를 마시며 시내를 내려다보고. 그리고 잠자리에 드는 거지." 그 말투가 얼마나 예사롭던지, 난 앞으로 내가 사랑하게 될 어떤 남자보다 그를 사랑하게 되었다.

"가는 게 좋겠어요?" 내가 물었다. 그저 내게 확신을 주었으면 해서였다.

"그래, 그게 좋겠어. 우리 안에 눌러둔 것을 이젠 꺼내버려야 하니까." 그가 미간을 약간 찌푸렸고, 난 똑같은 방, 똑같은 삶으로 돌아오는, 그가 사라진 상태를 떠올렸다.

"하지만 난 언제나 당신과 함께하고 싶어요." 내가 간청하듯 말했다. 그가 미소를 지으며 내 볼에 가볍게 입을 맞췄다. 맨 처음 떨어지는 빗방울 같은 입맞춤. "언제나 나를 사랑할 거예요?" 내가 물었다.

"네가 그런 말 하는 거 안 좋아한다는 거 알잖니." 내 카디건의 맨 위 단추를 만지작거리며 그가 말했다.

"알아요." 내가 말했다.

"알면서 왜 그래?" 그가 부드럽게 물었다.

"어쩔 수가 없으니까요. 당신을 갖지 못하면 미쳐버릴 것 같으니까요."

그가 나를 한참 바라보았다. 반은 관능적이고 반은 신비로운 그 표정. 그러더니 "캐슬린" 하고 아주 다정하게 내 이름을 불렀다. 그가 내 이름을 그렇게 불러주면, 부들이 바람에 우수수 쏠리는 소리와 물떼새 소리, 아일랜드의 모든 쓸쓸한 소리가 내 귓속으로 몰려들었다.

"캐슬린, 네게 속삭여주고 싶은 말이 있어."

"해줘요." 내가 말했다. 나는 머리칼을 귀 뒤로 넘겼는데, 그래도 자꾸 앞으로 쏟아지곤 했으므로 그가 손으로 잡아주었다. 그러곤 몸을 숙여 내 귀 가까이로 얼굴을 가져와 일단 귀에 입을 맞춘 뒤 이렇게 말했다. "네 몸을 보여줘. 네 다리도 가슴도 본 적 없잖아. 널 보고 싶어."

"그런데 내가 멋지지 않아서 마음이 변하면 어떻게 해요?" 난 엄마의 의심 많은 성격을 물려받은 것이다.

"실없기는." 그가 그렇게 말하면서 카디건 벗는 나를 도와주었다. 난 블라우스를 먼저 벗을지 치마를 먼저 벗을지 결정해야 했다.

"보지 말아요." 내가 말했다. 힘들었다. 스타킹 가터나 이런저런 것들을 벗는 모습을 보이고 싶지 않았다. 난 속옷과 더불어 치마를 끌어 내렸고, 그다음에 블라우스와 면 조끼를 벗었다. 마지막으로 검은색 브래지어를 끄른 뒤, 몸을 약간 떨며 그 앞에 섰다. 두 손을 어떻게 해야 할지 몰라서 당황할 때면 종종 하는 버릇대로 손으로 목을 감쌌다. 내 몸에서 그나마 온기가 느껴지는 부분이라고는 머리칼로 덮인 목과 등 윗부분뿐이었다. 난 그에게 다가가 옆에 앉았고, 조금이라도 온기를 느끼려 가까이 몸을 붙였다.

"이제 봐도 돼요." 내가 말했다. 그러자 그가 눈을 가렸던 손을 내리고는 내 배와 허벅지를 수줍게 바라보았다.

"피부가 얼굴색보다 더 하얗구나. 분홍빛일 거라고 생각했는데." 그가 그렇게 말하며 내 몸 여기저기에 입을 맞췄다.

"이제 그 일을 해도 우리는 부끄러워하지 않을 거야. 서로를 보았으니까."

"난 못 봤는데요."

"보고 싶니?" 내가 고개를 끄덕였다. 그가 멜빵을 벗자 바지가 발목께로 흘러내렸다. 그는 다른 옷도 다 벗은 뒤 재빨리 앉았다. 벌거벗은 그는 검은 정장과 빳빳한 흰색 셔츠를 입었을 때의 그에 비해 반도 두드러져 보이지 않았다. 정원에서 뭔가 움직였다. 아니, 현관인가? 혹시라도 잠옷을 입은 요아나가 벌컥 문을 열고 들어와서 녹색 벨벳 소파에 벌거벗고 앉은 두 바보를 볼까 봐 난 겁에 질렸다. 요아나는 크게 소리쳐 구스타프를 부를 테고, 그러면 옆집 여자들도 다 들을 테고, 경찰이 오겠지. 난 몰래 그의 몸을 내려다보다가 살짝 웃었다. 너무 우스꽝스러웠다.

"뭐가 우습니?" 내가 웃어서 언짢은 모양이었다.

"내 난초꽃의 연한 색과 똑같은 색깔이에요." 나는 그렇게 말하고는 여전히 내 카디건에 꽂혀 있는 난초꽃을 건너다보았다. 만져보았다. 내 난초꽃이 아니라, 그의 것을. 꽃잎 안쪽처럼 부드럽고 믿을 수 없이 말랑말랑했다. 그리고 움직였다. 상자에 동전을 넣을 때마다 고개를 흔들던, 저금통 위에 달린 작은 검은색 남자 인형이 떠올랐다. 그 말을 했더니 그가 내게 오래도록 격렬한 키스를 했다.

"넌 못된 여자애야." 그가 말했다.

"난 못된 여자애인 게 좋아요." 내가 눈을 크게 뜨고 대답했다.

"아니, 아냐. 넌 사랑스러워. 지금껏 내가 만난 그 누구보다 사랑스럽단다. 시골스러운 머리색을 가진 내 시골 여자애." 그러면서 그는 내 머리칼에 고개를 박고 잠시 향내를 맡았다.

"얘야, 난 목석이 아니란다." 그가 그렇게 말하며 자리에서 일어나 발목께의 바지를 올렸다. 내가 옷을 가지러 가려고 일어나자 그가 내 엉덩이를 어루만졌다. 우리가 함께 보낼 한 주가 멋지리라는 것을 난 알았다.

"차를 끓일게요." 옷을 다 입고 내 빗으로 그가 머리를 빗은 후에 내가 말했다.

우리는 까치발로 부엌으로 갔다. 난 가스 불을 켜고, 소리가 나지 않도록 주전자 안쪽 벽을 타고 수돗물이 흐르게 하여 물을 받왔다. 헤르만이 밤만 되면 먹을 게 없나 뒤져대서 냉장고는 잠겨 있었지만, 잊고 내버려둔 깡통 안에 오래된 비스킷 몇 개가 있었다. 눅눅했지만 그는 비스킷을 먹었다. 차를 마신 뒤 그는 떠났다. 금요일이라 시골집까지 먼 길을 가야 했다. 그는 주중에는 성스테파노그린의 클럽에서 묵었다.

난 문간에 서 있었고, 그가 차창을 내리고 손을 흔들며 잘 자라고 말했다. 그는 조용히 차를 몰고 떠났다. 난 집 안에 들어가 난초꽃을 유리잔에 꽂아 위층으로 들고 가서 침대 옆 오렌지 상자 위에 놓았다. 너무 행복해서 잠이 오지 않았다.

19

인부 몇 명이 와서 보도에 줄지어 선 나무를 가지치기했다. 바투 잘라서 땅딸막한 가지만 남겨놓았고, 뭉툭한 가지들은 왠지 음란해 보였다. 솜털처럼 보슬보슬하던 가지와 새순까지 다 사라졌다. 가지치기할 시기도 아닌데 왜 다 잘라냈는지 이해할 수가 없었다. 응접실에 볕이 들지 않는다고 사람들이 불평한 것이 아니라면.

하지만 나는 행복에 겨워 그런 나무들을 거의 알아채지도 못했다. 그와 함께 여행을 가기로 했으니까. 그가 비행기를 타고 먼저 런던에 가면 난 다음 비행기로 따라가기로 했다. 공항에 함께 있다가 눈에 띌 수도 있으니 그러는 편이 낫겠다고 그가 말했다.

난 무척 행복했고, 그도 마찬가지였다. 몇 시간이고 응접실에 앉아서 난 그의 얼굴을 들여다보았다. 노란색 갓을 씌운 탁자 위

램프 불빛에 호박색으로 반짝이는, 늘 무슨 말인가를 건네는 눈과 잘생긴 코를 지닌 그의 앙상한, 금욕적인 얼굴을. 난 이따금 전기난로를 켜기도 했는데, 위층의 요아나가 냄새를 맡을까 걱정스러웠다.

"내 걱정이 뭔지 아니?" 그가 내 손을 잡고 토닥거리며 물었다.

"저혈압이나 나이?" 내가 빙그레 웃으며 말했다.

"아니야." 그가 내 뺨을 톡 쳤다.

"그럼 뭔데요?"

"다시 돌아올 일. 헤어지는 일."

하지만 난 그런 생각은 하지 않았다. 오로지 떠나는 것만 생각했다.

"전에 가본 적 있어요?" 내가 초조하게 물었다.

"그런 거 물어보지 마." 그가 약간 인상을 찌푸렸다. 피부 아래 붉은 피가 아니라 레몬주스가 흐르는 것처럼 그의 이마는 노란빛이 도는 흰색이었다.

"왜요?"

"쓸데없는 얘기니까. 가본 적 있다고 하면 괜히 너만 슬퍼지잖니."

난 벌써 슬퍼졌다. 그 누구도 그를 진정으로 차지하지는 못할 것이다. 그는 너무 초연했다.

"네 비행기가 공항 활주로를 내려올 때 내가 지켜보고 있을 거야." 그가 말했다. 그러곤 수첩을 꺼냈고 우리는 날짜를 잡기 시작했다. 생각을 해야 해서 난 방에서 나갔다. 가능한 주를 따져봐야 했는데, 그의 품에 안겨서는 생각을 할 수 없었기 때문이다. 마침내 우리는 한 주를 정했고, 그가 연필로 기록을 했다.

이후 매일매일 난 그 생각에 빠져 살았다. 세수를 하며 목을 닦을 때도 그를 생각하며 비누 거품을 냈고, 가게에서 설탕 무게를 달면서도 혼자 흥얼거렸다. 아이들에게 보리 사탕을 공짜로 주었고, 윌리에게 외출복 셔츠에 맬 나비넥타이를 사주었다. 길을 걷는 동안 내내 혼잣말을 했다. 우리 사이의 대화를 상상하며, 누구에게든 미소를 보냈다. 어르신들이 길을 건너는 걸 도와드리고 버스 차장들과 희롱했다.

사소하지만 걱정스러운 문제가 몇 있었다. 우선 일주일 휴가를 내야 했다. 번스 씨는 어떻게 해볼 수 있었지만, 졸린 눈의 번스 부인은 사람 속을 꿰뚫어 보았다.

또한 나는 미사와 고해성사를 빼먹고 있었다. 하지만 무엇보다 속옷이 부족했다. 난 속이 비치고 하늘하늘한 푸른 잠옷을 원했다. 잠자리에 들기 전에 함께 왈츠를 출 수 있도록. 솔직히 말하면 난 실제 잠자리에 드는 문제는 늘 살짝 외면했다.

엄마에게 괜찮은 잠옷들이 있었지만 난 그것들을 서랍 안에 그대로 두었고, 가구가 경매로 팔리기 전에 아버지가 그것들을 챙겼는지 어쨌는지 알지 못했다. 편지를 써서 물어볼 수도 있었지만, 아버지를 떠올리기만 해도 가슴이 두방망이질했다. 편지를 안 쓴 지 6주가 지났고, 이제는 편지를 쓰고 싶은 마음도 없었다. 아버지가 독감에 걸려서 수녀들이 돌봐주고 있다고 젠틀먼 씨가 말해주었다.

그래서 요아나에게 부탁할 생각을 했다. 바바가 떠난 뒤 나는 요아나와 아주 친해졌다. 난 설거지를 도왔고, 한번은 같이 차를 마시고 밤에 영화를 보러 가기도 했다. 요아나가 너무 심하게 웃다가 컹컹거리며 코 먹는 소리까지 내는 바람에 옆에 앉은 커플이 기겁을 했다.

"나 빈에 갈 거야." 상큼한 봄밤에 둘이서 집으로 걸어오다가 내가 말했다. 밤에 피는 스톡꽃의 향기가 났다. 요아나는 내 팔짱을 끼고 있었는데, 난 그것이 불편했다. 난 여자들과 팔짱 끼는 건 질색이었다.

"*마인 고트!* 뭐 하러?"

"친구랑 같이 가." 내가 무심하게 말했다.

"남자?" 남자가 괴물이라도 되는 양 눈을 휘둥그레 뜨면서 놀란 표정으로 그녀가 물었다.

"응." 내가 말했다. 요아나에게는 이런 말을 하기가 수월했다.

"그 부자 남자?" 요아나가 물었다.

"그 부자 남자." 내가 말했다. 그러다가 불쑥 여행 경비와 숙박비가 걱정되었다. 그는 내 경비는 내가 알아서 내리라 여길까?

"좋아. 아름다운 곳이야. 오페라, 멋지지. 내 스물한 살 생일 때 오빠들이 오페라에 데려가줬던 기억이 나. 손목시계도 주었지. 15캐럿 금으로 된." 지금껏 요아나와 함께 지내면서 본 것 중 그나마 향수에 젖었다고 볼 수 있을 만한 모습이었다. 난 여전히 비행기 푯값이 걱정이었다.

"나한테 잠옷 빌려줄 수 있어?" 내가 물었다.

요아나는 잠시 아무 말이 없다가 이렇게 말했다. "좋아. 하지만 정말 조심해야 해. 신혼여행 때 입었던 잠옷이라고. 30년 전에." 난 얼굴이 약간 파리해졌고 요아나가 들어갈 수 있도록 대문을 잡았다. 구스타프가 구걸하는 사람처럼 양팔을 뻗고 문간에 서 있었다. 무슨 일이 벌어진 것이다.

"요아나, 헤르만 그 사람이 또 일을 저질렀어." 요아나가 총알처럼 안으로 뛰어 들어가 위층으로 올라갔다. 한 번에 두 칸씩 뛰어 오르느라 속바지가 다 보였다. 몸보다 독일어가 먼저 튀어 나갔다. 그녀가 헤르만의 방문 손잡이를 마구 돌리다가 문을 두드리고, 결국 쾅쾅 내리치며 "헤르만, 오늘 밤에 방 비워"라고 부르짖는 소리가 들렸다. 헤르만은 아무 말이 없었다. 하지만 내가 올라갔을 때 방문 뒤에서 울음소리가 들리는 것 같았다. 그는 독감에 걸려 종일 침대에 누워 있었다.

"무슨 일이에요?" 다들 정신이 나간 듯했다.

"신장. 헤르만은 신장에 문제가 있어. 말총을 넣은 제일 좋은 매트리스에 내가 아끼는 순면 침대보인데." 요아나가 말했다. 우리는 좁은 층계참에 서서 그가 문을 열기를 기다렸고, 요아나는 울음을 터뜨렸다.

"아침까지 놔두자, 요아나." 구스타프가 올라와 층계가 오른쪽으로 굽어지는 계단에 선 채로 말했다. 요아나는 더 섧게 울면서 매트리스와 침대보 타령을 했고, 그런 그녀 때문에 구스타프가 민망해하는 것이 얼굴에 다 드러났다. 요아나는 흰색 니트 외투를 벗어 칼라에 붙은 머리카락을 떼어냈다.

난 내 방에 들어갔고 곧 요아나가 쫓아 들어왔다. 손에 잠옷을 들고 있었다. 잠옷은 박엽지로 싸여 있었고, 요아나가 그걸 벗기자 동그란 좀약이 우수수 떨어져 바닥을 굴렀다. 라일락 색깔의 잠옷이었는데, 살면서 그렇게 펑퍼짐한 잠옷은 본 적이 없었다. 입어보니 레이디 맥베스 역을 하는 성심(聖心) 극단의 배우처럼 보였다. 몸이 볼품없어 보였다. 자주색 띠를 허리에 바짝 매봤지만 여전히 촌티가 났다.

"예쁘다. 순견이야." 내 손등을 거의 덮은 긴 주름 장식을 만지작거리며 요아나가 말했다.

"예쁘네." 내가 동의했다. 그는 좀약 냄새를 맡으며 일주일 내내 재채기를 해댈 테고, 그의 작은할머니 중 어느 분이 나와 닮았더라 떠올리며 집에 돌아갈 것이다. 그래도 없는 것보다는 나았다.

"구스타프에게 보여줘." 허리에 느슨하게 주름이 잡히도록 옷을 매만지며 요아나가 말했다. 그리고 내가 계단을 내려갈 때 마치 웨딩드레스라도 되는 양 뒤에서 옷자락을 잡아주었다.

구스타프가 얼굴을 붉히며 말했다. "아주 맵시가 좋군."

"기억나, 구스타프?" 요아나가 벌쭉 웃으며 그에게 물었다.

"안 나, 요아나." 그는 석간신문의 광고란을 들여다보고 있었다. 그는 헤르만을 내보내고 제대로 된 괜찮은 신사를 들여야겠다고 말했다.

"기억 안 나, 구스타프?" 요아나가 그에게 다가가며 다시 물었다. 하지만 구스타프는 잊고 싶은 듯 모른다고 했다. 요아나는 마음이 상했다.

"다 똑같아." 저녁 식사 준비를 하며 그녀가 말했다. "남자들은 다 똑같다고. 부드러운 구석이라고는 없어." 난 내 젠틀먼 씨가 가진 아주 부드러운 것을 떠올렸다. 그의 얼굴이 아니라, 성격이 아니라, 애원하는 듯 부드러운 그의 몸의 일부를.

"애 들어서지 않게 조심해." 요아나가 말했다. 난 큰 소리로 웃었다. 있을 수 없는 얘기였다. 나는 남녀가 결혼해서 오랫동안 함께 지내야만 여자가 임신할 수 있다고 생각했다.

난 다른 옷을 안에 입은 채 저녁 식사 내내 잠옷을 입고 있었다. 우리는 늦은 시간까지 광고란을 샅샅이 훑었고, 마침내 구스타프가 괜찮은 것을 하나 찾았다.

"외국인 가구에서 숙식을 원하는 이탈리아인 음악가." 그가 식기장에서 잉크를 집어 들자 요아나는 벨벳 식탁보 위에 신문지를 펼친 뒤, 잠긴 그릇장을 열어 이름과 주소가 인쇄된 편지지 한 장을 꺼냈다. 헤르만이 모친과 누이에게 편지를 쓸 때마다 습관적으로 종이를 몰래 꺼내 써서 잠가놓은 것이다.

내 코코아에 더껑이가 앉아 있어서 스푼으로 걷어냈다. 코코아는 차가웠다.

구스타프가 안경을 썼고, 요아나는 뚜껑이 없는 오래된 만년필을 갖다주었다. 길에서 주운 것이었다. 써보면 우체국에 비치된 펜 같은 느낌이었다.

"오늘 며칠이지, 요아나?" 그가 물었다. 요아나가 벽에 붙은 달력으로 다가가, 눈을 가느다랗게 뜨고 들여다봤다.

"5월 15일." 그 말을 듣는 순간 난 등골이 서늘해졌다. 바퀴 달린 작은 다과용 식기대에 조간신문이 놓여 있었고, 난 소파 등받이 위로 손을 뻗어 신문을 집어 올렸다. 맨 첫 장, 기념일란에 엄마의 추도문이 실려 있었다. 4년. 4년이라는 짧은 세월에 난 엄마의 기일을 잊었다. 적어도 깜박한 것이다! 지금 엄마가 어디 있든지 이젠 엄마가 나를 사랑하지 않는다는 기분이 들었고, 난 울면서 방을 나갔다. 아버지가 기억했다는 게 더 괴로웠다. 아버지의 서명이 딸린 짧고 간단한 문구를 머릿속에 다시 떠올려보았다.

"캐슬린." 요아나가 나를 따라 현관으로 나왔다.

"아무것도 아니야. 아무것도 아니야, 요아나." 내가 난간 너머로 말했다.

하지만 난 밤새도록 뒤척였다. 다리를 구부려 잠옷 안으로 집어넣은 채 덜덜 떨었다. 누군가 와서 내 몸을 따뜻하게 해주길 기다렸다. 엄마를 기다렸던 것 같다. 내가 무서워하는 모든 것이 머릿속으로 밀려들었다. 술 취한 남자들, 고함, 피, 고양이, 면도날, 질주하는 말들. 그날 밤은 무시무시했고, 화장실 문이 연신 쾅쾅 여닫혔다. 난 3시쯤 일어나서 문을 닫은 뒤 수도꼭지에서 더운물을 받아 탕파를 채웠다. 내 것이 아니었고, 바바가 있었다면 그러다가 무좀이나 습진 같은 망할 병에 걸릴 거라고 경고했을 것이다. 바바가 그리웠다. 바바가 있으면 제정신을 유지할 수 있었다. 그 애는 어떤 일이든 곱씹는 것을 막아주었다.

난 다시 잠자리에 들었고, 8시 직후에 요아나가 차 한 잔을 들고 와 나를 깨웠다. 눈을 뜨자 요아나가 햇빛이 들어오게 커튼을 걷고 있었다. 난 금이 간 회색 천장을 올려다보았다. 이제 두렵지 않았다. 다음 토요일이면 떠날 거니까.

난 차를 마시고 잠시 배를 문질렀고, 옆방에서 헤르만이 움직이는 소리가 들리자마자 화장실을 먼저 쓰기 위해 벌떡 일어나 방을 나갔다.

20

그다음 주는 순식간에 지나갔다. 난 눈썹을 뽑고 짐을 싸고 요아나에게 보낼 엽서를 샀다. 그곳에서 엽서를 못 살까 봐 걱정이 되어서. 솔빗을 빨아 창틀에 얹어 말렸고, 바바의 드레스 두 벌을 빌렸다. 바바에게 편지를 썼지만, 독감에 걸렸다고만 했을 뿐 드레스를 빌린다거나 여행을 떠난다는 말은 하지 않았다. 바바는 믿을 수가 없었다.

목요일 아침에 히키의 편지가 왔다. 바바네 집으로 갔다가 이리로 온 것이었다. 그다음 주 화요일에 우편선을 타고 더블린에 온다면서, 만나자고 했다. 결혼을 했는지 안 했는지 아무 언급이 없어서 궁금했다. 철자법도 나아졌다. 물론 난 그에게 전보를 보내서 시간을 낼 수 없다고 전해야 했다. 내가 참 어리석고, 가장 친한 친구였던 히키뿐 아니라 잭 홀랜드와 마사와 브레넌 아저씨

모두에게 의리가 없다는 생각이 들었다. 내 삶의 실제 인물들 모두에게. 젠틀먼 씨는 그저 그림자였지만 내가 열망하는 것은 그 그림자였다. 난 전보를 부치자마자 히키를 잊었고, 빈에서 보낼 우리의 휴가만 생각했다.

무릎 위에 아침 식사가 담긴 커다란 쟁반을 얹은 채 침대에 앉아 있는 내 모습이 눈앞에 떠올랐다. 쟁반과 찻잔과 따뜻하게 데운 갈색 도기 그릇이 보였다. 그릇 뚜껑을 열면 녹은 버터가 잘 스며든 황금색 기다란 토스트 조각들이 있겠지. 내 환상 속에서 그는 어떤 때는 자고 있어서 내가 그의 이마를 간질이며 깨웠다. 또 어떤 때는 깨어서 오렌지 주스를 마시고 있었다. 토요일이 영영 오지 않는 듯했다.

토요일이 왔고 비가 내렸다. 비가 오는 바람에 계획이 틀어졌다. 흰색 깃털 모자를 쓰려고 했지만, 깃털이 젖을 테니 쓸 수 없었다. 내 머리에 딱 맞는 근사한 모자로, 깃털이 곡선을 이루며 귀 위쪽으로 늘어져서 그 모자를 쓰면 내 얼굴은 부드럽고 보송보송해 보였다.

4시에 가게를 나설 때 번스 씨가 내 주급에 더해 집에 가는 경비로 쓰라며 1파운드를 더 주었다. 난 주인 부부에게 이모가 위독하다고 말했더랬다.

"맙소사, 비가 이렇게 오는데 어떻게 나가." 그가 말했다.

"지금 안 나가면 기차를 놓쳐요."

그가 현관으로 들어가더니 낡은 우산 하나를 찾아왔다. 천만다행이었다. 이제 모자를 쓸 수 있을 테니. 그에게 입맞춤이라도 할 뻔했다. 갈색 콧수염을 매만지는 그의 모습을 보니 그 역시 그것을 기대한 모양이었다.

"잘 가." 윌리가 문을 잡아주며 말했다. 비가 세차게 내리고 있었다. 빗줄기가 다리를 때려 스타킹이 흠뻑 젖었다. 요아나는 차를 준비해놓았고, 영어와 독일어가 쓰인 작은 일상 회화책을 내게 빌려주었다.

"잃어버리지 않게 조심해." 요아나가 내게 주의를 주었다. 난 그것을 손가방에 넣었다.

"네가 집을 비운 기간의 하숙비는 받지 않을게." 그녀가 환히 웃으며 말했다. 만사가 아주 순조롭게 흘러갔다. 그날 저녁에 새 하숙생이 오기로 해서 요아나는 기분이 좋았다.

"*마인 고트, 정말 아름다워.*" 검은 외투에 흰색 깃털 모자를 쓰고 내려오는 나를 보고 요아나가 말했다.

난 얼굴에는 하얗게 분을 칠하고 눈에는 녹색 마스카라를 짙게 발랐다.

곱슬곱슬하고 긴 적갈색 머리가 내 어깨 위로 느슨하게 늘어졌고, 키가 자라고 가슴이 커졌어도 나는 어린 여자아이 같은 순진한 인상을 풍겼다. 아무도 내가 남자와 눈이 맞아 떠나는 것이라는 의심은 하지 못할 터였다.

난 장갑이 젖지 않도록 가방에 집어넣었다. 엄마의 흰색 새끼 염소 가죽 장갑이었다. 손목 단추에 녹이 슬어 얼룩이 있었지만, 그것만 아니면 멋진 장갑이었다.

내가 집을 나설 때도 여전히 비가 내렸다. 손가방을 들고 우산과 트렁크까지 간수하려니 여간 힘들지 않았다. 전보 배달원이 오토바이를 타고 옆을 지나가며 스타킹에 물을 튀겨서 난 그 등 뒤에 대고 욕을 했다. 곧바로 버스를 탄 덕에 20분 일찍 도착했다.

우리는 부둣가 오락실 밖에서 만나기로 했다. 그가 사무실에서 나오는 길에 나를 태우기 편리해서였지만, 장소를 정할 때는 우리 둘 다 비가 오리라는 생각은 하지 못했다.

난 과자점으로 들어가는 현관의 지붕 아래 서서 트렁크를 내려놓았다. 손이 다 젖어서 외투 안감에 손을 닦았다. 과자점 안쪽에는 슬롯머신과 남자들이 포켓볼을 치는 방이 있었다. 남자들은 입성이 다 똑같아서, 하나같이 색색의 스웨터에 딱 달라붙는 타탄 무늬 바지를 입었다. 다들 머리도 덥수룩했다.

빗줄기가 잦아들어 이제 부슬부슬 내리고 있었다. 난 시계를 보았다. 그가 준, 내 작은 금시계. 약속 시간에서 10분이 지났다. 리피강 건너편의 성당 종이 7시를 알렸다. 난 부두 쪽에서 올라오는 차를 빠짐없이 살펴봤다.

7시 반이 되자 불안해지기 시작했다. 그의 비행기는 8시 반에, 내 비행기는 9시 직전에 출발하기 때문이었다. 난 트렁크 끝에 걸터앉아, 포켓볼을 치려고 드나드는 장발의 남자아이들이 지나갈 때마다 골똘히 생각에 잠긴 듯 보이려 애썼다. 그들은 나를 두고 서로 한두 마디 던졌다. 난 근처 도로에 깔린 판석을 세기 시작했다. 내가 판석을 세는 동안 그가 올 거야, 연석으로 다가오는 차를 내가 보지 못해서 그가 경적을 울려야겠지. 그런 생각을 하면서. 그의 차 경적 소리는 잘 알았다. 하지만 판석을 세 번이나 셌는데도 그는 오지 않았다. 8시가 가까워졌고, 비둘기와 갈매기가 리피 강 변을 따라 세워진 석회암 벽 위를 걸어 다녔다.

"누구 기다리니?" 과자점 주인 여자가 내게 소리쳤다. 머리를 금발로 물들인 뚱뚱한 여자였다.

"아버지 기다려요. 같이 여행 가기로 해서요." 내가 말했다.

"여기 들어와 앉아서 기다리렴." 그녀가 말했다. 난 가게 안으로 들어가 고리버들 의자에 앉았다. 앉을 때 삐걱거리는 소리가 났다. 시간을 때우려고 오렌지 주스 한 병을 사서 빨대를 꽂아 마셨다. 난 몇 분마다 바깥을 내다보았다. 이제 걱정이 되기 시작했다. 그가 오면 내가 얼마나 걱정했는지, 얼마나 겁먹었는지 말해줘야지. 난 길을 건너가서 강을 거슬러 오르는 기네스 맥주 너벅선을 바라보았다. 강물은 갈색에 더러웠고, 강변의 담벼락 꼭대기는 새똥으로 허옜다. 그의 작은 검은색 자동차가 부둣가를 지나는 걸 본 나는 보도 끝으로 뛰어가 손을 흔들었다. 하지만 그 차는 그냥 지나가버렸다. 그의 차와 아주 똑같았지만 차 번호가 달랐다.

난 오렌지 주스를 마저 마시러 가게로 돌아갔다.

"그러다 큰일 나겠다." 금발 머리 여자가 내게 말했다. 그녀의 이름은 돌리였다. 포켓볼 치는 남자들이 그녀를 돌리라고 부르며 치근덕댔다.

이제 내 온몸이 안달을 했다. 가만히 앉아 있을 수가 없었다. 기다림에 지쳐 몸이 마구 들썩거렸다. 거리에 가로등 불이 켜지고, 축축한 전구의 노란 불빛은 흐릿했다. 거리는 내가 늘 사랑하는 신비로운 밤의 인상을 띠었다. 회색 차양을 받친 쇠막대들에 빗방울이 맺혔다. 그것들은 한동안 매달려 있더니, 한 남자가 지나갈 때 그의 모자 위로 떨어졌다. 그가 안 올 수도 있다는 사실을 처음 인정한 것이 아마 그 순간이었을 것이다. 하지만 그 생각은 아주 잠깐 동안만 내 머릿속에 머물렀다가 사라졌다. 난 여성 잡지를 사서 내 별점을 찾아보았다. 알고 보니 지난주 잡지라 별점은 아무 소용 없었다.

"얘야, 이제 가게 문을 닫아야 하는데. 안에 들어와서 부엌에 잠깐 앉아 있을래?" 돌리가 말했다.

난 고맙지만 괜찮다고 말했다. 그가 오는 걸 못 볼 수도 있으니까. 그녀는 금전등록기에서 돈을 꺼내 세어본 후 커다란 검은 가방 안에 넣었다.

"잘 가렴, 얘야." 내 뒤로 문을 닫으며 그녀가 말했다. 난 건물 입구에 앉았다. 사람들이 고개를 숙인 채 지나갔다. 어디로 가는지 알 수 없는, 구분도 되지 않는 처량한 잿빛 형체들. 선원 두 명이 지나가며 나에게 눈을 찡긋했다. 그들은 거듭 뒤를 돌아보다가, 내가 관심을 보이지 않자 그냥 가버렸다.

비는 오다 그치기를 반복했다.

그가 오지 않으리라는 것을 이제는 알았다. 그래도 나는 여전히 그곳에 앉아 있었다. 한두 시간이 더 흐른 뒤 자리에서 일어나 짐을 들고, 풀이 죽은 채 오코널 스트리트의 버스 정류장으로 걸어갔다.

대문이 삐걱 열리는 소리를 듣고 요아나가 뛰어나왔다. 양손을 한껏 쳐들고, 기름기 도는 살진 얼굴은 환하게 웃으며. 하숙생이 왔다고 했다.

"진짜 신사야. 돈 많아. 돈 많이 써. 너도 마음에 들 거야. 아주 괜찮아. 진짜 돼지가죽 장갑을 꼈어. 정장도 그렇고 다 근사해." 그녀가 말했다.

"들어와서 만나봐." 요아나가 축축한 내 손목을 잡고 나를 살살 구슬렸다. 그러다가 내가 울고 있는 것을 알아챘다.

"오, 전보. 전보가 하나 왔어. 네가 막 나간 뒤에 왔는데, 새 하숙생이 온다니 널 따라갈 수 없었어. 하숙생이 왔는데 집에 아무도 없으면 안 되니까 집을 비울 수 없었지." 내가 화내지 않았으면 좋겠다고 했다. 난 모자를 벗어서 현관 옷걸이로 던졌다. 모자는 비에 젖은 잿빛 암탉 같았다.

"널 생각하면 안됐지만, 그게 최선이야." 요아나가 방 쪽을 향해 고개를 끄덕이며 말했다.

난 전보를 열었다.

일이 다 틀어졌음. 네 부친의 협박. 아내는 또다시 신경쇠약. 강요된 침묵 유감스러움. 이제 만날 수 없음.

서명도 없는 전보는 그날 아침 일찍 리머릭 우체국에서 전송된 것이었다.

"어서 와서 내 근사한 새 친구를 만나봐." 요아나가 간청했지만, 난 고개를 젓고는 맘껏 울려고 위층으로 올라갔다.

침대에서 얼마나 오래 울었는지 몸에 한기가 느껴졌다. 몇 시간을 울다 보면 한기가 느껴지는 모양이다. 결국 난 침대에서 일어나 불을 켰다. 차를 마시려고 아래층으로 내려갔다. 구겨진 전보를 여전히 손안에 쥐고 있었다. 다시 읽어보았다. 달라진 건 없었다.

난 가스 불에 주전자를 얹고, 잔을 가지러 별생각 없이 식당으로 갔다. 요아나는 잠자리에 들기 전에 아침 식사에 쓸 식기를 항상 식탁에 올려놓기 때문이다. 식당 문 앞에 다다랐을 때 안에서 무슨 소리가 들렸다. 문틈으로 고개를 넣고 들여다보자 처음 보는 젊은 남자의 얼굴이 바로 눈에 들어왔다. 한 손에는 금관악기를, 다른 손에는 광택 내는 천을 들고 있었다.

"죄송해요." 나는 그렇게 말하고는, 식탁 위의 내 잔을 집어 들고 곧장 나왔다. 하도 울어서 얼룩덜룩한 얼굴이 아마 가관이었으리라.

차를 끓이고 다시 생각해보니, 그쪽 입장에서는 참 이상한 집이란 생각이 들었겠다 싶었다. 그래서 다시 복도로 나가 안에 대고 "차 한잔할래요?"라고 물었다. 내 얼굴을 다시 보여주고 싶지는 않았다.

"영어 못해." 그가 말했다.

세상에, 그게 차를 마실 건지 말지와 무슨 관계가 있다고, 나는 생각했다.

난 차를 한 잔 따라서 가지고 들어갔다.

"영어 못해." 그가 그렇게 말하며 어깨를 으쓱했다.

난 주방으로 돌아와 차와 함께 아스피린 두 알을 먹었다. 그날 밤엔 잠을 이루지 못할 것이 거의 확실했으니까.

은행나무세계문학 에세 • 18

시골 소녀들

1판 1쇄 발행 2024년 9월 25일

지은이 · 에드나 오브라이언
옮긴이 · 정소영
펴낸이 · 주연선

(주)은행나무
04035 서울특별시 마포구 양화로11길 54
전화 · 02)3143-0651~3 | 팩스 · 02)3143-0654
신고번호 · 제 1997—000168호(1997. 12. 12)
www.ehbook.co.kr
ehbook@ehbook.co.kr

ISBN 979-11-6737-462-2 (04800)
ISBN 979-11-6737-117-1 (세트)